« Comment fais-tu pour retrouver ton chemin dans le noir ?
— Je me guide sur cette grosse étoile, là-haut. Elle est juste au-dessus de la route. Elle nous conduit droit chez nous… »

Arthur MILLER, *Les Désaxés*

« Ce jour-là, dans le ciel pâle, le soleil mettait une poussière de lumière blonde. »

Émile ZOLA, *Une page d'amour*

POUSSIÈRE BLONDE

Tatiana de Rosnay est une écrivaine franco-anglaise. On lui doit une vingtaine de livres, dont le best-seller international *Elle s'appelait Sarah*, paru en 2007. À l'instar de *Moka* et de *Boomerang*, nombre de ses ouvrages ont été adaptés au cinéma avec des castings prestigieux, et traduits en trente langues. *Manderley for ever*, sa biographie remarquée de Daphné Du Maurier, parue en 2015, a elle aussi rencontré un grand succès. De sa passion pour les petites histoires dans les grandes est né *Poussière blonde*. Elle vit à Paris.

TATIANA DE ROSNAY

Poussière blonde

ROMAN

ALBIN MICHEL

Illustration du mustang (p. 5) : © iStock.

© Éditions Albin Michel/Robert Laffont, 2024.
ISBN : 978-2-253-25121-7 – 1re publication LGF

À la mémoire d'Éric D, mon cousin tant aimé.

1957-2023

Pour Nicolas

Janvier 2000
Mont-Shasta, comté de Siskiyou
Californie du Nord

Assise sur un tabouret, Pauline était au travail dans le box de Starling, ce poulain blessé qui lui donnait tant de fil à retordre, lorsque le pas de sa fille Lily se fit entendre à l'entrée du bâtiment. Ouvrant de grands yeux affolés, Starling tressaillit, et Pauline dut lui murmurer quelques mots à voix basse pour le tranquilliser. Depuis qu'un tracteur avait dérapé sur une plaque de verglas et foncé sur lui, lui fracassant le radius, Starling n'avait pas retrouvé son calme ; un rien l'alarmait. C'était son patient le plus apeuré, celui qui lui demandait le plus d'attention.

— Maman ! Téléphone ! cria Lily.

— Ça peut attendre ? demanda Pauline, la joue posée contre le flanc frémissant du jeune cheval.

Elle sentait son cœur battre sous la robe dorée.

— Non, rétorqua Lily.

Intriguée, Pauline perçut une intonation joyeuse dans sa voix et se leva pour scruter le visage de sa fille : il rayonnait. Puis elle vérifia une dernière fois le cataplasme et l'attelle fixés à la jambe du poulain, passant sur ses naseaux une paume rassurante.

11

— Allez, mon bonhomme. Tu tiens le bon bout.

Elle se lava les mains au robinet devant les box et rejoignit sa fille. C'était quoi, ces mystères, enfin ? Pourquoi ne pouvait-elle pas lui dire qui était au bout du fil ? C'était Nick ? Lily secoua la tête, fit mine de ne pas pouvoir parler en se pinçant les lèvres et l'accompagna au bureau central, à quelques pas des écuries.

Pauline n'avait pas encore succombé à la mode du téléphone portable comme la plupart de ses confrères vétérinaires. Elle travaillait « à l'ancienne », reconnaissait-elle en riant lorsqu'on lui posait la question : « Pas de Nokia ou de BlackBerry chez moi ! » Elle croyait aux vertus d'une ligne fixe et d'un bon vieux répondeur ; ce qui était normal après tout, à son âge : bientôt soixante et un ans, tout de même ! Face à ceux qui se moquaient de son côté vintage, elle brandissait un argument imparable : dans les hauteurs escarpées où se trouvait sa clinique vétérinaire, la couverture réseau était médiocre.

Après avoir parcouru les quelques mètres qui la séparaient de son bureau, elle s'approcha de Lily, qui lui tendit le combiné avec ce même sourire espiègle.

— Docteur Bazelet, annonça Pauline en repoussant une mèche poivre et sel et en s'attendant à tomber sur la voix de Nick.

— Vous voulez dire la célèbre docteur Bazelet ? L'irremplaçable docteur Bazelet ?

Rien à voir avec les tonalités graves et rauques de Nick.

Pauline esquissa le même sourire que sa fille. Cette voix ! Toute sa jeunesse lui revenait en un instant.

— C'est toi !

— Tu parles que c'est moi, miss !

Il n'y avait que Billie-Pearl pour l'appeler ainsi, alors qu'elles avaient le même âge et plusieurs petits-enfants chacune. Elles se connaissaient depuis l'adolescence.

Lily s'était éclipsée, laissant sa mère seule dans le grand bureau. Dehors, derrière la fenêtre, la nuit tombait comme un rideau, estompant la neige qui blanchissait le sommet du mont Shasta, un décor dont Pauline ne se lassait pas : vert au printemps, doré en été, blanc en hiver, rehaussé d'écarlate à l'automne, en hommage au volcan qu'il était encore.

Billie-Pearl alla droit au but ; c'était dans sa nature, Pauline en avait l'habitude.

— Tu as du boulot en ce moment, miss ? Tout un tas de pauvres chevaux estropiés à soigner ?

— Pas mal de boulot, en effet. Pourquoi ?

— Parce que tu as intérêt à ramener ton joli minois à Reno le 30 janvier. Dans dix jours. C'est un dimanche, le matin. Quand j'ai vu ça aux infos, j'ai tout de suite pensé à toi. Tu ne peux pas rater un événement pareil, pour rien au monde.

— Rater quoi ?

— Tu as bien un collègue véto qui pourrait te dépanner ? Et ta fille donnera un coup de main, comme toujours ?

Billie-Pearl prenait un malin plaisir à la faire lanterner. Ça aussi, Pauline en avait l'habitude. Elle alluma une cigarette, rangea quelques affaires qui traînaient sur son bureau.

— Comment va Dansa ? dit-elle pour la taquiner à son tour.

C'était la jument préférée de Billie-Pearl, la petite-fille de Commander, son mustang chéri, disparu depuis longtemps.

La voix de Billie-Pearl baissa d'un ton :

— Dansa va bien. Écoute-moi, dis ! Le 30 janvier, ils vont faire sauter le Mapes. Ils vont tout dynamiter.

Pauline s'étonna : ils allaient vraiment le raser ? Billie-Pearl le lui confirma : pas le moindre doute. Fermé depuis décembre 1982, le palace, dans un état de délabrement avancé, n'avait plus rien à voir avec la splendeur de ses débuts dans les années quarante, lorsque sa haute silhouette faisait battre le cœur de Reno et en était comme le centre incandescent. Billie-Pearl ajouta qu'il y avait eu une large mobilisation pour tenter de le sauver, plusieurs pétitions, des marches, mais cela n'avait pas suffi : on allait le remplacer par un parking et une patinoire. Pauline n'en croyait pas ses oreilles, ébranlée par une mélancolie aussi soudaine qu'inattendue.

— Ce dimanche-là, le 30 janvier, c'est Super Bowl Sunday, continuait Billie-Pearl, ce qui veut dire qu'il y aura un monde de fou sur la route. Viens la veille, tu arrives dans l'après-midi, tu te poses chez moi et tu t'installes tranquillement. Je te présenterai

14

les derniers poulains. Le lendemain matin, on ira ensemble. Et tu rentreras chez toi le lundi.

Pauline accepta, même si ce serait compliqué de trouver un remplaçant. Elle ne partirait que quelques jours, en fin de semaine, et elle savait qu'elle pouvait faire confiance à Lily pour la gestion de la clinique. Sa fille n'était pas vétérinaire, mais c'était elle qui s'occupait des factures et des clients. Avec son mari, Howard, ils avaient deux enfants, un fils de dix ans et une fille de huit. Ils vivaient tout près, ce qui lui permettait de les voir souvent.

Un peu plus tard, alors que Lily s'apprêtait à rentrer chez elle, Pauline lui apprit qu'elle prévoyait de s'absenter à la fin de la semaine du 30 janvier. Lily fit la grimace et lui rappela qu'il y avait des opérations prévues le lundi matin, donc des arrivées dès le dimanche soir. Pauline lui promit qu'elle serait de retour le plus tôt possible le lundi et qu'elle se ferait remplacer par son ami et voisin le docteur Merrill. Elle allait l'appeler dès ce soir. Lily ronchonna ; elle avait prévu une sortie avec ses enfants et son mari. Devoir tout changer à la dernière minute, ça ne lui plaisait pas beaucoup.

— C'est Billie-Pearl qui te propose la soirée du siècle à regarder vos vieilles diapos de mustangs en écoutant Carole King ?

Puis elle vit l'émotion s'imprimer sur le visage de sa mère et se ravisa, posa une main sur son épaule.

Pauline baissa la tête. Elle se tut un court instant, puis elle dit :

— Ils vont raser le Mapes. Je voudrais juste être là. C'est tout.

Lily n'avait plus besoin de demander à sa mère pourquoi elle voulait se rendre à Reno. Elle la serra dans ses bras, lui murmurant, avec toute la tendresse dont elle était capable, qu'elle comprenait.

Le samedi 29 janvier, Pauline sortit la Dodge Dakota du garage en marche arrière, prenant garde à ne pas effleurer l'ancienne Ford Thunderbird bleue qui dormait là, glissa son CD favori dans le lecteur, un album de Françoise Hardy, et prit la route. Pour atteindre le ranch de Billie-Pearl dans les environs de Cold Springs, il lui faudrait au moins trois heures, peut-être davantage avec la circulation. Son amie l'attendait pour la fin de la journée. Pauline ne s'était pas rendue à Reno depuis un certain temps. Elle ne se souvenait même pas de la dernière fois, c'était sans doute pour voir son frère cadet, qui ne vivait plus dans l'ancienne maison familiale des Hammond sur Washington Street, démolie depuis plusieurs années. Jim, qui avait plutôt bien réussi dans l'immobilier, habitait à présent le quartier cossu de Old Southwest.

À chaque fois qu'elle se rendait à Reno, elle se retrouvait engluée dans une nasse de nostalgie et de regrets, avec en figure de proue le souvenir de sa mère. Ses rapports avec le père de Lily restaient ambigus, même après une quarantaine d'années – l'âge de leur fille. Elle savait que Kendall Spencer n'avait pas quitté Reno. Rien que de prononcer son nom la remplissait encore d'un malaise indéfinissable. Pendant quinze ans, il s'était contenté de poster un chèque à Noël, accompagné d'une carte sur laquelle elle ne déchiffrait rien, si ce n'était le gribouillis d'une signature. Il n'avait pas revu Lily non plus. Cette dernière était passée à autre chose depuis longtemps.

Même si elle connaissait le trajet par cœur, Pauline conduisait avec prudence sur la route sinueuse qui dévalait le mont Shasta : emprunter la California 89, puis la Feather Lake Highway jusqu'à la route 395. Heureusement, les chutes de neige de la semaine précédente n'avaient pas affecté la circulation. En chemin, elle se remémora la mise en garde de Nick le matin au petit déjeuner : elle allait devoir se méfier de la force des émotions qui risquaient de l'envahir lorsque l'hôtel s'effondrerait devant ses yeux. Le passage du temps n'avait pas, selon lui, réussi à oblitérer ce qu'elle avait éprouvé en ces murs ; le bon, le moins bon, toutes ces choses qu'elle lui avait révélées petit à petit, tout ce qu'elle avait retenu en elle depuis tant d'années. Nick était entré dans sa vie depuis peu, mais elle lui faisait autant confiance, sinon plus, qu'à ses amis proches. Elle s'était entièrement ouverte à lui.

Lorsque, deux heures plus tard, Pauline atteignit enfin la Feather Lake Highway, un nombre croissant de voitures firent leur apparition, ce qui l'obligea à ralentir. Cela ne la dérangeait pas, au contraire : elle aimait rouler. Avant d'ouvrir sa clinique équine, elle avait passé d'innombrables heures au volant, pour aller examiner ses patients aux quatre coins de la région. Elle alluma une cigarette, mit la radio et se concentra sur la route.

Elle n'avait pas remis les pieds au Mapes Hotel depuis l'automne 1960 car, à partir de ce moment-là, rien n'avait été pareil : elle était partie, sans regarder en arrière. Elle se souvenait d'avoir tendu la main pour prendre la lettre, d'avoir aperçu, en retenant son souffle, l'écriture penchée et irrégulière sur l'enveloppe, reconnaissable entre toutes. Et ce type à la réception (comment s'appelait-il déjà ? Lincoln ?) qui avait lancé avec une pointe d'admiration : « Elle a laissé ça pour toi. » Son rictus. Oui, toi, Pauline, la femme de ménage. La bonniche. La fille avec la serpillière et le seau, celle qui récure les toilettes du rez-de-chaussée. Cette fille-là.

Chaque kilomètre avalé la menait plus près encore de Reno, à frôler ce passé qu'elle n'avait pu ni oublier ni effacer, un passé qui avait façonné la femme qu'elle était devenue, lui avait fait remarquer Nick. Et il avait raison. Souvent, elle s'imaginait en train de chevaucher des mustangs à vive allure avec Billie-Pearl, comme dans leur jeunesse, du côté de Pyramid Lake, nimbées de sueur et de poussière, la bouche desséchée, la peau brûlée par le soleil, les membres brisés par leur course folle. Et, plus tard, la voix désapprobatrice de sa mère : d'où venait-elle ? Quelle était cette puanteur ? Elle était montée à cheval ? Avec cette fille qui vivait à Wadsworth ? Encore ? Elle avait perdu la tête ou quoi ? Sa mère s'était tant battue pour que la famille s'installe à Reno, pour faire d'elle une jeune fille convenable dotée d'une éducation irréprochable. Pauline avait-elle oublié d'où elle venait ? Son lieu de naissance ? La Ville lumière, Paris, la France ! Ce n'était pas parce qu'elles avaient atterri au diable vauvert qu'il lui fallait abandonner ses bonnes manières et devenir une « plouc » américaine.

Sur la route 395, à une heure du ranch de Billie-Pearl, Pauline s'arrêta sur une aire de repos bondée près de Honey Lake pour prendre un café et un en-cas. Le temps était maussade, battu par un vent glacé. Assise dans la zone fumeur, indifférente au brouhaha, Pauline observait ses mains serrées sur sa tasse, rougies par le froid et le labeur ; tout, sauf des mains de dame. Sa mère lui en avait souvent fait le reproche. Des mains qu'elle n'avait pas protégées, ni de l'impitoyable soleil, ni de son travail permanent auprès des chevaux ; des mains de femme aux veines saillantes, à la peau tachetée, aux ongles courts sans vernis. Elle portait tout de même une bague en argent à l'annulaire gauche – rien à voir avec le mariage, il s'agissait d'un cadeau récent de Nick, et le bijou ne la quittait plus. De jolis doigts fins, cependant.

Assise là, à boire son café, elle se trouvait physiquement encore en Californie, l'État qu'elle habitait depuis une quarantaine d'années, là où elle avait fait ses études, élevé sa fille, ouvert sa clinique, mais lorsqu'elle reprendrait le volant dans quelques instants, elle passerait la frontière et elle serait de retour dans le Nevada.

Revoir le Mapes. Le revoir, pour la dernière fois, et le regarder tomber. Quand elle était arrivée à Reno en 1946 à l'âge de sept ans, il était en construction au coin de Virginia Street et de la Truckee River. Elle l'avait vu monter brique par brique pour atteindre son apothéose au moment de son ouverture en grande pompe en décembre 1947 dominant fière-ment la petite ville : le premier gratte-ciel de l'Ouest américain d'après-guerre. Pauline, fillette ébahie, française de surcroît, n'avait rien contemplé d'aussi grandiose. Le tout nouveau palace de Reno faisait la une des gazettes locales qui ne cessaient de van-ter sa devanture Art déco d'un beau ton vermeil, ses douze étages, ses trois cents chambres et quarante suites, sa climatisation, ses deux restaurants, ses deux bars à cocktails, son casino, son barbier, son salon de beauté, et surtout, son joyau : sa fameuse Sky Room au sommet, avec ses baies vitrées offrant une vue époustouflante jusqu'aux montagnes de la sierra Nevada. Là, se déroulaient des soirées mémorables, avec concerts, spectacles et dîners dansants.

Pauline se souvenait encore, après toutes ces années, de l'odeur qui flottait dans le vaste lobby du Mapes : ce mélange particulier de tabac, de feutrine et de parfum d'intérieur senteur « Douces roses du désert » que la tyrannique Mildred veillait à faire vaporiser matin, midi et soir. Elle se rappelait aussi l'odeur bien moins agréable qui persistait malgré cela

20

dans les toilettes du rez-de-chaussée, là où elle faisait le ménage : ces effluves de canalisation, de javel, de récurant, sans oublier la puanteur, souvent insoutenable, laissée par ces clients pressés qui n'avaient pas un regard pour elle lorsqu'ils déguerpissaient, mais il y avait aussi ceux qui lui glissaient un gentil sourire, un merci ou une petite pièce.

Mildred Jones avait été sa patronne, en charge de la vingtaine de femmes de ménage employées par le Mapes, celle que toutes craignaient et la cause de sa boule au ventre chaque matin pendant trois ans. Serait-elle là demain matin, se demanda Pauline en allumant sa quatrième cigarette de la journée. Quel âge pouvait-elle avoir aujourd'hui ? Mildred avait la quarantaine en 1960, donc quatre-vingts ans bien sonnés en 2000. Il était possible qu'elle soit là, après tout. Et Kendall ? Il pourrait bien être là, lui aussi, à présent septuagénaire, avec sa tribu dans son sillage : son épouse glaciale qui la regarderait encore de travers, même après toutes ces années, et leurs enfants et petits-enfants, ces Spencer bien mis et propres sur eux.

Le lendemain matin, sur les rives de la Truckee River, aux côtés de Billie-Pearl, elle croiserait certainement des fantômes de son passé parmi la foule venue assister à l'écroulement du Mapes. Elle se demanda pourquoi ils se déplaceraient. Pour se souvenir, pour se réjouir, pour tourner la page ? Ou, comme elle, pour un dernier hommage ?

En approchant de Cold Springs, Pauline vit des panneaux annonçant la direction du Wild Pearl Ranch & Mustang Rescue et elle ressentit, comme chaque fois, une fierté pour tout ce que son amie d'enfance avait accompli. Elle suivit la petite route escarpée qui s'éloignait de la ville en grimpant dans les plaines vallonnées saupoudrées de neige fraîche et franchit un ravin creusé dans une roche abrupte entre des collines plantées de pins, avant de déboucher enfin sur une large clairière verte. Il était presque dix-sept heures et le pâle soleil d'hiver illuminait le paysage d'une ultime touche rosée. Pauline s'immobilisa un instant en face du portail ouvert. Tout ce qu'elle avait devant les yeux appartenait à Billie-Pearl : à droite, les étables et l'enclos se nichant sous le coude formé par un monticule, et plus loin, la masse du ranch dominant la vallée vers le White Lake. L'air qu'elle respirait semblait pur et glacé, plus froid que chez elle.

Au fur et à mesure qu'elle s'approchait, elle distinguait dans la pénombre grandissante les chevaux qui gambadaient dans le corral en s'amusant avec la neige, l'un d'entre eux se roulait dans l'herbe blanchie. Comme elle les aimait, ces fougueux mustangs que Billie-Pearl protégeait avec tant d'ardeur, car certains étaient les descendants des bêtes qu'elles avaient connues adolescentes. Elle repéra le pelage sombre et satiné de Dansa, petite-fille de Commander, l'étalon noir qui avait tant marqué sa jeunesse.

Pauline n'avait pas souvent des mustangs à soigner dans sa clinique californienne, car sa « clientèle » se composait plutôt de Quarter Horses rodés aux courses, aux manifestations hippiques ou au travail agricole.

Des volutes de fumée émergeaient de la grosse cheminée du ranch ; Pauline savait que son amie l'attendait dans ce lieu douillet qu'elle appréciait tant. Elle poursuivit son chemin, leva la main pour saluer deux membres de la bande de Billie-Pearl qui rentraient les chevaux pour la nuit. Elle ne les connaissait pas tous personnellement, car elle ne venait pas assez souvent, mais elle avait conscience que la maîtresse des lieux, d'année en année, était capable de fédérer autour d'elle des équipes enthousiastes et soudées, composées de jeunes portés par la même ambition : la préservation des mustangs.

Pauline gara la Dodge à côté des autres véhicules, saisit son sac de voyage et gravit les quelques marches pour entrer dans la bâtisse sans frapper. La porte n'était jamais fermée à clé. Dans le vestibule, trônait le poster de Velma Johnston, surnommée « Wild Horse Annie », une célèbre militante originaire du Nevada, juchée sur Hobo, sa monture. Billie-Pearl avait collaboré avec elle dès les années cinquante pour la défense des chevaux sauvages, jusqu'à son décès en 1977.

Un certain désordre régnait dans la grande pièce principale, ce qui ne surprit pas Pauline et ne la dérangea nullement. Son amie n'avait rien d'une fée du logis, mais savait dompter un mustang comme personne. Sur la table basse face à la cheminée en pierre traînaient un puzzle inachevé et des albums de coloriage, et sur les sofas, gisaient des poupées Barbie échevelées et des voiturettes : traces des nombreux petits-enfants de Billie-Pearl qui venaient souvent rendre visite à leur grand-mère.

— Voilà ma petite miss ! Tu as fait bonne route ? lança Billie-Pearl en sortant de la cuisine.

Une odeur appétissante de potage de légumes et de poulet rôti aux herbes vint chatouiller les narines de Pauline, certainement les recettes d'une des belles-filles de Billie-Pearl.

Pauline mesurait un mètre soixante-seize, quinze bons centimètres de plus que son amie d'enfance, mais cela l'amusait d'être depuis toujours sa « petite ». Avec sa tignasse bouclée et ses joues rondes constellées de taches de rousseur, Billie-Pearl ne faisait pas son âge. Elle était vêtue de son habituel 501, de ses bottes western et d'un pull en laine, son uniforme d'hiver. Celui d'été variait peu : une chemise en jean remplaçait le pull en laine. Pauline ne l'avait plus vue en robe ou en jupe depuis les années soixante.

Le fils aîné de Billie-Pearl fit son apparition avec son nouveau-né blotti dans ses bras. Pauline n'avait pas encore fait connaissance avec l'adorable dernière venue dans la nombreuse tribu de son amie. Le joyeux repas familial qui s'ensuivit fut tonitruant : quatorze de ses membres serrés autour de la longue table, rejoints par quelques employés du ranch. Les murs en rondins faisaient résonner les éclats de rire et les plaisanteries, mais surtout les discussions sur les chevaux qui pouvaient durer des heures, Pauline le savait et s'en délectait : telle pouliche avait souffert de colique, tel nouveau vétérinaire s'en était bien tiré ; un poulain impétueux avait mis à sac l'étable ; Dansa, le véritable sosie de son grand-père : le même cran, le même panache ; et Eagle, le portrait craché de Dustin ; et comment Nancy, la cadette de Billie-Pearl, avait remarquablement maté un étalon rebelle.

Plus tard, alors que la maisonnée dormait, les deux amies se blottirent l'une contre l'autre avec des tisanes devant la cheminée. Billie-Pearl sentait bien que son retour à Reno ranimait chez Pauline des sentiments mitigés.

— Nous ne sommes pas obligées de parler du Mapes, tu sais…

Pauline la rassura : tout allait bien, et elles pouvaient parfaitement en discuter ; d'ailleurs, elle n'arrivait pas encore à croire à sa destruction. Pendant de longues années, le Mapes avait incarné la renommée de Reno, avant le déclin fatal des années quatre-vingt, face à l'ensorcelant appel de Las Vegas.

— Je ne veux me souvenir que du Mapes du temps de sa splendeur, quand la Sky Room au coucher du soleil était l'endroit à la mode. Tu te rappelles ?

— Et comment ! s'écria Billie-Pearl. Et ce jeune barman ? Il était si gentil avec nous.

— Dan, dit Pauline.

Elle évoqua les cocktails qu'il leur glissait en cachette, car elles n'étaient pas majeures. Et sa mère, pourtant difficile, se laissant tenter par la liste des vins de la Sky Room qui se vantait de servir du sauternes français.

— Dan avait le béguin pour toi, Billie.

— Et *toi*, tu faisais rêver le garçon d'ascenseur, miss.

Elles rirent de concert.

Puis Billie-Pearl dit, calmement :

— Tu te doutes que Kendall pourrait venir demain, n'est-ce pas ?

Bien entendu, Pauline y avait pensé, mais elle se sentait prête à lui faire face. Cela faisait quarante ans, tout de même, pourtant l'envie de le gifler la démangeait encore.

— Bravo, dit Billie-Pearl, mais tu n'en feras rien.

— Tu as raison. Et de toute manière, le Mapes ne se résume pas à la moquette immonde du bureau de Mr. Spencer. Ce sont d'autres choses, bien plus belles, qui me viennent à l'esprit.

— Comme la suite 614 ?

— Oui...

Lorsque l'immeuble s'effondrerait, Pauline savait qu'elle observerait les fenêtres du sixième étage avec une attention particulière, surtout les quatre qui faisaient l'angle, orientées sud-ouest, au-dessus de la Truckee River. Comment un lieu pouvait-il voler en éclats et ne laisser que de la poussière ?

— Hé, murmura Billie-Pearl, interrompant sa rêverie, tu l'as encore, la Ford bleue ?

Pauline sourit.

— La Thunderbird ? J'y tiens comme à la prunelle de mes yeux.

Elle s'était réveillée tôt pour rendre visite aux chevaux avant le départ pour Reno. À sept heures, alors que le soleil se levait à peine, Billie-Pearl était déjà en plein travail dans un des paddocks, perchée sur Dansa, stetson enfoncé jusqu'aux yeux. Le froid matinal ne semblait pas l'atteindre. Elle fit un grand signe de la main à son amie. La prochaine fois, cria-t-elle, elle l'emmènerait faire une balade dans les hauteurs, et Pauline pourrait monter Arrow ou Sweetbriar, mais ce matin, elles n'avaient pas le temps : il ne fallait pas rater le démantèlement du Mapes, prévu à huit heures pile.

Les chevaux semblaient heureux dans ce refuge. Ici, ils étaient recueillis, soignés, dressés, pour être ensuite vendus à des propriétaires triés sur le volet ; Billie-Pearl y veillait. Il y avait encore des gens en 2000, tempêtait-elle, qui continuaient à les chasser en dépit des lois les protégeant, qui les terrorisaient, les capturaient, les parquaient dans des conditions effroyables.

Un peu plus loin, dans un autre enclos, un jeune homme dressait un yearling agité qui ne cessait de ruer ; Billie-Pearl le surveillait du coin de l'œil.

— Vas-y mollo ! lui cria-t-elle. Tu lui en demandes trop, là.

Elle s'approcha de Pauline et mit pied à terre avec souplesse.

— Allez, fais un tour rapide sur Dansa ! On a quelques minutes.

Pauline eut beau lui expliquer que l'équitation, c'était fini, qu'elle avait passé l'âge, que son métier, c'était de soigner les chevaux et pas de les monter, et qu'elle avait même oublié comment faire, Billie-Pearl ne voulut rien savoir. Pauline posa sa main sur l'encolure de Dansa, admira les beaux yeux vifs et doux ; elle hésita encore, puis se lança, encouragée par son amie, glissa son pied gauche dans l'étrier et atterrit sur la selle.

— C'est parti, miss !

La jument se laissait faire, docile : elle devait savoir qu'elle avait affaire à une vieille, blagua Pauline. Son amie leva les yeux au ciel.

Dansa avançait lentement, respectant à la lettre les ordres en demi-teinte de sa cavalière ; elle devait s'ennuyer, pensa Pauline, penaude, en sentant le corps robuste et chaud sous elle. C'était la petite-fille de Commander, tout de même !

Elles déambulèrent ainsi, nimbées d'une élégante sérénité, comme si elles allaient prendre le thé chez d'autres dames guindées, mais Billie-Pearl, de l'autre côté de la clôture, déboulant face à elles comme une furie sur un jeune cheval gris, les prit de court. Avec un hurlement de cow-boy à figer le sang, elle fit signe au jeune homme d'ouvrir la barrière pour faire sortir Dansa et Pauline, et lança sa monture le long du chemin de terre en agitant son stetson comme au bon vieux temps de leur jeunesse. La jument détala comme une flèche, avec Pauline cramponnée à sa crinière.

— Tu es complètement dingue ! glapit Pauline en proie à la panique, tout en s'efforçant de suivre la cadence effrénée des longues jambes noires transformées en pistons, jusqu'à ce qu'elle remarque le retour d'anciens réflexes : son dos qui se replaçait, bien droit, sa tête dégagée des épaules, l'impulsion souple de ses reins qui accompagnait le galop de Dansa. La peur s'estompa, cédant la place à l'allégresse.

Billie-Pearl guidait son cheval à une allure folle, Dansa et Pauline à leurs trousses, et cette chevauchée imprévue mettait en joie l'équipe du ranch qui les acclamait à chaque passage. Grisée par la vitesse, Pauline ne voyait plus ni le paysage, ni le ciel, ni le sol, n'apercevant que les oreilles frémissantes de la jument et la croupe bondissante du yearling, n'entendant que ses propres halètements, le souffle puissant de Dansa et les hennissements des autres mustangs. Les souvenirs de Commander surgissaient, son énergie, sa splendeur, sa perspicacité : tout ce qui avait fait de lui l'étalon qui hantait encore ses rêves.

Elles s'arrêtèrent enfin, essoufflées, hilares, sous les applaudissements de l'équipe. Pauline, hors d'haleine, n'avait plus le cœur à réprimander son amie. Comment lui en vouloir après avoir partagé ce moment de pur plaisir ? Comme avant.

— J'avais raison, tu n'as rien oublié, dit Billie-Pearl.

Elle observa le visage lumineux de Pauline.

— La marche funèbre, ce n'est pas son truc, à Dansa, ajouta-t-elle.

— J'avais pigé.

D'un geste, Billie-Pearl fit virevolter son yearling gris afin que Pauline puisse apercevoir ses étonnants yeux bleus.

Celle-ci s'exclama :

— Bon sang, c'est de lui que tu parlais hier soir, le petit-fils de Dustin ?

C'était bien lui, en effet, il s'appelait Eagle et il était aussi merveilleux que son aïeul. En écoutant Billie-Pearl chanter ses louanges, Pauline ne put s'empêcher de penser à la première fois qu'elle avait posé les yeux sur ce troupeau de mustangs qui allaient prendre tant de place dans sa vie de jeune fille : Commander, Dustin, Hook, Tundra, Rocket...

— Dis donc, tu as vu l'heure ? Faut y aller !

Billie-Pearl siffla entre ses doigts (Pauline rêvait de faire pareil, mais n'y était jamais arrivée) et une jeune femme se précipita pour prendre en charge leurs chevaux. Les deux amies s'engouffrèrent dans la Beetle de Billie-Pearl ; Reno n'était qu'à une vingtaine de minutes, et la diffusion du fameux match du Super Bowl qui opposerait les Saint Louis Rams aux Tennessee Titans, disputé à Atlanta, était prévue à quinze heures trente. La route 395 les emmènerait directement au cœur de la ville, et il suffirait ensuite de bifurquer vers Downtown et Virginia Street.

En route, Billie-Pearl taquina Pauline à propos de son nouvel amoureux, Nick, dont elle ne savait pas grand-chose. Pauline avoua que, oui, c'était tout neuf, qu'elle en parlait peu, mais qu'il avait déjà sa place. C'était un type un peu plus jeune qu'elle, il était paysagiste, divorcé et père d'un fils de vingt ans, qui vivait du côté de Dunsmuir, à quinze minutes de chez elle. Billie-Pearl voulut savoir à quoi il ressemblait. Un grand taiseux aux yeux noisette, aux belles mains, avec beaucoup d'humour. Un piètre cavalier, certes, mais...

— Je vois, s'esclaffa Billie-Pearl.

— Et toi ? demanda Pauline. Tu vois encore ton éleveur ?... Ah, déjà terminé ?

D'éternelles complications entravaient la vie amoureuse de Billie-Pearl. Pauline l'écouta sans l'interrompre.

Elles arrivaient à présent aux portes de Reno.

— Je sais ce que tu vas me dire, que tu ne reconnais plus *ton* Reno, dit Billie-Pearl en montrant du doigt les gratte-ciel à perte de vue.

Elle disait vrai : la petite ville aux dix mille âmes que Pauline avait découverte enfant, à la fin des années quarante, avait radicalement changé : elle s'était étendue, et elle était à présent surpeuplée et encombrée de voitures. Environ deux cent mille personnes vivaient désormais ici, et la plupart des anciennes maisons en bardeaux, comme celle du beau-père de Pauline sur Washington Street, avaient été rasées, remplacées par des résidences, des bureaux, des centres commerciaux. Selon Pauline, le Reno de 2000 avait perdu son charme d'antan. Seules les montagnes au loin, couronnées de neige, étaient restées les mêmes.

Elles s'aperçurent rapidement que le quartier entier autour du Mapes avait été bouclé par les forces de l'ordre. Tout était fermé entre East Second Street, Center Street et North Sierra Street, mais Billie-Pearl avait réussi à franchir le fleuve par Arlington Avenue et, à la dernière minute, avait pu se garer du côté de West Liberty Street. Elles se hâtèrent de rejoindre la foule amassée le long des berges sud de la Truckee River ; de là, devant le pont de Virginia Street à la hauteur de Mill Street, elles jouiraient d'une vue parfaite vers le nord et l'hôtel condamné.

Il leur avait fallu jouer des coudes pour se retrouver aux premières loges, à cinq cents mètres du Mapes. Pauline n'en revenait pas du nombre de personnes présentes : combien étaient-elles, plusieurs milliers ? Beaucoup plus, répondit Billie-Pearl, aussi impressionnée qu'elle, tout en lui montrant la quantité de caméras et de reporters se pressant sur les lieux. La chute du Mapes était une affaire publique, pensa Pauline. Tous voulaient y assister.

Face à une caméra, un journaliste détaillait avec précision comment le Mapes allait tomber : quatre cents trous bourrés de cinquante kilos d'explosifs avaient été percés dans les colonnes de soutien sur cinq étages. La structure, pourtant haute d'une quarantaine de mètres, allait se dissoudre dans l'air. L'assistance écoutait, abasourdie.

Il y avait çà et là quelques visages que Pauline reconnaissait avec une pointe d'émotion, sans toutefois être capable de mettre un prénom sur ces traits qui remontaient du passé. Elle se contentait d'échanger un signe de tête, un sourire.

À côté de Pauline et de Billie-Pearl, une jeune femme coiffée d'un bonnet bleu paraissait au bord des larmes ; elle leur raconta que son père avait longtemps travaillé au casino du Mapes et qu'elle l'accompagnait souvent les jours de paie. Un pan de l'histoire de Reno allait disparaître, alors que cet hôtel aurait mérité mieux que d'être réduit à un amas de décombres.

— C'est un si bel édifice, s'écria-t-elle, les larmes aux yeux. Regardez-le !

Elle ajouta que les « préservationnistes » s'étaient battus jusqu'au bout, certains un peu plus loin criaient encore « Sauvez le Mapes ! » à quelques instants de l'implosion. Ils avaient même prévu une veillée funèbre avec un joueur de cornemuse.

Derrière elles, une dame haussa les épaules et soupira en l'entendant ; selon elle, il fallait arrêter de s'accrocher au passé. Cela faisait vingt ans que le vieil hôtel périclitait, il était tout sauf joli. Place au progrès et à la modernité pour ce quartier de Reno !

Une bande d'amis à proximité précisèrent qu'ils étaient venus d'Auburn, en Californie, pour faire du ski, regarder le match et assister à l'implosion.

— Ça va être phénoménal ! ricana l'un d'eux. Mieux qu'au cinéma !

Pauline remarqua que beaucoup de personnes brandissaient fièrement de grosses briques rouges et des certificats d'authenticité estampillés du logo du Mapes, qu'elle reconnut aussitôt : deux cow-boys chevauchant des mustangs. Ça partait comme des petits pains pour un dollar au coin de la rue.

— Tu veux une brique en souvenir ? demanda Billie-Pearl.

— Non, murmura Pauline en se demandant si elle n'aurait pas dû dire oui.

Tout autour d'elles montaient des bribes de conversations attrapées au vol : *Tu te rappelles ?… C'était à quel étage ?… Au septième… Non, au cinquième !… Aïe aïe aïe, les milkshakes du Coffee Shop, les meilleurs du monde… Moi, je préférais l'ambiance de la Coach Room… On y avait fêté les trente ans de Kathleen, on s'était tellement amusés… Et cette gentille Addie qui travaillait avec les standardistes… Dieu merci, Miranda n'est plus là pour voir ça, elle serait en larmes… La réception de mariage de Barbara et Josh, quel succès, on avait dansé toute la nuit… C'était quand même la classe… Et la chance de Rick un soir au casino… Je n'oublierai jamais…*

Impossible de ne pas les écouter, tous, comme cette vieille dame accrochée au bras d'une aide-soignante,

34

qui pointait un doigt tremblotant vers la Sky Room en disant que c'était là, lors d'un bal d'étudiants, qu'elle avait rencontré son mari. Pauline remarqua un monsieur d'un certain âge, seul, digne, serrant une rose rouge sur sa poitrine. Il observait la façade en silence. Quelle était son histoire et pourquoi se trouvait-il là ce matin ?

Un sexagénaire rondelet s'approcha et lui demanda poliment si elle s'appelait bien Pauline. Il était venu avec épouse et enfants. Pauline n'avait aucun souvenir de lui, mais fit semblant, pour ne pas le vexer. Il se prénommait Nate et travaillait à l'époque avec Max, aux réservations. Pauline se rappelait vaguement un Max. Nate fit la grimace : mais bon, il n'avait pas de bidon à l'époque, avoua-t-il, et davantage de cheveux ! Elle ne put s'empêcher de rire avec lui.

— On te surnommait « Frenchie », ça me revient, gloussa Nate avec un clin d'œil grivois que sa femme apprécia moins.

— C'est normal, je suis née à Paris, s'amusa Pauline.

Le ciel gris et menaçant était chargé d'une neige imminente ; les gens se serraient les uns contre les autres pour lutter contre le froid. Pauline jeta un coup d'œil à sa montre. Il serait bientôt huit heures. L'intarissable Nate racontait que les propriétaires du Mapes, éplorés, étaient sur place eux aussi. Ils n'avaient pas pu sauver leur hôtel bien-aimé.

Tandis que Pauline se demandait comment fausser compagnie à ce type, un barbu râblé se posta devant elle, qu'elle reconnut avec joie : son demi-frère, Jim. Il savait bien qu'il allait la trouver là, mais elle aurait pu prévenir quand même, protesta-t-il en plaisantant. Billie-Pearl intervint : c'était sa faute, c'était elle qui avait entraîné Pauline à Reno sans prévoir autre chose.

— Comment te sens-tu ? demanda Jim avec douceur, en prenant sa sœur dans ses bras. Tu es heureuse d'être là ?

C'était le portrait vivant de Doug Hammond, son père disparu : le même sourire espiègle, le même regard bleu clair et la même carrure trapue. Dès que Pauline posait les yeux sur lui, elle songeait à ce beau-père américain qui lui manquait encore. Doug était entré avec fracas dans la vie de sa mère au moment de la Libération, dans un Paris tumultueux et chaotique. Elle n'avait aucun souvenir de son propre père, Jacques Bazelet, décédé d'un cancer l'année de sa naissance en 1939. C'était Doug Hammond, le deuxième mari de sa mère, qui l'avait élevée, ici à Reno. Et contre toute attente, la greffe avait pris.

Jim baissa la voix pour lui parler à l'oreille : il voulait la prévenir, mais surtout qu'elle ne se retourne pas, Kendall Spencer était dans les parages. Pauline ignora sa mise en garde pour jeter un coup d'œil par-dessus son épaule. Elle n'eut pas longtemps à chercher. Il avait pris un coup de vieux, mais son allure patricienne ne s'était pas altérée ; il se tenait toujours aussi droit avec cet air suffisant qu'elle détestait. Ses cheveux épais étaient argentés, et elle devait admettre qu'il portait beau, comme dans leur jeunesse. Elle avait été si naïve, en ce temps-là.

Kendall Spencer finit par capter le regard dirigé vers lui à travers la foule. Il sembla hésiter. La reconnaissait-il ? Quatre décennies s'étaient écoulées tout de même. Elle aussi avait changé : ses cheveux n'étaient plus longs et bruns, mais courts et parsemés de fils blancs. Cependant, elle avait conservé sa ligne élancée. Lorsque les yeux de Kendall se fixèrent sur elle, elle comprit qu'il l'avait repérée. Il leva la main, presque timidement.

— Laisse tomber, marmonna Jim.

— Sale connard, proféra Billie-Pearl.

Ils furent interrompus par une autre équipe de tournage. À quelques minutes de l'événement, une chaîne d'information en continu cherchait d'autres personnes qui avaient travaillé au Mapes à interviewer.

— Hep ! Ici ! cria Billie-Pearl en désignant Pauline. Par ici !

Avant que Pauline, interloquée, puisse protester, une caméra se braqua sur elle, et on lui brandit un micro sous le nez. Une jeune femme entama une série de questions :

— Bonjour, comment vous appelez-vous ?

— Pauline Bazelet, bredouilla l'intéressée.

— Vous êtes de Reno ? Quelle est votre profession ?

— Je suis vétérinaire, en Californie, mais j'ai grandi à Reno.

— Vous avez travaillé au Mapes à quelle époque ?

— Entre 1957 et 1960.

— Quel était votre poste ?

— Femme de ménage au rez-de-chaussée et dans les chambres. J'étais toute jeune alors.

— Et ça vous fait quoi d'être ici ce matin, pour assister à cette démolition ?

Les yeux de Pauline se posèrent sur le Mapes délabré qui se dressait devant eux fièrement, imperturbable. Sa gorge se noua.

— Je ne peux pas m'empêcher d'être émue. C'était un monde, cet hôtel. Nous étions nombreux à y travailler. Et puis, il y avait tous ces clients. Ça n'arrêtait pas. Il se passait toujours quelque chose.

La journaliste vérifia ses notes.

— Vous étiez donc là pendant l'été 1960 lors de l'arrivée de John Huston et de ses acteurs pour le tournage des *Désaxés* ?

Les lèvres de Pauline se mirent à trembler. Le trac, sans doute ?

— Oui, j'étais là. Je m'en souviens bien.

— Nous sommes à quelques instants de l'implosion, pourriez-vous nous dire en deux mots ce que vous retenez du Mapes, vous qui l'avez connu à sa période la plus glorieuse ?

Pauline n'avait rien préparé ; elle ne s'attendait pas à être interviewée. Elle se sentait incapable de parler. Mais à sa grande surprise, elle parvint à oublier les épisodes dans le secret du bureau de Kendall ; elle effaça l'autorité de Mildred Jones, ainsi que l'odeur laissée par les clients dans les toilettes du rez-de-chaussée.

Elle ne voyait que la silhouette tout en courbes postée devant les fenêtres de la suite 614, une flûte de champagne à la main.

Reprenant de l'assurance, elle dit d'une voix ferme :

— Pendant l'été 1960, au Mapes Hotel, j'ai fait une rencontre qui a changé ma vie.

— Formidable ! Vous voulez bien nous en parler ?

— Avec joie.

Mais dans l'oreillette de la journaliste, on lui annonça qu'il était l'heure. Il fallait interrompre l'interview, pour la reprendre juste après l'événement.

Le Mapes allait s'effondrer. Maintenant.

Été 1960
Reno, Nevada

Pauline n'allait pas être à l'heure, et elle était déjà hantée par la vision de la bouche en cul-de-poule de Mildred Jones et son vilain froncement de sourcils. Tout avait commencé à cause du retard de Mrs. Sheldon, la gentille voisine qui l'emmenait chaque matin de Washington Street à Virginia Street. Le Mapes Hotel n'était qu'à trois quarts d'heure à pied, toutefois c'était trop pour Lily, du haut de ses trois ans. Parfois, mais pas si souvent que ça, Pauline et sa petite fille montaient dans le véhicule de Marcelle, mais les horaires de son salon de coiffure ne correspondaient pas à ceux de Pauline. Pour le retour, à seize heures, elles prenaient le car.

— As-tu passé de bonnes vacances, ma belle ? demanda Mrs. Sheldon, dont la conduite, menton collé au volant, semblait encore plus poussive ce matin.

Elle était vendeuse dans une bonneterie sur Ryland Street.

— Oui, c'était merveilleux, merci. Nous étions à Lake Tahoe et nous sommes rentrés hier soir. Nous sommes partis deux semaines. Lily a adoré.

Mrs. Sheldon adressa un sourire rayonnant à la fillette perchée sur les genoux de sa mère. Un amour, cette petite ! Pauline parviendrait-elle à la faire garder pendant son travail au Mapes ? La jeune femme se racla la gorge. Oui, Lily allait chez une couturière du côté de Pickard Place, qui s'occupait aussi d'un autre enfant. Pauline n'ajouta pas de détails, ne souligna pas que cet arrangement avait été mis en place par le père de Lily et qu'il le finançait, mais elle avait conscience que Mrs. Sheldon n'ignorait rien de l'identité de celui-ci. Tout Reno semblait être au courant, au désespoir de Marcelle Hammond, pour laquelle cette enfant née hors mariage et mise au monde par sa fille, alors âgée de dix-huit ans, restait le drame de sa vie.

Lily fredonnait un air entraînant qui passait à la radio, *Cathy's Clown*, des Everly Brothers. Pauline tenait sa fille plaquée contre elle et déposait des baisers sur le haut de sa tête, tout en chantant avec elle. Lily était toujours de bonne humeur, et même Marcelle s'était radoucie jusqu'à devenir une grand-mère aimante.

— Ta maman se porte bien ? demanda Mrs. Sheldon. J'imagine qu'elle a bien profité de Lake Tahoe ?

Si seulement Mrs. Sheldon pouvait accélérer, se lamentait Pauline. Il était déjà neuf heures. Elle ne révélerait pas à leur voisine que le séjour de sa mère s'était limité à d'incessantes jérémiades et bouderies diluées dans du bourbon, même si la plupart de leurs proches n'ignoraient rien de la relation étroite que Marcelle entretenait avec l'alcool.

— Elle était enchantée, mentit-elle.

— Avec l'arrivée en ville de Gable, une de ses idoles, Marcelle doit être aux anges !

À quarante-cinq ans passés, la mère de Pauline, telle une adolescente, avait encore le béguin pour les stars de cinéma.

— Elle espère bien qu'il passera chez Marcelle from Paris pour se faire couper les cheveux, dit Pauline avec un accent français prononcé, déclenchant chez Mrs. Sheldon un rire immédiat, sans méchanceté aucune.

Ouvert en 1950, le salon de coiffure de Marcelle Hammond se trouvait sur Winter Street. En dépit des gueules de bois occasionnelles de la patronne, le commerce se portait plutôt bien. De nombreux clients aimaient l'idée de se faire coiffer par une authentique Parisienne.

— J'aurai peut-être droit à un arrêt-pipi de dernière minute de la part de Clark Gable ! ajouta Pauline. Comme ça, je le verrai aussi.

Le double menton de Mrs. Sheldon frétilla sous l'effet de l'hilarité, mais lorsqu'elle jeta un regard vers Pauline, celle-ci y lut de la pitié. Pauline ne supportait pas qu'on puisse la plaindre. « Ne te laisse pas faire, miss, disait Billie-Pearl. Pas question qu'ils prennent le dessus. » Heureusement, elles étaient arrivées à Virginia Street Bridge et la conversation s'acheva.

Une fois Lily déposée chez Mrs. Abigail, Pauline cavala jusqu'au Mapes et s'introduisit dans l'immeuble par l'entrée du personnel sur East First Street. L'implacable soleil estival cognait déjà fort. Elle pointa, en priant pour que son retard passe inaperçu, tout en saluant ses collègues d'un bonjour hâtif. Aucun signe de Mildred Jones près de l'ascenseur où elle rôdait habituellement chaque matin en attendant « ses filles ». Au Mapes, elle régnait sur toutes les femmes de ménage.

Pauline s'empressa de rejoindre les vestiaires dames au sous-sol où elle troqua jean et T-shirt en se tortillant contre l'uniforme bordeaux qu'elle haïssait. Le tissu rugueux irritait sa peau, et elle trouvait sa coupe peu flatteuse : pas assez cintrée à la taille et trop longue, ce qui la faisait paraître plus grande et plus osseuse qu'elle ne l'était, mais le pire était le ridicule tablier blanc à froufrous. Elle s'attacha les cheveux, les épinglant en arrière avec célérité, puis enfila les Oxford en cuir noir qu'elle détestait tout autant ; ainsi chaussés, selon elle, ses pieds paraissaient énormes.

Une jeune femme pressée fit son apparition, en retard, elle aussi. Il s'agissait de Kitty, femme de chambre, un peu plus âgée, vingt-trois ans, mariée, deux enfants, et travaillant au Mapes depuis plus longtemps, dans les étages supérieurs. Elles étaient toutes deux dans la panade, haleta Kitty, manquant déchirer son propre uniforme bleu marine dans sa précipitation, puis elle raconta les événements palpitants de la semaine, tout ce que Pauline avait raté durant ses congés. Reno était enfin pris dans un tourbillon de glamour et le Mapes en était l'épicentre. C'était quand même diablement excitant. Dire que Marilyn Monroe se trouvait sous le même toit qu'elles, bon sang de bonsoir, c'était fou. Personne ne l'avait encore vue : quand elle ne tournait pas, elle restait dans sa chambre avec sa bande, professeure d'art dramatique, masseur, secrétaire, coiffeur, maquilleur, costumière et compagnie.

Kitty avait tout de même entraperçu Clark Gable : sapristi, quel bel homme encore à son âge. Apparemment, le réalisateur John Huston traînait chaque soir au casino et l'équipe de nuit n'en revenait pas de sa descente. Dans l'ascenseur, elle avait aussi brièvement croisé Montgomery Clift : quel beau gosse ! Elle n'avait pas encore vu Eli Wallach et Thelma Ritter, mais c'étaient des acteurs moins connus. Et à cause de cette folle ambiance, Mildred Jones s'était muée en un tyran encore pire qu'avant. Kitty fit pouffer Pauline en singeant les lèvres pincées et le branlement de tête de leur patronne. Pauline allait devoir faire attention mais, d'une certaine manière, selon Kitty, les W-C, c'était la planque idéale. Personne n'allait venir l'embêter là, surtout pas la vieille Mildred, trop occupée à houspiller les femmes de ménage parce que Hollywood avait débarqué au Mapes ! Le cauchemar ! Pauline ne pouvait même pas imaginer ce que c'était. Mildred était sur leur dos toute la sainte journée, à Pilar, Linda et elle, les reprenant sur les moindres détails qu'elles connaissaient pourtant par cœur : paniers de fruits et cadeaux de bienvenue, livraison des fleurs, service de couverture, comme si le Mapes était devenu – ô surprise ! – le Beverly Hills Hotel ! Puis elle sourit en pinçant la joue de Pauline :

— J'oubliais que tu te fiches bien des stars de cinéma. Il n'y a que les mustangs qui comptent pour toi, n'est-ce pas ?

Kitty n'avait pas tout à fait tort, mais Pauline répondit tout de même que sa fille venait avant les mustangs. Quand elles auraient plus de temps, elle lui raconterait les vacances à Lake Tahoe. Lily avait passé son temps à barboter dans l'eau. Elle lui montrerait les photos dès qu'elles seraient développées.

Elles se dirent au revoir hâtivement devant l'ascenseur du personnel : du sous-sol, Kitty monterait dans les étages, tandis que Pauline gagnerait les toilettes du rez-de-chaussée après un passage aux placards d'entretien pour prendre balais et produits de nettoyage.

Ce matin-là, le lobby était bondé, nota Pauline. Encore plus que d'habitude. Avec son ambiance Art déco, ses six colonnes carrées habillées de bois exotique laqué et de luminaires, c'était le centre névralgique du Mapes, et elle avait toujours aimé l'observer. C'était là que les clients débarquaient avec leurs montagnes de valises, fourbus par leur voyage, mais il y avait aussi ceux sur le départ qui attendaient un taxi, ceux qui patientaient pour parler au concierge, ceux encore qui s'y étaient donné rendez-vous. Le lobby, Pauline le savait, était un lieu crucial, car c'était là que les yeux des clients se posaient en premier. Ici, la perfection était la règle absolue.

Le tournage de ce fameux film devait être la raison de cette affluence matinale, se dit-elle. Tout Reno ne parlait que de ça depuis des semaines ; cela devenait presque lassant pour ceux qui, comme elle, ne s'intéressaient pas particulièrement au cinéma. Elle remarqua plusieurs personnes munies d'appareils photo ; sa mère lui avait dit qu'une équipe de photographes d'une agence internationalement connue préparait un reportage sur le film. Verrait-elle passer des acteurs, comme Kitty ? Elle en doutait. Elle avait entendu dire qu'ils partaient tourner en extérieur pendant la journée et revenaient tard le soir. À son niveau, elle ne verrait rien.

Heureusement qu'elle n'avait pas à s'occuper du grand tapis vert d'eau du lobby, ça, c'était la corvée de Fern, déjà en pleine action. Pauline lui fit un petit signe, ainsi qu'au groom de service, Marty ; elle reçut des clins d'œil en retour, et aussi de la part d'Ernesto, le portier. Elle passa devant la réception, croisa le regard de Lincoln aux prises avec une dame à la voix autoritaire. Il n'y avait personne aux toilettes, Dieu merci, mais du nettoyage à faire, et pas des moindres. À genoux, elle récura avec énergie une cuvette encrassée, la première de la journée, et certainement pas la dernière.

Combien de temps serait-elle capable d'effectuer cette sale besogne ? de la supporter ? Il avait été prévu, au début, qu'elle travaille en étage, avec Linda, Pilar et Kitty. Elle avait commencé avec elles dans les chambres, juste après la naissance de Lily. Kendall Spencer avait tenu parole : il lui avait trouvé un job au Mapes pour ne pas les laisser dans le pétrin, Lily et elle, et il payait une nourrice afin que Pauline puisse pointer à l'heure. Kendall lui promettait des lendemains meilleurs et, naïvement, elle lui faisait confiance. Cela avait duré une année, mais Pauline n'avait pas trouvé un autre emploi, plus intéressant et mieux payé. Après tout, elle n'avait pas obtenu son brevet de *high school* car, en 1957, elle était tombée enceinte. Qui allait embaucher une fille-mère sans diplôme ?

Mildred Jones l'avait reléguée aux toilettes un an plus tard. Kendall avait beau lui dire que c'était passager, que cela ne durerait pas, elle ne le croyait plus. Cela correspondait aussi, comme par hasard, au mariage fastueux de Kendall avec sa fiancée de longue date, Evaline Steward, l'héritière d'une lignée prospère d'éleveurs et de propriétaires terriens du Nevada qui remontait jusqu'au XIXᵉ siècle. La nouvelle Mrs. Spencer avait dû enfin découvrir, ivre de rage, l'existence de Lily, se dit Pauline, et elle s'était vengée. En attendant, la jeune femme subissait son sort en silence. Elle vivait encore chez sa mère et son beau-père, les Hammond, en partageant une chambre avec son enfant. Elle ne gagnait pas assez pour déménager.

Le claquement de talons martelant la surface de marbre annonça l'arrivée de Mildred Jones. Pauline eut à peine le temps de se relever qu'elle était déjà là, remplissant l'espace de son mécontentement. Pauline s'attendait à ce qu'elle lui passe un savon pour son retard et s'arc-bouta intérieurement. En général, la réprimande durait trois ou quatre minutes, pas plus. Il fallait tenir. Elle avait trouvé comment : en convoquant des images de Commander. L'étalon noir lui transmettait sa force et sa résilience. Même les yeux ouverts, Pauline parvenait à s'extirper de la situation présente pour se retrouver à côté de lui, la main sur sa puissante encolure. Parfois, Commander décollait comme Pégase muni de larges ailes, et alors elle s'envolait avec lui, loin de tout, libre, sereine.

Mais il était évident que ce matin Mildred ne se comportait pas comme d'habitude. Elle semblait nerveuse, se mordillait les lèvres et, au lieu de la morigéner, elle se tordait les mains en silence. Ce n'était pas la peine de faire appel aux pouvoirs de Commander, se dit Pauline avec étonnement. En plaçant deux mains sur les épaules de Pauline, Mildred la força à se tenir droite, puis elle redressa son tablier, lissa le col de son corsage et replaça une mèche rebelle.

— Voilà qui est mieux, fit Mildred d'une voix basse tout aussi surprenante, enchaînant avec le même chuchotis inattendu.

Il fallait que Pauline quitte les toilettes sur-le-champ pour se rendre directement au sixième étage. Sa clé passe-partout lui donnait accès à la réserve d'entretien ménager. Elle devait y aller tout de suite. Elle se souvenait comment faire pour nettoyer les chambres, n'est-ce pas ? C'était Mildred elle-même qui le lui avait appris. Le protocole pour les suites n'était pas si différent, simplement plus long. Pauline était efficace. Il lui suffirait de nettoyer une seule suite en moins de deux heures, sans l'aide d'une de ses collègues. Cela comprenait le salon, la salle à manger, la cuisine, la chambre et la salle de bains. Elle devrait finir le boulot en temps voulu, puis redescendre au rez-de-chaussée pour le reste de la journée.

Pauline faisait de son mieux pour ne pas avoir l'air trop perplexe. Jamais elle n'avait vu Mildred dans un tel état.

— P-p-pourquoi faire appel à moi ? demanda-t-elle enfin, alors que sa patronne l'emmenait vers les ascenseurs en se frayant un passage à travers l'animation du lobby.

Lorsqu'elle se sentait anxieuse, il arrivait à Pauline de bégayer.

Mildred se mit sur la pointe des pieds pour atteindre l'oreille de Pauline, se rapprochant d'elle dans un âcre relent de transpiration.

— Parce que Pilar s'est cassé le poignet ! Dieu seul sait quand elle sera de retour. Un fichu désastre. Je vais devoir tout replanifier. Vous êtes ma seule solution pour ce matin.

La montée fut silencieuse, tandis que Pauline évitait le regard brûlant du liftier. Le jeune Casper avait un faible pour elle.

En arrivant au sixième, Mildred sortit avec elle et lui tendit un jeu de clés.

— Suite 614. Ils sont partis pour la journée. C'est à vous, Pauline. Au travail.

Mildred la laissa seule au milieu du long couloir à la moquette couleur miel. Ici régnait le calme le plus total après le tintamarre du vestibule ; seul le bourdonnement discret de la climatisation se faisait entendre. Pauline se rendit au local des produits ménagers, se servit de son passe-partout pour y pénétrer et s'empara du chariot de Pilar. Elle avait de la peine pour sa collègue. Se briser le poignet, quelle malchance !

Pauline n'avait pas encore visité les suites d'angle du Mapes, les plus prestigieuses. Au début, lorsqu'elle travaillait en étage, elle nettoyait les chambres standard, plus petites et bien plus nombreuses. Cependant, les ordres restaient les mêmes.

La première étape consistait à bien aérer en ouvrant grand les fenêtres, même en cas de forte chaleur ou de tempête de neige. Ensuite, faire le lit. Mettre les draps sales dans le bac à linge du chariot. Vider les déchets, les cendriers, changer les sacs-poubelle. Remplacer verres et tasses utilisés. Vérifier les articles pris dans le minibar. Dépoussiérer toutes les surfaces. Passer l'aspirateur sur la moquette, le capitonnage, les rideaux et le mobilier. Nettoyer et essuyer partout. Dans la salle de bains, enlever serviettes et tapis usagés et les placer dans des sacs à linge. Ranger soigneusement les affaires des clients. Nettoyer lavabos, robinets, douche, faire la chasse aux poils (une obsession de Mildred), récurer les toilettes (plus aucun secret pour Pauline), bien essuyer le porte-serviettes. Réapprovisionner en savons, shampoings, papier hygiénique. Suspendre les serviettes propres. Balayer le sol, aspirer et terminer par la serpillière. Refermer les fenêtres et partir en verrouillant la porte.

Cette immersion dans l'intimité de gens qu'elle ne connaissait pas exerçait sur elle une étrange fascination ; lorsqu'elle avait nettoyé les chambres de ces parfaits étrangers, elle s'était souvent imaginé leurs vies. La plupart du temps, c'était loin d'être romantique. Les draps disaient tout, elle l'avait vite découvert avec des haut-le-cœur : ils racontaient, prolixes, les cinq à sept (emballages de préservatifs, ou parfois, pire encore, le préservatif usagé lui-même), les voyages de noces (pléthore de taches), les nuits sans sommeil (éclaboussures d'alcool, cendres de cigarette), les petits déjeuners au lit (miettes, traces de café), les accidents nocturnes (incontinence, rêves mouillés, cuites, allergies alimentaires, flux menstruel). Pauline examinait aussi – comment faire autrement ? – les produits de beauté utilisés par les clientes : leurs parfums, leurs maquillages, leurs vêtements qu'elle rangeait dans la penderie ou qu'elle pliait avec soin.

Devant la double porte de la suite 614, elle frappa trois coups rapides comme Mildred le lui avait appris.

— Bonjour ! C'est la femme de chambre !

Il fallait vérifier la présence d'un client, elle l'avait compris à ses dépens. Une fois, elle avait ouvert sans prendre cette précaution pour tomber sur un couple enamouré qui s'en donnait à cœur joie.

Elle avait beau tendre l'oreille, elle n'entendait rien derrière le battant. Elle recommença. Aucune réponse, aucun bruit. Mildred avait bien spécifié qu'il n'y avait personne, alors Pauline ouvrit avec la clé que lui avait confiée sa patronne et entra avec son chariot qu'elle laissa dans le vestibule.

Le papier peint était beige pâle, avec un discret imprimé de fougères, et la moquette moelleuse était d'une teinte similaire. En avançant vers l'enfilade de pièces plongées dans la pénombre car les rideaux étaient encore tirés, elle constata avec un sentiment de désarroi que tout n'était que pagaille : des verres traînaient çà et là, des bouteilles vides jonchaient le sol, les cendriers débordaient, des restes de nourriture se trouvaient encore dans les assiettes, et nombre de vêtements avaient été jetés un peu partout, sur les chaises ou par terre.

Deux méridiennes vert d'eau se faisaient face, garnies de petits coussins pastel. Elle remarqua une table basse avec une surface en verre qui n'allait pas être facile à ravoir, se dit-elle ; le bouquet de roses blanches fanées qui s'y trouvait avait besoin d'être changé. La salle à manger était un peu plus loin, donnant sur la cuisine.

L'odeur chargée qui régnait dans les lieux n'était pas désagréable : un mélange de tabac à pipe et de parfum féminin, mais elle se rappela qu'il fallait avant tout aérer, ce qu'elle fit en ouvrant rideaux et fenêtres. Le panorama était magnifique : à ses pieds, la ville de Reno avec le ruban bleu de la Truckee River qui serpentait jusqu'à l'horizon. Elle décida de s'attaquer d'abord au salon, à la salle à manger et à la cuisine, et de terminer par la chambre et la salle de bains. La suite était bien plus grande que les petites pièces dont elle avait l'habitude. Et dire qu'elle n'avait que deux heures pour faire tout ça ! Comment allait-elle s'y prendre pour finir à temps ?

Rapidement, elle débarrassa les couverts, les verres, lava la vaisselle, l'essuya et la rangea. Elle vida les cendriers, jeta les cadavres de bouteilles et plia les vêtements (des robes, des blouses, des pantalons de femme) qu'elle mettrait plus tard dans la penderie de la chambre. Au pied du tourne-disque, elle trouva des disques pêle-mêle, tous sortis de leurs pochettes. Elle les classa, en notant des albums d'Elvis Presley, Frank Sinatra, Ella Fitzgerald. Munie d'un chiffon et d'un plumeau, elle poursuivit son nettoyage avec une grande concentration. Elle serait à l'heure. Pour une fois, Mildred serait contente. De temps en temps, elle entendait le téléphone sonner dans le vide. Pauline savait qu'elle n'avait pas le droit de répondre. Si Mildred avait besoin de lui parler, elle monterait.

Puis elle brancha l'aspirateur : un ancien modèle lourd et bruyant qu'il fallait pousser de toutes ses forces pour le glisser sous les fauteuils et les tables. Elle était en train de se demander comment la pauvre Pilar allait s'y prendre avec son poignet, lorsqu'elle comprit qu'elle n'était plus seule dans la pièce.

Devant elle se tenait une femme entièrement nue aux cheveux courts et ébouriffés. Pauline poussa un cri de surprise et s'empressa de suspendre le feulement de l'aspirateur. En bégayant, elle murmura qu'elle était désolée, qu'elle avait cru que la suite était vide. Elle avait dû réveiller cette personne.

— Pas de problème, marmonna la femme nue en se frottant les yeux.

Elle semblait ailleurs, tenant à peine debout.

La panique s'empara de Pauline. Elle se sentit rougir. Bon sang, que devait-elle faire à présent ? Partir en courant, laisser tomber le nettoyage ? Ou poursuivre avec l'aspirateur et tout le reste ? En attendant, elle perdait du temps. Elle imaginait déjà le courroux de Mildred.

— Hé, fit la petite voix douce, je voudrais bien un Bloody Mary.

— Bien sûr, madame.

Pour l'amour de Dieu, quel était le numéro du service d'étage ? Elle allait passer pour la plus gourde des femmes de chambre aux yeux de cette cliente. Brusquement, elle eut une illumination. Tandis que la dame dénudée, toujours dans un état second, déambulait vers la salle de bains, Pauline s'échappa de la suite pour appeler l'ascenseur. Avant que son admirateur, Casper, puisse articuler quoi que ce soit, elle le supplia de l'aider.

— Ça roule ! fit-il, réjoui. Un Bloody Mary pour la suite 614.

La femme était à présent étendue sur le canapé du salon, dans le plus simple appareil. Pauline avait rarement éprouvé une telle gêne. Elle l'observa de plus près. Avait-elle déjà vu une peau aussi blanche ? Celle-ci avait la consistance d'une crème épaisse, quasiment lumineuse. Par contre, ses cheveux étaient dans un piteux état, et Pauline se demandait quel serait le verdict de sa mère devant ces courtes mèches desséchées qui pendouillaient comme de la paille.

Elle restait là, la tête appuyée sur la paume de sa main, le regard perdu dans le vague. À un moment, elle se tourna vers Pauline. Le blanc de ses yeux était injecté de sang, et des traces de mascara maculaient ses joues. Son corps, bien en chair, était doté de lourds seins frémissants.

— D-d-dois-je continuer à faire le ménage, madame ?

La femme fit un geste de la main pour signifier : allez-y. Pauline se rendit dans la chambre. Le noir total y régnait, ainsi qu'une chaleur étouffante : la climatisation était à l'arrêt et des stores occultants avaient été fixés sur les vitres. Elle était en train d'essayer de les retirer, lorsque la sonnette retentit. Elle se dépêcha d'aller ouvrir : Pedro, un des gars du service d'étage, se tenait là avec le Bloody Mary.

— Tiens, Frenchie ! fit-il à voix basse. Que fais-tu au sixième ? Ça doit te changer des chiottes, non ?

Alors qu'il pénétrait dans l'entrée, Pauline se souvint tout d'un coup que la femme était nue comme un ver. Elle fit barrage à Pedro, s'empara du tumbler sur le plateau, et le remercia, en lui précisant qu'elle l'apporterait elle-même à la cliente.

— Dacodac, dit-il en la laissant faire. Et n'oublie pas de souhaiter une belle journée à Mrs. Miller.

La façon qu'il avait eue de prononcer *Mrs. Miller* attisa la curiosité de Pauline, qui le dévisagea. Il lui lança un clin d'œil appuyé et s'en alla. Que diable avait-il voulu dire ? Faisait-il allusion au fait que Mrs. Miller se pavanait à poil toute la matinée ? Était-elle une allumeuse ? Ou pire encore ? Ses joues s'enflammèrent. Eh bien, elle allait mettre le holà à tout ça. On ne la lui ferait pas.

La femme était au téléphone, en train d'enrouler le cordon autour de son doigt, lorsque Pauline revint dans la pièce principale.

— Je ne suis pas prête, disait-elle d'une voix de petite fille. Je viens de me réveiller. Ne passe pas maintenant, Paula. Laisse-moi plus de temps.

Pauline plaça le Bloody Mary sur la table en se demandant qui était « Paula » et en évitant de poser les yeux sur la toison pubienne jaune qui paraissait avoir été décolorée dans la même tonalité que les cheveux.

La femme raccrocha et saisit son cocktail. Pauline remarqua ses belles mains fines.

— Merci, dit la cliente.

Elle avait un sourire attirant, des petites dents parfaites. C'étaient ses yeux rougis, ses cheveux ternes et son teint blafard qui lui donnaient l'air malade. Peut-être était-elle souffrante, après tout.

Pauline prit une grande inspiration.

— S-s-il vous plaît, Mrs. Miller… Pourriez-vous…

— Oui, mon chou ?

Pauline se sentit encore plus déstabilisée par le « mon chou » prononcé de la plus gentille des façons, comme si Mrs. Miller et elle se connaissaient depuis longtemps.

— … Simplement mettre votre robe de chambre, s'il vous plaît. Je-je peux aller vous la chercher.

Mrs. Miller la fixa. Les secondes s'égrenaient. Pauline avait l'impression qu'elle rétrécissait intérieurement. Elle était épouvantée. Qu'avait-elle fait ? Elle avait demandé à une cliente de s'habiller. C'était la fin. Elle allait se faire virer. Virer du Mapes Hotel. Tout était terminé. Elle se voyait déjà, la tête basse, en train de marcher vers Washington Street, morte de honte. Comment trouverait-elle un nouvel emploi ?

Sans comprendre, Mrs. Miller baissa les yeux pour se contempler elle-même, puis se tourna vers Pauline à nouveau. Elle semblait ne pas avoir conscience de son état.

— Oh, fit-elle. Bien entendu. Vous voulez bien aller me la prendre ?

Soulagée, Pauline s'empara du vêtement dans la salle de bains, puis aida Mrs. Miller à l'enfiler.

— M-merci, Mrs. M-Miller.

La femme lui sourit encore.

— Vous avez un léger bégaiement, n'est-ce pas ? Moi aussi, ça m'arrive. Ça a commencé quand j'étais gamine.

Décidément, cette conversation prenait une tournure personnelle des plus surprenantes. Jamais Pauline n'avait évoqué son bégaiement devant qui que ce soit, surtout devant une cliente de l'hôtel.

— Oui, depuis mon enfance, admit-elle.

— Quel âge avez-vous ?

— Vingt et un ans, madame.

— Si jeune, encore. Et ça se déclenche lorsque vous êtes émue ou nerveuse, n'est-ce pas ?

Il y avait dans ce filet de voix une franche empathie qui toucha Pauline.

— Oui, madame.

— Pas la peine de vous en faire si ça arrive devant moi. Vous savez, j'en souffre encore, à mon âge. C'est embêtant, parfois.

Pauline était bien incapable de donner un âge précis à Mrs. Miller. Une trentaine d'années ? Les traits de son visage étaient marqués par la fatigue. Peut-être était-elle plus âgée ?

— Excusez-moi, je dois continuer à nettoyer la chambre, dit Pauline, l'œil rivé à sa montre. Je n'ai pas fini.

Le téléphone sonna à nouveau et Mrs. Miller décrocha avec lassitude. Pauline se remit au travail. La chambre, qu'elle découvrait à présent en plein jour, était un capharnaüm : encore des habits qui traînaient, mais bizarrement aucun sous-vêtement, des verres barbouillés de rouge à lèvres, des dizaines de mini-bouteilles vides de Piper-Heidsieck, des magazines, des journaux, et un cimetière de mules et d'escarpins d'une marque italienne qui s'étendait jusque sous le lit. Une coiffeuse face à la fenêtre était couverte de produits de maquillage. Ça n'allait pas être de la tarte d'astiquer tout ça.

La chambre était spacieuse, avec un grand matelas, une tête de lit en satin de couleur jade et des rideaux vert pâle. Une grosse télévision juchée sur un meuble roulant était repoussée dans un coin. Pauline, intriguée, repéra aussi des affaires d'homme : trois chemises froissées, des chaussettes, un pantalon chino. Sur la table de chevet de gauche, elle découvrit une montagne de médicaments, un masque de nuit, une crème hydratante ; sur celle de droite, mieux rangée, elle trouva une pile de livres, un stylo, une pipe, un cendrier, et des lunettes à monture d'écaille. Il y avait donc bien un Mr. Miller dans les parages.

Pauline avait déjà été confrontée à des « foutoirs », le terme employé par ses collègues, et elle savait que cela signifiait le double de travail, mais celui-ci était gratiné. Les draps n'étaient pas propres (s'agissait-il de traces de nourriture ? de sang ? Elle préférait ne pas le savoir). Il fallait donc les changer, *et plus vite que ça*. Elle entendait presque les ordres de Mildred.

Pendant qu'elle travaillait, la voix de Mrs. Miller flottait jusqu'à elle, avec parfois l'écho d'un rire délicieux, quasi enfantin. En rangeant les nombreux flacons de pilules : Benzédrine, Dexamyl, Seconal, Nembutal, tous au nom de Mrs. Miller, Pauline pensa qu'elle n'en avait jamais vu autant. Elle se demanda de quelle maladie cette cliente souffrait. Puis elle se reprit. Cela ne la regardait pas.

Alors qu'elle venait à bout de la chambre, elle sentit la sueur couler entre ses omoplates. Il faisait chaud. Elle referma les fenêtres, mit la climatisation en marche. Il ne lui restait plus que la salle de bains à nettoyer. Oui, elle était dans les temps. Elle boirait discrètement au robinet du lavabo pour se désaltérer.

— Quel est votre prénom ?

La voix douce la surprit tandis qu'elle récurait la baignoire.

Appuyée au chambranle, Mrs. Miller l'observait. Son visage semblait plus vif, ses yeux un peu moins rouges.

— Pauline, madame.

— C'est joli. Vous êtes du coin ?

— Je vis à Reno, mais je suis née en France. À Paris.

— À Paris ? répéta Mrs. Miller, alors que ses mains fines se nouaient en tremblant sur sa clavicule.

Et, comme si Pauline venait de prononcer un mot magique, le visage de Mrs. Miller s'illumina.

1946
Paris, France

— Pauline ! *Pauline ?* Je voudrais te présenter quelqu'un !

Sa mère prenait une voix de gorge particulière, un peu plus basse, qu'elle utilisait surtout – la fillette en avait conscience – lorsqu'elle souhaitait faire bonne impression.

L'homme trapu debout dans le salon portait un uniforme olivâtre : veste de treillis, pantalon en laine, brodequins en cuir fauve et ceinturon. Bien qu'âgée de sept ans, Pauline savait qu'il s'agissait d'un GI, ces soldats américains présents à Paris depuis la Libération. Son sourire, un des plus gentils et bienveillants qu'il lui eût été donné de voir, fut la deuxième chose qu'elle remarqua.

En lui offrant sa main, il dit son prénom, qu'il prononça « Pauly ».

— Voici Doug Hammond, fit sa mère avec une certaine émotion.

Il y eut un silence, mais la fillette ne perçut aucune gêne ; Doug Hammond remplissait la pièce d'une paisible et rassurante présence.

Il parlait à peine le français ; l'anglais de Marcelle Bazelet était exécrable, mais au grand amusement de Pauline, ils parvinrent à entretenir une conversation dans les deux langues à l'aide de gestes et de mimiques, tout en ponctuant chacune de leurs phrases d'éclats de rire.

Pauline ne se souvenait pas de son père, décédé lorsqu'elle n'était qu'un nourrisson. Ses traits lui étaient familiers uniquement parce que son portrait était posé sur la cheminée du salon : un jeune homme sérieux et moustachu au visage anguleux. Il avait succombé à un cancer du pancréas à l'âge de vingt-huit ans. Sa mère s'était retrouvée veuve à vingt-cinq. Pauline n'avait pas l'habitude de croiser des hommes chez elles, à part ses oncles et ses cousins. Il y avait eu, de temps à autre, des visiteurs occasionnels qui venaient voir sa mère, mais aucun ne lui avait été présenté de façon formelle comme ce jour-là.

Cet homme était différent des autres ; il semblait à l'aise avec lui-même, avec le monde qui l'entourait. Il était assis là, tranquille, cigarette aux lèvres. De temps en temps, il lançait un clin d'œil à « Pauly ». La fillette aimait bien ça. Ce qui était nouveau aussi, c'était la manière dont il regardait sa mère. Avec sa taille fine et ses fossettes, Marcelle s'était toujours attiré des regards admiratifs, mais ce jeune Américain paraissait épris : il la couvait des yeux.

Sa mère, ce soir-là, portait une nouvelle robe drapée, d'un ton turquoise, qui révélait sa silhouette tout en finesse. Marcelle était si gracieuse et élégante, avec ses chaussures assorties à ses sacs à main et, bien entendu, elle coiffait ses tresses brunes en une divine torsade, mais c'était sa profession, après tout : elle dirigeait un salon de coiffure rue Bréa, à quelques minutes de leur appartement du square Delambre, en plein cœur de Montparnasse.

Brigitte, une des amies de Marcelle, débarqua avec du champagne. Depuis que la guerre était finie, il y avait tant de raisons de se réjouir. Paris n'était plus qu'une longue fête, et cela ne semblait pas près de s'arrêter. Brigitte possédait quelques notions d'anglais, ce qui se révéla utile. Elle put traduire les propos de Doug. Il venait du Nevada, glissa-t-elle à Pauline, mais la petite n'avait jamais entendu un nom pareil. *Ne-va-da*, répéta-t-elle. Où se trouvait le *Ne-va-da* ? Et que signifiait ce mot, demanda-t-elle à Brigitte, qui à son tour interrogea Doug. Elle apprit qu'en espagnol, cela voulait dire « enveloppé de neige », car les hautes montagnes en étaient recouvertes l'année entière.

Doug réclama une feuille de papier et un crayon, puis il lui dessina une carte. Voici la France, qui sembla minuscule à la petite fille, et de l'autre côté de l'océan, voici la vaste Amérique. Sur la gauche du continent colossal, le crayon de Doug esquissa rapidement une forme qui ressemblait à un long losange bancal, fermé par une pointe. Ça, c'était le Nevada, dit-il, puis il crayonna un point noir en haut, à gauche, à l'intérieur du losange.

— Et voilà Reno.

Il traça les quatre lettres majuscules, et Pauline, qui savait lire, les déchiffra.

Plus tard, elle comprit que sa mère et Doug s'étaient rencontrés un mois auparavant lors d'une kermesse place d'Alésia. Marcelle y était allée avec Brigitte et d'autres amies. Doug, lui, se trouvait là avec des compagnons de son régiment. Ce que Pauline ignorait, c'était que sa mère et Doug s'étaient vus régulièrement depuis.

Pauline menait la vie paisible d'une fillette heureuse, née pendant la guerre, et qui se sentait infiniment soulagée par la fin du conflit, comme la plupart des enfants, entraînés par la liesse des grandes personnes. Elle allait à l'école élémentaire de la rue Delambre, où elle était bonne élève, avec ses camarades de classe, Chantal et Marie-Charlotte. Après les cours, une des apprenties de sa mère venait la chercher pour l'emmener au salon de coiffure rue Bréa où elle faisait ses devoirs jusqu'à la fermeture des lieux. Elle était encore trop petite pour affronter seule le dangereux carrefour Vavin.

Pauline aimait tant ces instants passés dans le salon de coiffure de sa mère, avec le sourire chaleureux des clientes qui l'accueillaient lorsqu'elle arrivait, pain au chocolat à la main. Certaines étaient en pleine mise en plis, sous le casque, d'autres encore au milieu d'une teinture, d'un rinçage ou d'une manucure, et Marcelle régnait sur tout ce petit monde avec son chic et sa prestance habituels. Comme elle avait de la chance, d'avoir une maman si jolie, roucoulaient ces dames. Et quand elle serait grande, elle serait aussi belle, aussi élégante que Marcelle. Et sa mère roucoulait à son tour en caressant la tête de Pauline.

— J'espère qu'elle ne sera pas trop grande, disait-elle. Son pauvre papa mesurait un mètre quatre-vingt-seize. Comme le général de Gaulle !

— Oh, Seigneur, comme c'est grand ! Ah, non alors, il ne faut pas que Pauline pousse à ce point ! disaient toutes ces dames en chœur.

Dès lors, Pauline développa l'angoisse de devenir une grande perche maladroite, le contraire de sa mère si gracile. Elle faisait déjà une tête de plus que ses camarades Marie-Charlotte et Chantal, et se tenait en permanence un peu voûtée, le menton baissé, les épaules remontées.

Doug Hammond passait de plus en plus souvent square Delambre pour dîner avec elles, les bras chargés de fleurs, de chocolats et de petits cadeaux pour « Pauly ». Doux, gentil et spirituel, il n'était pas à proprement parler beau, mais son charme était efficace. Dans l'immeuble, les voisins savaient que Mme veuve Bazelet fréquentait un jeune soldat américain. Et tout le monde approuvait. Elle méritait un peu de bon temps, après tout, cette petite dame exquise qui trimait sans relâche dans son salon de coiffure et élevait merveilleusement sa fille. Comme elle était courageuse ! Et de surcroît, jolie comme un cœur.

Muni d'un dictionnaire français-anglais, Doug faisait de son mieux pour parler la langue de Molière.

Son accent était comique ; Marcelle et Pauline pleuraient de rire, mais il s'accrochait, inébranlable.

Entre lui et sa mère, c'était du sérieux. Et le jour des trente et un ans de Marcelle, Pauline comprit à quel point lorsque sa mère lui montra, les yeux embués, sa bague de fiançailles. Marcelle allait devenir Mrs. Doug Hammond.

Pauline n'avait pas saisi jusqu'où sa vie, leurs vies allaient s'en trouver bouleversées : elle croyait qu'elles demeureraient square Delambre, dans l'appartement modeste qui donnait sur une cour ombragée, que Doug allait y emménager et vivre avec elles. Elle pensait qu'elle continuerait à se rendre chaque matin à l'école de la rue Delambre avec ses amies, qu'elle verrait ses grands-parents, ses cousins et ses cousines lors des vacances scolaires à Talloires, dans le chalet familial, au bord du lac d'Annecy. Pauline n'avait encore rien vu ni rien compris.

Ne-va-da. Ce nom revenait, constamment. Elles allaient partir vivre avec Doug dans le Nevada. Ces trois syllabes retentissaient en elle, à la fois galvanisantes et angoissantes : elles allaient quitter Paris, l'école, le salon de coiffure, leur logement, leurs amis, leur famille ; elles allaient tout laisser derrière elles. Ce fut à partir de ce moment-là que Pauline fut prise d'un léger bégaiement, passé inaperçu au début, mais plus prononcé lorsque la fillette se sentait nerveuse ou désemparée.

Jamais Pauline n'avait vu sa mère aussi heureuse que le jour de son mariage, à la mairie du

XIVᵉ arrondissement. Resplendissante, Marcelle portait une robe couleur framboise écrasée qui mettait en valeur son teint de porcelaine. Doug, tout sourire, avait revêtu un costume sombre et une cravate.

L'endroit ressemblait à un château. Pauline était impressionnée par les boiseries et le plafond à caissons de la salle des mariages. Mais plus tard, après la joyeuse réception donnée dans l'appartement du square Delambre, elle repensa à la conversation qu'elle avait entendue malgré elle entre sa tante (la sœur de Marcelle) et sa grand-mère :

— J'espère surtout qu'elle sait ce qu'elle fait, la pauvre, avait dit sa tante Irène avec une grimace.

La grand-mère de Pauline avait hoché la tête.

— Marcelle mérite d'être heureuse. Il a l'air gentil, cet Américain.

Irène s'était crispée. Elle avait baissé d'un ton (mais Pauline avait tout entendu) :

— Quelle idée, quand même, d'aller s'isoler à l'autre bout du monde avec un type dont elle ne sait rien et dont elle ne parle même pas la langue.

— Chut, la petite nous écoute.

Et elles s'étaient tues.

Sa mère n'était-elle pas en train de faire une énorme bêtise ? se demanda Pauline. Elle en avait des frissons. À chaque fois qu'elle annonçait avec fierté à ses amies, sa maîtresse ou ses voisins qu'elle partait aux États-Unis, en expliquant que son beau-père était originaire du *Ne-va-da*, on la regardait sans grand enthousiasme. On lui avait même lancé, avec une raillerie dont elle se serait bien passée : alors, elles allaient finir au Far West chez les cow-boys et les Indiens ? Pourtant, ce n'était pas la tasse de thé de Marcelle, tout ça.

Et puis, il y avait eu ce moment sidérant au salon de coiffure, lorsque cette fouine de Mme Berthier avait lancé que Reno était connu comme la capitale mondiale du divorce. On s'y pressait pour divorcer vite fait, avait-elle sifflé avec un sourire narquois. Ce n'était pas de bon augure pour une jeune mariée, tout de même ? Et que dire des casinos, boîtes de nuit et autres racoleuses et effeuilleuses ? Marcelle ne redoutait-elle pas d'exposer sa fille à des bandes de fêtards et de canailles ?

Le porte-plume flottant au-dessus de son cahier d'écriture, Pauline écoutait, fascinée. Que signifiaient « racoleuse » et « effeuilleuse » ? Les joues de sa mère s'empourprèrent et ses yeux noirs se mirent à lancer des éclairs. Quand Marcelle prenait cette expression-là, il allait y avoir du grabuge, comme Mme Berthier le découvrirait sans tarder. Sa mère, un peigne serré entre ses doigts, vint se poster au-dessus de Mme Berthier, qui avait la tête en arrière dans le bac à shampoing. Comment osait-elle dire des choses pareilles ? Son Doug était un homme bon, un homme honnête, un soldat valeureux qui s'était battu jusqu'au bout. Pour l'amour du ciel, il était garagiste à Reno, rien à voir avec des lieux de perdition et des catins. Il était issu d'une famille qui gardait les pieds sur terre, des gens bien, des travailleurs qui avaient des principes. Déchaînée, Marcelle continuait sur sa lancée, tandis que Mme Berthier se ratatinait à vue d'œil et que Pauline en tirait un malin plaisir. Mme Berthier pensait-elle vraiment que Marcelle s'était fait embobiner par un vulgaire souteneur, un flambeur minable qui prévoyait de dilapider sa maigre fortune pendant que la pègre mettrait le grappin sur Pauline ? Les dames du salon en avaient le souffle coupé et Mme Berthier marmonna en tremblant qu'elle avait dépassé les bornes, mais qu'elle n'avait fait que rapporter des rumeurs, voilà tout.

Plantée au beau milieu de la boutique, Marcelle brandissait son peigne telle une épée vers le plafond, et elle lança d'une voix tonitruante, presque menaçante, qu'elle n'avait jamais été aussi heureuse de sa vie, après tout ce qu'elle avait enduré, la perte de son Jacques l'année même de la naissance de son bébé, puis la guerre et son colossal fardeau, et qu'elle se réjouissait enfin de tout ce qui l'attendait, portée par un enthousiasme inédit. Elle était en route vers une terre nouvelle où tout était possible. Et elle avait foi en l'avenir.

La voix de sa mère était devenue plus posée, remarqua Pauline, et elle avait cessé d'agiter le peigne au-dessus de sa tête. Oui, elle était encore jeune, et tant d'espoir brillait dans ces beaux lendemains. Elle avait l'impression de déjà connaître la terre natale de Doug tant il avait mis de cœur dans ses descriptions ; il avait cherché chaque mot sans exception dans le dictionnaire pour mieux évoquer son coin du

Nevada, sa beauté sauvage, la nature, les montagnes et la maison de Washington Street à Reno, là où ses parents avaient hâte de faire la connaissance de Marcelle et de sa fille. Pauline vit que certaines des clientes versaient une petite larme. Était-il possible que sa mère en fasse parfois un peu trop ?

Dans les semaines qui suivirent, la fillette eut souvent l'impression que sa mère ne touchait plus terre. Doug avait quitté la France avec son régiment pour retourner au Nevada, attendre sa nouvelle épouse et sa fille de pied ferme, et préparer leur arrivée. Marcelle racontait à ses amies et à ses clientes que les voyages des mariées françaises qui retrouvaient leurs maris américains étaient entièrement financés par le gouvernement des États-Unis et la Croix-Rouge. Tout était remarquablement organisé, répétait-elle. Oui, c'était formidable. Pauline, elle, ne trouvait pas cela formidable. Elle avait peur. Elle perdait ses repères, ne savait pas à qui se confier. Sa mère ne lui avait donné qu'une petite valise, car elles allaient tout racheter là-bas. Pendant ce temps, l'appartement se vidait jour après jour de ses meubles, vendus ou donnés, et Pauline, qui n'avait jamais vécu ailleurs, se sentait affectée par la vision des murs et parquets subitement nus.

Le jour du grand départ arriva. Elles firent leurs adieux. Marcelle dégageait une telle énergie, montrait une telle détermination que l'entourage avait choisi de sourire avec elle, de bannir doutes et mélancolie. Pauline faisait de son mieux elle aussi pour être à la hauteur ; sa mère ne voudrait pas d'une pleurnicharde à ses côtés. Dans sa poche, elle serrait de toutes ses forces un porte-clé décoré d'une petite tour Eiffel que lui avait offert son cousin.

Il pleuvait lorsqu'elles se rendirent à la gare Saint-Lazare pour prendre le train en direction du Havre. Marcelle ne s'était pas résignée à se séparer de ses bibis et autres turbans. Tant pis si elle s'encombrait d'une boîte à chapeaux et embarquait aussi ses tenues les plus raffinées. Ses amies s'étaient gentiment moquées d'elle : elle n'allait pas avoir besoin de ses robes de cocktail chez les cow-boys !

Quelle cohue ! Pauline n'avait pas tout compris du déroulement du voyage, sinon que cela risquait d'être long. Il fallait qu'elle soit patiente, avait prévenu Marcelle. Pauline avait tant de questions : comment ferait-elle pour aller à l'école *là-bas* si elle ne parlait pas anglais ? Aurait-elle de nouvelles camarades ? Reverrait-elle un jour sa famille et ses amies ? Sa mère répondait toujours oui, mais sans parvenir à la rassurer.

Pauline eut conscience, une fois qu'elles eurent pris place dans le train et que la vision de la famille et des amis en bout de quai se fut estompée, qu'il n'y avait que des femmes autour d'elles. Le contrôleur semblait être le seul homme à bord. Elles étaient pour la plupart jeunes, françaises et fraîchement mariées à des GI. Certaines étaient enceintes, d'autres portaient des bébés dans leurs bras, mais il n'y avait pas d'enfants de l'âge de Pauline.

Comme d'habitude, sa mère attirait l'attention, mais faisait aussi preuve d'empathie. Ainsi voulait-elle connaître le nom de toutes les femmes de leur compartiment, savoir d'où venaient leurs maris et où elles se rendaient. Les passagères se montrèrent enchantées de partager leurs histoires. Pauline eut presque envie de se boucher les oreilles tant leur bavardage devenait assourdissant. Elle finit par s'abîmer dans la contemplation du paysage normand détrempé, tout en serrant si fort la petite tour Eiffel qu'elle se piqua le doigt avec.

Le voyage lui parut court, à peine quelques heures. Lorsqu'elles arrivèrent à la gare du Havre, les épouses de guerre (elle avait appris que c'était ainsi qu'on nommait les femmes comme sa mère) furent accueillies par une marche nuptiale jouée par un orchestre. Toutes souriaient, Pauline fit de même. Ensuite, elles durent sortir en se mettant en rang deux par deux, comme à l'école, pour se rendre jusqu'aux cars qui les attendaient. Pauline demanda à sa mère si c'était maintenant qu'elles allaient prendre le bateau pour les États-Unis. Non, non, elles iraient d'abord dans un camp de transit. Pauline n'avait aucune idée de ce que cela signifiait.

En chemin, la fillette repéra des villages bombardés, des ruines calcinées exposées à la bruine : elle n'avait rien vu de pareil. Mais les autres ne remarquèrent pas ; elles étaient trop occupées à bavarder. Puis elle vit les panneaux qui indiquaient l'entrée du camp, alors que le moteur du car geignait en gravissant la colline : « Camp Philip Morris. Le Havre. Port of embarkation. »

Lorsqu'elles descendirent du bus, la pluie tombait de plus belle et Pauline se sentait à bout de forces et affamée. Mais l'humeur de sa mère était au beau fixe, pleine de dynamisme, et elle ne s'altéra pas lorsqu'on les guida vers les baraquements en bois groupés au sommet de la colline. Le leur était le numéro 12, et elles devaient le partager avec une vingtaine de dames, ce qui ne refroidit nullement sa mère, ni les autres. Deux des passagères de leur compartiment se trouvaient là : Valérie et Anne-Laure.

Pendant trois jours, elles restèrent au camp Philip Morris. Mais pourquoi ne naviguaient-elles pas vers New York ? se plaignit Pauline. Pourquoi étaient-elles coincées ici ? À cause des dossiers à remplir, de la paperasserie, expliqua sa mère.

Un matin, elle comprit qu'elles allaient enfin partir : le bateau levait l'ancre à midi. L'excitation s'empara d'elle. Elles seraient plusieurs centaines à embarquer à bord du S.S. *Santa Paula*, un navire de commerce américain spécialement affrété pour le transfert des épouses en direction de New York.

Sur les quais du port, une foule s'était amassée pour dire adieu à toutes ces femmes ; des photographes immortalisaient l'instant, tandis que la sirène du bateau retentissait. Marcelle et Pauline avançaient dans la queue, quand des voix s'élevèrent : il s'agissait d'un groupe de petits vieux qui ricanaient en agitant leurs pipes. Alors, ces dames pensaient qu'elles allaient mener la grande vie aux États-Unis ? Elles seraient bien vite de retour au pays, la queue entre les jambes. Ça leur apprendrait à s'enticher d'Amerloques !

— Ne les écoute pas, dit Marcelle fermement à sa fille.

— Des vieux cons, pesta Valérie.

Le doute s'empara de la fillette. Et si ces vieux types avaient raison ? Et si ces unions hâtives étaient vouées à l'échec ? Mais elle n'eut pas le temps de se faire du mouron. À bord, elle avait repéré un garçon de son âge. Avec Éric, ils sillonnèrent le navire de la cale jusqu'aux ponts, en passant par les cuisines, les nurseries, la salle de lecture, se faisant gronder par l'équipage, échappant à la surveillance de leurs mères. Personne ne parlait français, toutefois les enfants saisirent rapidement la signification du mot « *No !* ».

Pauline et Marcelle partageaient une cabine avec huit autres femmes, dont Valérie et Anne-Laure. Marcelle gouvernait ses compagnes avec son autorité naturelle, comme à l'accoutumée : elle les mettait dans sa poche avec ses conseils de beauté et de coiffure. De bon matin, les équipes de la Croix-Rouge et du gouvernement américain frappaient à chaque porte pour vérifier que tout allait bien et constater l'avancement des documents à remplir. Marcelle avait une fois emmené Pauline à une conférence en anglais sur la culture américaine dédiée aux épouses françaises, afin qu'elles puissent mieux s'adapter à leur nouveau pays. Marcelle n'avait pas fait long feu. Elles durent également se faire vacciner. Contre quoi ? Des maladies graves, fut la réponse.

Lorsque Pauline passait par la cuisine ou le restaurant, un des serveurs lui mettait de côté des tranches de gâteau et de fromage. C'était un grand gaillard à la peau noire. Il s'appelait River et, en sa compagnie, elle avait l'impression d'être une personne de la plus haute importance. C'était dû à la manière dont il la saluait – doigts rivés à la tempe, claquement sec des talons – et à sa façon de scander « Miss Pauline ! » avec force et respect. Elle parvint à lui expliquer qu'elle était en chemin pour le Nevada et il lui fit comprendre qu'il était originaire du Mississippi, encore des sonorités qu'elle trouva captivantes. River lui avait même trouvé une petite carte des États-Unis et lui lisait les noms de chaque État.

Le soir, les jeunes mariées se rendaient au cinéma et à la salle de bal, mais Pauline était trop petite pour les accompagner. Elle devait rester dans la nurserie où elle retrouvait Éric, et ils se livraient alors à leurs frasques habituelles : faisant semblant de dormir à poings fermés, ils profitaient que les nurses buvaient une tasse de chocolat chaud pendant leur pause pour s'échapper en pyjama, grimper les escaliers et se cacher derrière les meubles afin d'espionner leurs mères.

— La plus belle, c'est ta maman, dit Éric, alors qu'ils admiraient Marcelle en train de tourbillonner dans sa robe sophistiquée.

— Je sais, dit Pauline avec fierté.

La veille de leur arrivée au port de New York, la météo changea subitement pour virer à la tempête : le navire fut ballotté par la houle, donnant le mal de mer à la plupart des passagères. Dans leur cabine, Valérie et Anne-Laure rendaient tripes et boyaux en gémissant, tandis que l'héroïque Marcelle leur tendait une bassine. Mais ce qui attendait Valérie et Anne-Laure était en vérité bien pire, comme elles n'allaient pas tarder à le découvrir. On leur avait spécifié que leurs époux viendraient les chercher à New York pour les conduire dans leurs nouveaux foyers, mais aucun d'eux ne se présenta. Pauline trouva leur détresse déchirante. Il y avait apparemment plusieurs autres épouses abandonnées. Marcelle était bouleversée, et Pauline ressentait un profond effroi : et s'il arrivait la même chose à sa mère ?

Dans un état d'hébétude, elle entrevit de loin la statue de la Liberté. Bondé de voitures, de taxis et de piétons, New York lui sembla être l'endroit le plus bruyant et le plus encombré qu'elle eût jamais vu. On les emmena toutes au centre-ville dans une structure d'accueil pour femmes. Le lendemain, la Croix-Rouge accompagnerait Marcelle et Pauline à la gare.

En cherchant le sommeil cette nuit-là, Pauline ne put s'empêcher de penser à Valérie, à Anne-Laure et à celles dont les maris n'étaient pas au rendez-vous. Elle essaya de ne pas se laisser submerger par l'angoisse et serra la petite tour Eiffel dans sa main.

Depuis leur départ de Paris, sa mère se maquillait chaque matin pendant de longues minutes devant son miroir de poche, puis se coiffait d'une façon experte, avant de vérifier que Pauline était, elle aussi, impeccable. Tout était chamboulé dans leurs vies ; Pauline se sentait déracinée, désorientée, mais le fait de poser les yeux sur cette mère si bien tournée, chargée de son carton à chapeaux sur le quai de la gare, sous les œillades admiratives des bagagistes, la rassurait.

Un membre de la Croix-Rouge voyagerait avec elles jusqu'à Chicago dans un train-couchettes, et le lendemain elles prendraient un autre train jusqu'à Reno, cette fois seules. Le voyage durerait en tout trois nuits et trois jours. Pauline avait pris le plan de River, suivant du doigt leur périple : en quittant l'État de New York, avant d'arriver dans le Nevada, elles allaient passer par la Pennsylvanie, l'Ohio, l'Indiana, l'Illinois, l'Iowa, le Nebraska, le Colorado et l'Utah. Son beau-père avait envoyé un télégramme à l'YWCA de New York, là où elles avaient été hébergées, pour confirmer qu'il les attendrait bien à la gare de Reno dans trois jours, et Pauline avait lu le soulagement sur le visage de sa mère.

À partir de Chicago, elles se retrouvèrent sans accompagnatrice. Pauline découvrit à quel point les autres passagers étaient prévenants. Il lui semblait qu'à Paris, elle appartenait à une caste invisible, celle des enfants à qui on adressait rarement la parole, alors que sur cette terre nouvelle, où tout semblait si différent, on s'intéressait à elle, à son histoire, à ses origines. Il y avait toujours un sourire chaleureux à son égard, un clin d'œil, un « *Hi, Pauline !* ». Marcelle restait sur la réserve, peu habituée à ces marques d'intérêt de la part d'étrangers. « Ils essaient d'être gentils », chuchotait-elle à sa fille, alors qu'elle les trouvait quelque peu envahissants. Quant à cette langue nasillarde et traînante, elle n'y comprenait rien. La dame de la Croix-Rouge leur avait laissé une brochure avec des expressions simples à connaître en anglais ; Pauline tentait de les déchiffrer et ânonnait les phrases à voix basse. Sa mère n'y jeta pas un regard.

Les repas du soir dans le wagon-restaurant comblaient Marcelle, car il fallait s'habiller. Lorsqu'elles apparaissaient devant leur table, tous les regards se tournaient vers elle. Son élégance faisait sensation. Pendant que Marcelle charmait l'entourage, Pauline admirait les fines nappes en lin, la vaisselle en porcelaine, les lourds couverts d'argent et les serveurs attentionnés portant veste blanche et long tablier.

Par la fenêtre du train, la petite fille voyait défiler des paysages spectaculaires dont elle avait peine à croire qu'ils étaient bien réels : champs de maïs doré ondoyant à l'infini, vastes fleuves écumeux, énormes ponts routiers enjambant des lacs encore plus imposants, arbres dont la cime touchait le ciel, montagnes de granit escarpées semblables à des cathédrales, hautes falaises, tunnels creusés profondément dans la roche, épaisses forêts vert foncé et sommets couverts de neiges éternelles. Chaque jour lui offrait un nouveau panorama, encore plus impressionnant que le précédent : buttes rougeâtres et orangées aux formes les plus insolites, et des kilomètres d'étendues de sable désertique brûlées par le soleil. Elle vit défiler pêle-mêle villes et villages, des gens affairés dans leur jardin, des clochers d'église, des vaches dans des pâturages, des enfants jouant dans les parcs et, ce qui lui arrachait un cri d'émerveillement, des cerfs et des biches.

— Regarde, maman ! disait-elle en essayant de capter l'attention de sa mère.

Elle était certaine que Marcelle n'avait rien vu de pareil non plus. Mais sa mère était occupée à écrire son courrier ou à se faire les ongles. Le dernier jour de leur voyage, alors qu'elles étaient sur le point d'atteindre Reno, une vieille dame assise en face d'elles commença à leur parler dans un français hésitant. Ses expressions étaient démodées, voire pittoresques, mais elle parvenait à se faire comprendre. Elle leur apprit que Reno était appelée la « plus grande petite ville du monde », ce qui troubla Pauline, jusqu'à ce que la vieille dame pose à Marcelle une question saugrenue : était-elle en route pour un divorce rapide ? Le visage de sa mère s'assombrit.

— Certainement pas, quel toupet ! lança-t-elle. Je vais à Reno avec ma fille. Mon mari nous y attend.

Sur ce, elle se détourna ostensiblement de la vieille dame. Cette dernière haussa les épaules et sourit à Pauline.

L'œil de la fillette fut attiré par un mouvement le long des plaines arides : un groupe de chevaux galopant à une allure folle, qu'on eût dits plus rapides que le train lui-même. Ils étaient cinq ou six, de couleurs différentes : noir, blanc, tacheté, bai et alezan, et ils couraient si magnifiquement, crinière et queue flottant au vent, avec tant de fougue et de liberté, que Pauline fut hypnotisée, le visage plaqué contre la vitre.

— Des mustangs, dit la vieille dame.

— Des mustangs ? répéta Pauline.

Elle aimait bien la sonorité de ce mot.

— Les chevaux sauvages du Nevada.

— Appartiennent-ils à quelqu'un ?

La vieille dame secoua la tête. Non, à personne, les mustangs étaient libres et indomptés, et parcouraient les collines de la région depuis bien longtemps. Ils descendaient des chevaux domestiques amenés aux Amériques au XVIe siècle par les conquistadors, et qui s'étaient échappés. Leur nom venait de « *mostrenco* » et « *mestengo* », mots signifiant « bétail sauvage », « sans maître ». Pauline les observa jusqu'à ce qu'ils disparaissent dans des nuages de poussière.

Il fallut enfin descendre du train, s'assurer que rien n'avait été laissé à bord. Marcelle, qui ne contenait plus son excitation, vérifia que son rouge à lèvres n'avait pas débordé, que son béret coquet reposait sur sa tête du bon côté. Des groupes de voyageurs débarquèrent également, mais tous semblaient savoir où ils allaient. Marcelle et Pauline ne tardèrent pas à se retrouver seules sur le quai face au bâtiment en briques blanches et au toit rouge.

L'unique voie ferrée disparaissait à chaque extrémité dans une échappée de couleur grise, aussi loin que le regard pouvait voir. Au-dessus, le ciel était d'un bleu dur parsemé de gros nuages blancs. La brise jouait avec les cheveux de Pauline. Elle ne pouvait s'empêcher de regarder autour d'elle, se demandant si elle reverrait ces mustangs, respirant l'air empreint d'une odeur délicieuse : une note tout à la fois terreuse, verte et sablonneuse. Elle l'ignorait encore, mais c'était le parfum même du Nevada : l'armoise.

Le temps s'écoulait, et Marcelle commençait à s'agiter dans son joli tailleur bleu, regardant constamment sa montre. Pauline aussi se sentait mal à l'aise. Et si Doug ne venait pas ? Elles seraient comme les pauvres amies de Marcelle : des épouses de guerre délaissées, obligées de regagner seules la France.

Au bout d'un moment, un homme coiffé d'une casquette, avec un sifflet autour du cou, s'avança vers elles en leur posant des questions qu'elles ne comprirent pas. Il n'était pas désagréable et, à l'évidence, il n'avait jamais vu un tel accoutrement sur ce quai. Il ne cessait de reluquer Marcelle. Pauline saisit la brochure de la Croix-Rouge et la lui tendit ; l'homme la feuilleta quelques instants, puis sembla comprendre, et il les laissa tranquilles après avoir jeté un dernier regard incrédule à Marcelle, son béret et son carton à chapeaux.

Sa mère vérifia encore une fois son maquillage dans son petit miroir. Ses mains gantées tremblaient ; elle jetait des coups d'œil autour d'elle, ébranlée comme si elle ne comprenait plus ce qu'elle faisait dans ce trou perdu. Pauline s'interrogeait. Où était passée cette mère téméraire et pétillante, celle qui, sur le bateau, remontait le moral aux autres, celle qui, lors de l'arrivée à New York, avait consolé les épouses bafouées ?

C'est alors que Pauline aperçut trois personnes qui venaient vivement à leur rencontre, accompagnées d'un chiot blanc et bondissant. Elle ne reconnut pas tout de suite Doug, qui ne portait plus son uniforme de soldat mais une salopette de mécanicien maculée de cambouis et une drôle de casquette. Un couple plus âgé, voûté, sans chapeau, se tenait près de lui, avec un bouquet de fleurs.

— Regarde, maman, dit-elle à voix basse, tandis qu'ils s'approchaient. C'est eux !

Marcelle se redressa, les observa, puis renifla.

— Non, ma chérie. Rien à voir.

Mais Doug les appelait à présent d'une voix rendue rauque par l'émotion. Il criait à tue-tête : « Marcelle ! Pauly ! », et Pauline se sentit transportée par l'intensité du moment, après ce voyage éreintant.

Il était venu. Il avait tenu parole. Il était là.

La petite fille se précipita vers lui, bras ouverts, en pleurant, en riant, alors que le chiot aboyait et sautillait tout autour d'elle, et que Doug la soulevait de terre comme si elle n'était qu'une plume.

— J'ai vu des mustangs ! glapit-elle.

— Merveilleux ! cria Doug en imitant le hennissement d'un cheval.

Puis il lui annonça, en le montrant du doigt, que ce petit chiot blanc était à elle. Rien qu'à elle. Il s'appelait Prince.

Pauline sentit le bonheur l'envahir.

Ce ne fut que bien plus tard qu'elle remarqua le regard désemparé que Marcelle posait sur Doug, sur sa combinaison tachée, puis sur ses gentils parents dévoués, si simples, avec leurs vêtements démodés et rapiécés, leurs grosses chaussures, leurs mains rugueuses.

Il sembla à Pauline que sa mère, muette, accablée, s'était déjà retournée vers l'est, le long de la voie ferrée, vers la France, vers tout ce qu'elle avait abandonné.

Sa vie. Ses amies.

Les cafés, les théâtres, les musées.

Et Paris. Paris. Paris.

Été 1960
Reno, Nevada

— Oh, Paris… Paris ! frissonna encore Mrs. Miller en fermant les yeux dans une sorte d'extase. Mais alors, vous parlez français ?

— Bien sûr, dit Pauline. Couramment.

— Mais vous n'avez pas d'accent en anglais, s'étonna Mrs. Miller.

Pauline lui expliqua qu'elle était arrivée à Reno gamine, à l'âge de sept ans, et que sa mère était une veuve parisienne qui avait épousé un GI du Nevada en secondes noces. Mrs. Miller voulut savoir si elle était retournée à Paris depuis. Pauline acquiesça : oui, à la mort de sa grand-mère, en 1955. Elle avait pris l'avion pour la première fois pour regagner sa terre natale.

— Je ne suis jamais allée à Paris, dit Mrs. Miller. J'en rêve.

— Un jour, vous irez, Mrs. Miller, dit Pauline en rangeant la balayette.

Il était l'heure de quitter la suite 614, de remettre le chariot à sa place et de redescendre à l'étage principal.

Mrs. Miller l'avait suivie jusqu'à la porte d'entrée et semblait songeuse. Elle se mordillait l'ongle de l'index rêveusement.

— Vous pourriez m'aider… ? commença-t-elle.

— Bien sûr, madame. Comment pourrais-je vous être utile ?

— Je voudrais écrire une lettre. En français.

— Oui, bien entendu.

Mrs. Miller la regardait d'une drôle de façon, presque coquine. Elle lui parut tout à coup bien jolie, même avec son teint blafard.

— Une lettre d'amour, précisa-t-elle. Une lettre d'amour spéciale.

Pauline parvint à masquer son étonnement. Elle serait heureuse de lui donner un coup de main.

Mrs. Miller ouvrit les bras et Pauline crut un instant qu'elle allait l'étreindre.

— Alors on s'y met tout de suite ! Comme je suis contente !

On frappa à la porte. Mrs. Miller se figea, telle une gamine prise en faute.

— Qui est là ? demanda-t-elle.

Pauline capta une voix masculine.

— C'est toi, Rafe ? fit Mrs. Miller.

— C'est moi, répondit la voix.

S'agissait-il de son mari, Mr. Miller ?

Sur le pas de la porte se tenait un grand homme musclé au visage carré, aux cheveux noirs, vêtu d'un jean et d'une chemise rayée.

Mrs. Miller se blottit contre lui comme une enfant.

— Oh, toi, tu vas me faire du bien, murmura-t-elle.

Le grand type posa une main tendre sur l'épaule de Mrs. Miller et pénétra dans la suite en saluant rapidement Pauline.

Le téléphone se mit encore une fois à sonner.

— Ça doit être Paula, soupira Mrs. Miller.

— Elle patientera, dit l'homme.

Il se dirigea droit vers la chambre et, au bout d'une minute ou deux, lui lança qu'il était prêt et qu'il l'attendait.

Mal à l'aise, Pauline décida qu'il était grand temps pour elle de s'éclipser. Elle ne saurait pas qui était ce « Rafe », car elle ne remettrait sans doute plus les pieds dans la suite 614. Le lendemain, Mildred enverrait Linda, Kitty ou une autre collègue. Pas elle.

Entre-temps, Mrs. Miller avait disparu dans la chambre et refermé la porte.

Aussi rapidement et silencieusement que possible, Pauline sortit de la suite, rangea le chariot et quitta le sixième étage. L'ascenseur était bondé lorsqu'elle y accéda, et elle ne put remercier à nouveau Casper ; elle lui adressa cependant un discret pouce levé, auquel il répondit par un sourire.

Une fois de retour aux toilettes, elle constata qu'il y avait du nettoyage à faire, car les lieux avaient été laissés sans surveillance pendant son passage au sixième, alors elle s'y attela sans tarder. Une âme charitable lui avait même déposé un pourboire. Tandis qu'elle récurait et lessivait, elle pensa à Mrs. Miller et à son insolite demande, en somme plutôt romantique. À Reno, quasiment personne ne parlait français. Sa mère, même après toutes ces années, était encore considérée comme « la Parisienne ». Contrairement à Pauline, qui s'était vite faite à sa nouvelle langue, Marcelle ne s'était pas débarrassée de son accent. Jimmy, le petit frère né en 1947, l'année suivant leur arrivée, ne parlait pas français non plus.

Une lettre d'amour en français, pensa Pauline rêveusement, à genoux en train de frotter. À qui Mrs. Miller avait-elle prévu d'écrire ? Certainement pas à son mari… Alors, à ce grand gaillard brun dénommé « Rafe » ?

Pauline songeait à tout cela lorsqu'un cliquetis de talons se fit entendre, annonçant un client. Elle se leva aussitôt, redressant son tablier, un sourire aux lèvres. Quand on travaillait au Mapes, il fallait sourire en permanence aux clients. Mais lorsqu'elle vit de qui il s'agissait, son sourire s'estompa.

Evaline Spencer, la femme de Kendall, accompagnée d'un enfant. Percy était leur premier-né, Pauline le savait. Pourquoi Evaline persistait-elle à utiliser les toilettes du rez-de-chaussée, alors qu'elle disposait de sanitaires au deuxième, à côté des bureaux spacieux de son époux, le directeur adjoint ?

Evaline la toisa d'un regard méprisant et, sans un mot de salutation, installa son fils sur la cuvette des W-C.

— Bonjour, Mrs. Spencer, fit Pauline avec courtoisie, tout en astiquant un robinet.

Evaline ne répondit pas. Elle ne répondait jamais, d'ailleurs. Une fois que son fils eut fait sa petite affaire et qu'elle lui eut lavé les mains, elle s'en alla en se trémoussant. Il avait laissé la cuvette en piteux état.

Pauline eut à peine le temps de digérer ce dernier affront que Mildred arriva à toute vitesse, aussi à cran qu'elle l'était plus tôt dans la matinée. Sans reprendre son souffle, elle la bombarda de questions. Au fait, Mrs. Miller était présente dans la suite ? Comment cela s'était-il passé ? Comment Pauline avait-elle géré la situation ? Y avait-il eu un problème de quelque nature que ce soit avec Mrs. Miller ? Si oui, Mildred devait savoir lequel, sur-le-champ. Mrs. Miller avait-elle semblé satisfaite ? Pauline avait-elle pu tout nettoyer ?

Pauline écoutait, décontenancée, dans l'impossibilité de placer le moindre mot. Elle redoutait que son bégaiement s'aggrave. Tandis que Mildred poursuivait son interrogatoire qui semblait ne pas avoir de fin, Pauline se dit qu'il était temps de faire appel à Commander et à ses pouvoirs célestes. Les bajoues tombantes de Mildred, dignes de celles d'un hamster, s'effacèrent devant les images du galop harmonieux de l'étalon noir : le calme s'instillait dans l'agitation. Oui, Mrs. Miller était là, elle dormait dans la chambre. L'aspirateur l'avait réveillée. Tout s'était bien passé. Pauline avait effectué le travail du mieux qu'elle avait pu. Non, il n'y avait pas eu de problème. Mrs. Miller avait commandé un Bloody Mary.

Pauline s'en était occupée. Mrs. Miller semblait satisfaite du travail de Pauline. Oui, Pauline avait pu faire un ménage complet.

— Le mari de Mrs. Miller était-il présent ?

Pauline hésita ; elle ne souhaitait pas faire preuve d'indiscrétion, ni mettre Mrs. Miller dans le pétrin.

— Un monsieur est arrivé, mais j'ignore s'il s'agissait de Mr. Miller.

— À quoi ressemblait-il ?

Pauline ne put retenir son bégaiement lorsqu'elle décrivit les cheveux noir de jais et la carrure musclée de l'inconnu.

— Ce monsieur portait-il des lunettes ? Fumait-il la pipe ?

— N-non.

— Eh bien, ce n'est pas Mr. Miller. Il s'agit du masseur de Mrs. Miller, qui vient le matin et le soir, Mr. Roberts.

Pauline se tut.

Mildred se pencha vers elle. Son nez proéminent était d'un rose luisant.

— Pauline, vous avez tout de même saisi qui est Mrs. Miller ? Vous n'êtes pas nigaude à ce point-là, rassurez-moi ?

Pauline mentit. Elle n'avait pas d'autre choix. Elle dit que oui, oui, bien sûr, elle avait compris. Mais elle n'avait rien compris du tout.

Qui était la femme de la suite 614, cette créature lasse et perdue à la voix éteinte ? Et pourquoi était-elle si importante aux yeux de Mildred ?

À l'heure du déjeuner, alors qu'elle rejoignait la cafétéria du personnel au sous-sol, Kitty lui fit un signe de la main. Elle était déjà attablée avec deux autres femmes de ménage, Harper et Maud. Pauline fut accueillie avec enthousiasme et elle s'installa avec son plateau. Toutes semblaient au courant de ses aventures du matin au sixième étage, et toutes voulaient en savoir plus. Selon Casper et Pedro, il semblait que Pauline s'en était bien tirée, et même Mildred, pour une fois, était d'accord.

— Elle était à poil ? ricana Maud.

— Qui ? demanda Pauline en attaquant son hot-dog.

— Ben, Mrs. Miller, riposta Maud.

— Oui, dit Pauline en grimaçant. Et je lui ai demandé d'enfiler son peignoir. Elle l'a fait !

— Bravo ! pouffa Harper. Le matin, elle se balade tout le temps nue. Pilar n'a pas osé lui dire quoi que ce soit.

— Et tu as nettoyé tout le bazar ? Les bouteilles vides, les chaussures, les vêtements ?

— Tout. Quelle porcherie…

— Et elle t'a dit un truc en particulier ?

Pauline garda pour elle l'histoire de la lettre d'amour en français. Elle se contenta de répondre :

— Elle a été gentille. Elle avait un gros coup de pompe, je crois.

— Elle est comme ça depuis son arrivée, dit Maud. Ça ne tourne pas rond chez les Miller. Ils n'arrêtent pas de se disputer.

— Si elle est contente de toi, Mildred va te remettre à bosser dans les chambres.

— Tu le mérites tant, Pauline ! C'est tellement injuste, ce qui t'arrive.

Pauline appréciait ces témoignages d'amitié ; ses collègues connaissaient sa situation et la soutenaient avec beaucoup de sincérité.

Kitty passa un bras affectueux autour de ses épaules.

— On est avec toi, Frenchie. N'oublie pas.

Les femmes de ménage avaient peu de temps pour se restaurer : Maud et Harper devaient déjà filer. Kitty attendait que Pauline termine son dessert.

Elles se faisaient face, perdues dans le brouhaha du réfectoire. Tout le personnel du Mapes, sauf la direction, se retrouvait à l'heure des repas dans ce lieu tout en longueur et bas de plafond. C'était un endroit plein à craquer et bruyant, où l'on pouvait voir, assis côte à côte, le dépanneur des ascenseurs, le chasseur, les téléphonistes du standard ou encore le programmateur musical de la Sky Room.

Kitty poursuivit :

— Tu vas tout raconter à ta mère ? Je vois d'ici la tête de Marcelle.

Pauline posa sa cuillère.

— K-Kitty…, dit-elle.

Son amie, en l'entendant bégayer, s'inquiéta. Elle lui demanda ce qui n'allait pas. Pauline se reprit : elle n'osait pas en parler, et seule Kitty pouvait l'aider.

Elle se lança :

— Je n'ai pas compris tous ces chichis autour de Mrs. Miller.

Pendant une poignée de secondes, Kitty garda le silence, et Pauline commençait à se demander ce qui se tramait. Que n'avait-elle pas vu, pas subodoré ? Kitty était une collègue loyale, Pauline le savait : pas le genre à se moquer, ni à la ridiculiser.

Kitty baissa la voix :

— Tu n'as aucune idée de qui elle est ?

— Aucune, fit Pauline honteusement en chuchotant en retour. Et je me sens bien bête. J'ai vu une dame flagada, pas très soignée, avec des bouteilles de champagne vides au pied de son lit, c'est tout !

Kitty lui tapota la main.

— Allez ! Même si la vieille Jones nous interdit d'en parler, on a toutes entendu dire par Pilar et les gars du service d'étage qu'au lever du lit cette femme est méconnaissable. C'est difficile à croire, mais personne ne la reconnaît quand elle traîne en robe de chambre sans maquillage. Il paraît que ça prend plusieurs heures pour la rendre présentable.

Kitty s'esclaffa.

— Bon, mais qui est-ce ?

— Ah, mais j'ai pigé ! Tu étais partie à Lake Tahoe pendant quinze jours, tu as tout raté. Ta mère ne t'a rien dit ? C'est étonnant. Elle est à fond sur ce genre de choses, pourtant.

Pauline s'agaçait, à présent ; elle se sentait laissée pour compte. Elle fronça les sourcils, et cessa de sourire.

— Tu parles ! Ma mère n'a fait que geindre et picoler. C'était l'enfer.

Kitty lui tapota la main.

— Allons, ne te fâche pas, Frenchie !

— Alors, dis-moi qui est cette femme. Sinon, je vais devenir folle.

— OK, tout doux ! dit Kitty en se penchant pour lui murmurer à l'oreille : Mrs. Miller, de la suite 614, c'est Marilyn Monroe.

Et soudain, l'assourdissante cantine parut totalement silencieuse à Pauline.

Sur une étagère de la pièce à vivre de la maison blanche en bardeaux, Marcelle rangeait soigneusement les précieuses revues qu'elle recevait de Paris, postées chaque mois par sa sœur Irène : *Paris Match*, *Jours de France* et *Point de Vue Images du Monde*. Marcelle s'offrait également des magazines américains consacrés aux vedettes hollywoodiennes, comme *Movieland*, *Screenland* et *Movie Life*. C'était sa passion. Doug, Pauline et Jimmy s'étaient habitués à la voir sur le sofa, des bigoudis sur la tête, une Capri mentholée entre les doigts, un verre de bourbon posé sur la table basse, et ses gazettes. À ces moments-là, on ne pouvait pas la déranger.

En rentrant du Mapes cet après-midi-là, après avoir donné leur goûter à sa fille et à son frère Jimmy, Pauline s'était mise à compulser fiévreusement les fameux magazines. Sa mère rentrerait plus tard du salon de coiffure ; elle serait tranquille.

Pauline n'eut pas à chercher longtemps. Marilyn Monroe faisait régulièrement la une des derniers numéros avec ses films et les complications de sa vie amoureuse. Ainsi, elle apprit qu'elle était mariée avec le dramaturge Arthur Miller depuis quatre ans, mais qu'il y avait « de l'eau dans le gaz ». Pauline avait bien évidemment entendu parler de Marilyn Monroe, la vedette du film *Les hommes préfèrent les blondes*, qu'elle avait vu au Majestic de Reno le jour de ses quatorze ans. Mais à part ce qu'elle avait glané ici et là depuis un certain temps, en écoutant sa mère et les informations à la télévision ou à la radio, elle ne savait pas grand-chose de la vie de l'actrice, si ce n'était son mariage raté avec un grand joueur de baseball et que son vrai prénom était Norma Jeane.

Pauline avait beau étudier avec attention ce visage célèbre, parfaitement maquillé, ces lèvres entrouvertes et écarlates, ces mèches platine, ce qu'elle voyait sur le papier glacé ne ressemblait en rien à Mrs. Miller, comme s'il s'agissait de deux femmes différentes. Pourtant, elle n'avait plus aucun doute : Mrs. Miller était bien Marilyn Monroe.

— La belle dame que voilà ! s'exclama Jimmy, venu regarder par-dessus son épaule tout en mâchant son quatre-heures un peu trop près des oreilles de sa sœur.

Elle le repoussa gentiment, en brûlant d'envie de lui faire part des événements de la matinée.

— Sais-tu de qui il s'agit ? lui demanda-t-elle.

Il haussa les sourcils du haut de ses treize ans.

— Tout le monde connaît Marilyn Monroe, Pauly ! Et tout le monde sait qu'elle est à Reno pour son film. Et qu'elle dort au Mapes.

Tout le monde, sauf ta godiche de sœur, faillit-elle lui répondre.

Plus tard, avant le retour de Marcelle, elle téléphona à Billie-Pearl pour lui raconter. Au début, cette dernière éclata de rire, mais très vite, elle sut consoler son amie, lui rappelant qu'elles étaient toutes deux folles de chevaux, pas de stars du grand écran ; elles n'allaient pas au cinéma, se fichaient bien d'Hollywood et des paillettes. Leur truc, c'étaient les mustangs ! Elles étaient capables de passer des heures dans la fournaise du désert à les chevaucher et à les soigner. En toute honnêteté, elle n'aurait pas reconnu la Monroe non plus. Et, à propos de chevaux, quand est-ce que Pauline avait prévu de passer à Wadsworth ?

La jeune femme entendit la Dodge de Marcelle remonter l'allée. Elle devait raccrocher. Sa mère n'appréciait pas leur amitié.

Elle reprendrait bientôt contact, promit-elle à son amie.

— Tiens bon, miss, lui souffla Billie-Pearl.

Marcelle entra dans la maison, jeta ses clés de voiture et son sac à main sur la table en soupirant. Elle s'épongea le front avec exagération, tout en réglant l'air conditionné. Doux Jésus, cette maudite chaleur ! Cela ferait bientôt quinze ans qu'elle vivait dans le Nevada, et chaque été, c'était la même rengaine : les plaintes à propos de la canicule étouffante, sèche et brûlante, de la fine poussière qui s'infiltrait partout, dans les yeux, la gorge, le nez, mais aussi à l'intérieur de la maison, dans les penderies, les tiroirs. Et que dire des hivers à Reno ? Jamais elle n'avait pu se faire à ces températures polaires : la neige, la glace, les blizzards. Pauline et Jimmy écoutaient ses lamentations sans l'interrompre. Ils avaient l'habitude.

À quarante-cinq ans, Marcelle Hammond avait conservé sa ligne de jeune fille et s'habillait comme si elle déambulait encore dans les rues de Paris, avec le même soin et la même sophistication, en dépit des écarts de la météo du Nevada. Dans son salon de coiffure de Winter Street, Marcelle from Paris, elle avait réussi à recréer une ambiance parisienne jusque dans les moindres détails. Sur les murs rose pastel, elle avait accroché des posters de la tour Eiffel, de Notre-Dame, du Sacré-Cœur, mais aussi de Brigitte Bardot, Simone Signoret, Alain Delon et d'autres encore. Toute la journée, un tourne-disque jouait des airs de Dalida, Yves Montand, Gilbert Bécaud, Édith Piaf et Charles Aznavour, envoyés aussi par sa sœur Irène. Les clientes raffolaient de ce décor si typiquement français, la boutique tournait bien : la seule ombre au tableau, c'était le verre de trop que Marcelle se versait de plus en plus fréquemment dès la pause déjeuner. Plus personne ne l'ignorait : Marcelle était profondément malheureuse à Reno.

Lorsque Doug rentra un peu plus tard, il déposa un baiser sur les lèvres de sa femme, comme à l'accoutumée. Elle était déjà occupée à cuisiner, un tablier sanglé autour de ses hanches minces, un verre de bourbon à portée de main. Il ne cessait de la contempler, avec autant d'amour que de fierté. Mais comment, se demandait Pauline, était-il si aveugle au mal-être qui la rongeait ? Peut-être ne voulait-il pas le voir. Sa façon à lui, en somme, de gérer les choses.

Pendant le repas, Pauline ne parla pas de ce qui s'était passé dans la suite 614. Elle pensait déjà au lendemain matin, craignant que Kitty n'ait révélé au personnel qu'elle n'avait même pas été capable de reconnaître Marilyn Monroe. Si c'était le cas, comment supporterait-elle les railleries qui ne manqueraient pas de fuser ? Le Mapes était monumental, mais tôt ou tard, tout le monde était au courant des derniers ragots qui se propageaient comme un feu de paille. Elle ne le savait que trop bien.

Ce fut Marcelle qui aborda le sujet. Elle se plaignit du fait que les quinze jours passés à Lake Tahoe les avaient empêchés, selon ses clientes, de suivre les événements liés au tournage des *Désaxés*. Pauline avait-elle aperçu un des acteurs au Mapes en ce jour de reprise ? Et Marilyn en particulier ? Pourrait-elle obtenir un autographe ? Ça serait formidable, non ?

Pauline sourit à sa mère. Puis elle dit, affectant la légèreté :

— Maman, tu penses vraiment que Marilyn Monroe va utiliser les toilettes pour dames du rez-de-chaussée ?

Après le dîner, Jimmy fut autorisé à regarder *Dennis the Menace* à la télévision, son émission préférée. Marcelle ne ratait jamais un épisode des rediffusions de *I Love Lucy* sur CBS, tandis que Doug appréciait *Alfred Hitchcock Presents*. Pauline restait avec eux : c'était sa façon de leur tenir compagnie pendant que la petite Lily était déjà dans son lit, couchée et bien bordée.

Cette nuit-là, Pauline dormit mal, et elle se réveilla le lendemain avec une boule au ventre. Mais lorsqu'elle se présenta, cette fois à l'heure, au Mapes, personne ne la regarda de travers et on ne ricana pas sur son passage. Kitty n'avait peut-être rien dit. Pauline se mit au travail, se concentrant sur ce qu'elle avait à faire.

— Hé, Frenchie !

C'était la voix de Marty, un des grooms de la réception, un jeune gars maigrichon aux cheveux poil-de-carotte. Il était venu lui dire que Mildred voulait la voir tout de suite dans son bureau.

Pauline s'immobilisa, lâchant son balai.

— Tu es dans la mouise ? lui lança-t-il.

Elle balbutia qu'elle espérait que non. Il lui donna une tape chaleureuse sur l'épaule. Ça allait bien se passer ! Haut les cœurs.

Pauline se rendit au deuxième étage où Mildred l'attendait, debout dans son bureau, les mains sur les hanches. Bizarrement, elle n'avait pas l'air fâché, mais plutôt perplexe. Elle alla à l'essentiel : que s'était-il passé la veille dans la suite 614 ? Il fallait que Pauline soit précise et qu'elle ne raconte pas d'histoires.

Pauline crut défaillir. C'était à cause de ce satané peignoir. Mrs. Miller avait dû se plaindre. On ne demandait pas à Marilyn Monroe de se rhabiller. Qui aurait osé faire une chose pareille ? Quelle idiote elle avait été. Quelle cruche. Une bonne à rien. Une gourde. Une parfaite imbécile. Elle se mit à trembler.

Mildred attendait. Pauline ferma les yeux un bref instant. Assez pour que la puissance de l'étalon se matérialise à ses côtés. Commander était là, les dominant toutes deux de sa masse noire : il tenait Mildred à distance, il protégeait Pauline. Alors elle put parler sans bégayer, le souffle chaud de Commander se diffusant sur le haut de sa tête, glissant le long de son cou. Elle reprit le déroulement du ménage effectué dans la suite, les demandes de Mrs. Miller (sauf la lettre) et l'arrivée du masseur, Mr. Roberts.

Mildred l'écouta, puis regarda sa montre.

— Bon, vous y retournez. Et que ça saute.

— Très bien, Mrs. Jones. Je redescends.

— Comment ça, vous redescendez ? Vous n'avez rien compris ou quoi ? Vous montez.

Pauline fixa Mildred. Que voulait-elle dire ?

— Attendez une minute. Vous avez besoin d'un autre uniforme. Le vôtre, ça ne va pas du tout.

Mildred disparut dans la pièce attenante, où Pauline l'entendit ouvrir et fermer des placards. Elle revint à toute allure en brandissant sur un cintre une robe comme celles portées par Kitty, Maud et Harper : bleu marine avec un décolleté en V, des manches courtes à revers, un col blanc et des poches poitrine brodées de la lettre M. Mildred lui tendit le vêtement en précisant qu'elle pouvait se changer vite fait à côté, il n'y avait personne.

Pauline restait plantée là, déboussolée.

— La secrétaire de Mrs. Miller a téléphoné ce matin. À partir de ce jour, Mrs. Miller souhaite que la suite soit nettoyée par vous. Oui, vous. Vous avez dû lui faire bonne impression, Pauline. Vous devez continuer à être la plus discrète possible. Ce que vous voyez, ce que vous entendez, vous le gardez pour vous. Pas de bavardages avec les pipelettes à la cantine sur ce qui se passe chez les Miller. C'est clair ? Bien. Grouillez-vous. Je ne vais pas y passer ma journée.

Le cœur de la jeune femme battait fort tandis qu'elle se changeait, ses doigts malhabiles ripant sur les boutonnières. Mildred lui tendit les clés une fois qu'elle fut prête.

— Allez-y, montez, ordonna-t-elle, puis elle lâcha : Attendez.

Ses doigts boudinés balayèrent la chevelure de Pauline, la remettant en place, puis rectifièrent son col.

— Vous ne vous maquillez pas ? demanda-t-elle.

— Rarement, Mrs. Jones. Pour les grandes occasions, uniquement.

— Eh bien, ce n'est pas une grande occasion que de travailler pour Marilyn Monroe au Mapes Hotel ?

— Si.

— Pensez-y. Et occupez-vous de votre coiffure. Demandez conseil à votre mère. Elle saura.

— Oui, Mrs. Jones.

— Vous êtes une jolie fille. Vous devriez vous mettre en valeur. Filez ! Et faites aussi bien qu'hier. Quand vous aurez fini avec la 614, vous nettoierez les chambres standard du sixième étage jusqu'à la fin de votre service, et n'oubliez pas de remplir le tableau.

Sonnée, Pauline quitta le bureau pour se rendre au sixième étage. Mrs. Miller avait demandé qu'elle revienne. Elle, Pauline Bazelet. C'était inouï. En se dirigeant vers l'ascenseur, elle se rendit compte à quel point elle se sentait heureuse, et nerveuse aussi. Serait-elle à la hauteur ? Ferait-elle aussi bien que ses collègues ?

Pendant qu'elle y réfléchissait, une silhouette apparut dans son champ de vision au bout du long couloir, et qui avançait vers elle. Un homme svelte vêtu d'un costume. C'était le père de sa fille. Elle n'avait pas croisé Kendall Spencer depuis un certain temps.

— Tiens, tiens, susurra-t-il en s'approchant d'elle assez près pour qu'elle sente son after-shave à la menthe.

Il vérifia qu'ils étaient seuls, puis la plaqua contre le mur ; sa main s'insinua entre les jambes de Pauline, sa bouche se colla à son cou. Oh, mais elle avait une nouvelle tenue, sa petite Française préférée, comme elle était jolie, si adorable, c'était bien mieux coupé que l'horrible truc bordeaux. Alors, elle avait gravi des échelons, on dirait ? Elle avait mis la vieille Mildred dans sa poche ? Quelle coquine... Elle lui avait tellement manqué, ne voudrait-elle pas venir dans son bureau, là, maintenant, juste un instant, pour qu'il lui prouve précisément combien son retour de vacances lui faisait plaisir.

Pauline ne pouvait pas s'échapper ; elle était coincée et il le savait. Il payait pour la nourrice de Lily, il lui avait trouvé ce travail au Mapes, et il lui versait une pension en plus chaque mois. Mais en contrepartie Pauline était sous son emprise depuis trois ans. Le fait qu'il se soit marié, qu'il soit devenu père ne changeait rien. Elle devait se plier à ce marché. Et il en profitait en toute impunité, en lui disant qu'il l'idolâtrait, qu'il était fou d'elle. Qu'il ne se passait rien avec sa femme depuis qu'elle avait accouché de leur fils. Ils ne dormaient même pas dans le même lit. Ils n'avaient pas de rapports sexuels. La seule femme avec qui il faisait l'amour, c'était Pauline.

Pendant longtemps, elle l'avait cru. Plus maintenant.

Elle parvint à se dégager, lui expliquant que Mrs. Jones lui avait ordonné de travailler au sixième, pour remplacer Pilar en congé maladie. Elle devait s'y rendre sur-le-champ, elle risquait d'être en retard. Kendall insistait, l'embrassait dans le cou, la poussant vers ses bureaux.

— Mr. Spencer…, dit-elle enfin. S'il vous plaît…

— Tu peux m'appeler par mon prénom quand nous sommes seuls, mon ange. Tu le sais bien.

— Je dois vraiment y aller. Maintenant.

— Pourquoi diable es-tu si pressée ? Avec tout ce que je fais pour toi, tout le mal que je me donne pour toi.

Il resserra sa cravate, passa une main dans ses cheveux gominés. Il ne souriait plus.

Pauline sut tout à coup ce qu'elle devait dire :

— Kendall, on ne fait pas attendre Marilyn Monroe.

Il émit un sifflement admiratif : oh, mais elle était épatante, sa petite Frenchie. Mildred l'avait donc affectée à la suite 614 ? C'était tout simplement génial. Alors oui, en effet, Pauline devait foncer, tout de suite. Pas question de faire lanterner Mrs. Miller, quelle idée impossible !

Il l'attrapa par le poignet alors qu'elle se détournait de lui : elle ne devait pas oublier de repasser le voir dans son bureau, comme d'habitude, n'est-ce pas ? Il l'attendrait. Il comptait sur elle. Et alors que la sonnerie de l'ascenseur retentissait, il lui arracha un dernier baiser.

Pauline se tenait devant la suite 614, une main posée sur le chariot, l'autre sur son cœur qui battait à se rompre. Elle avait du mal à reprendre son souffle, l'anxiété l'avait gagnée tout entière. Des petits ronds noirs dansaient devant ses yeux, le long des chiffres gravés sur le battant. Comment faire pour prendre son courage à deux mains, pénétrer dans ces lieux ? C'était chose aisée quand elle ignorait l'identité de Mrs. Miller, mais à présent elle savait, et jamais elle n'avait eu aussi peur de sa vie. Marilyn Monroe était derrière cette porte. À l'attendre.

Elle déglutit, inspira profondément, ferma les yeux. Mais Commander n'apparut pas. Elle demeurait seule.

— C'est la femme de chambre ! lança-t-elle d'une voix chevrotante, tout en levant le poing pour toquer.

Avant qu'elle puisse frapper, la porte s'ouvrit en grand et un homme dégingandé à l'expression renfrognée jaillit de la pièce en manquant de peu la renverser. Il marmonna quelques mots qui lui échappèrent, et décampa. Grâce aux photographies des revues de Marcelle, Pauline identifia ce client aux grandes lunettes rondes : Arthur Miller.

Elle le regarda détaler le long du couloir, puis fit rouler son chariot à l'intérieur de la suite en refermant derrière elle. Aujourd'hui, il y avait un peu moins de désordre.

— La femme de chambre, répéta-t-elle plus fort.

L'individu brun qu'elle avait identifié comme étant Rafe apparut.

— Salut. Vous êtes du coin, je crois ? lui lança-t-il en souriant.

— Oui, monsieur.

— Il fait toujours aussi chaud ici ?

— Oui, monsieur. Et parfois plus encore.

— Je suis originaire de Caroline du Nord. Dans ce coin-là, il fait plus frais. Ce serait pas mal, une piscine, au Mapes, dit-il avec humour.

Il attrapa sa veste, et s'en alla.

Pauline commença par le salon et la salle à manger. Elle entendait la voix de Mrs. Miller au téléphone pendant qu'elle nettoyait : des gloussements et des murmures. Il fallait oublier qui était Mrs. Miller. Il n'y avait pas d'autre solution : elle devait imaginer qu'elle était une cliente comme une autre, voilà tout, pas une des femmes les plus célèbres de la planète. Mais c'était difficile.

Elle se focalisa sur une tache rebelle incrustée dans la moquette couleur miel : de la confiture, apparemment. Tandis qu'elle frottait avec énergie, elle songeait à Kendall : elle avait quand même réussi à le tenir à distance pour une fois ! Mais tout à l'heure, elle s'en doutait, le cœur lourd, elle allait devoir lui céder, et il utiliserait un préservatif en disant avec un doux sourire qu'il ne fallait pas répéter la même bêtise qu'autrefois. Il était son amant maudit, celui auquel elle se livrait, encore et encore, parce qu'elle ne savait pas comment mettre un terme à cette relation toxique.

— Bonjour, Pauline.

Mrs. Miller était devant elle, dans un peignoir de bain, une tasse de café à la main. Ce matin, son regard était vif et ses yeux moins rouges. Elle ne portait aucune trace de maquillage, ses cheveux étaient encore dans un état désastreux, mais, Pauline le vit à son sourire – ce sourire inimitable –, cette fois, il n'y avait plus aucun doute : elle était bel et bien en présence de l'actrice célébrissime, l'unique Marilyn Monroe.

Elle fut incapable de prononcer un seul mot, arrimée à son éponge et à son produit pour moquette.

Mrs. Miller fit comme si de rien n'était. Qu'elle était contente de la voir ! Pauline n'avait pas oublié, n'est-ce pas ? La lettre d'amour en français ? Il n'y avait que Pauline qui puisse l'aider.

Tout en fredonnant un air, Mrs. Miller caracolait telle une enfant, fouillant dans le bureau pour y chercher papier et stylo, et Pauline ne put s'empêcher de remarquer combien ses gestes étaient vifs. Où était passée la créature amorphe croisée la veille ?

— Voici, dit Mrs. Miller. Asseyons-nous à cette table afin que vous puissiez écrire.

Pauline espérait que l'exercice n'allait pas lui prendre trop de temps, étant donné le ménage qu'il lui restait à effectuer. Comme si elle avait lu dans ses pensées, Mrs. Miller lui dit de ne pas s'inquiéter pour la vaisselle : elle s'en chargerait elle-même.

Pauline ne pouvait pas imaginer la quantité de vaisselle qu'elle avait lavée, gamine, elle était une véritable championne de la plonge. D'ailleurs, elle allait s'y mettre tout de suite, pendant que Pauline s'installait, ainsi elles ne perdraient pas une minute.

Sous les yeux incrédules de Pauline, Mrs. Miller dénicha des gants en caoutchouc dans le chariot, bondit dans la cuisine et emplit l'évier d'eau savonneuse. Elle eut envie de se pincer. Si elle décrivait ce qu'elle voyait à présent, on ne la croirait pas.

— Vous êtes prête, mon chou ?

— Oui, Mrs. Miller, répondit Pauline, le stylo posé sur le papier.

Le téléphone se mit à sonner avec sa stridence habituelle.

— Oh non ! gémit Mrs. Miller par-dessus le fracas des assiettes et des verres. C'est Paula. Si je décroche, elle me gardera au téléphone pendant des heures. Nous ne terminerons pas la lettre.

Pauline se demanda à nouveau qui était Paula.

— Mrs. Miller, et si je répondais en lui disant que vous êtes dans la salle de bains ?

— Vous êtes géniale ! Allez-y !

Pauline se leva pour décrocher.

— Allô ? fit-elle.

— Qui est à l'appareil ? demanda une voix féminine nasillarde.

— La femme de chambre, madame.

— Passez-moi Mrs. Miller, je vous prie.

— Mrs. Miller est dans la salle de bains.

— Eh bien, au moins elle est debout. Un miracle !
Dites-lui de me rappeler, je vous prie.

— Bien, madame. Votre nom, s'il vous plaît ?

— Paula Strasberg.

La dame raccrocha.

C'était en effet Paula, transmit Pauline à Mrs. Miller, qui avait fini la vaisselle. Alors elles avaient une bonne demi-heure devant elles, répondit Mrs. Miller.

Elles étaient assises l'une contre l'autre, assez près pour que leurs coudes puissent se frôler. La peau de Mrs. Miller semblait luire d'un éclat blanc, et maintenant que Pauline se trouvait près d'elle, elle pouvait distinguer le léger duvet blond, comme celui qu'on trouve sur une pêche, qui recouvrait le visage de l'actrice, en particulier ses joues.

— Je voudrais commencer par lui dire qu'il me manque, reprit Mrs. Miller de cette voix haletante à laquelle Pauline commençait à s'habituer. Qu'il me manque jour et nuit. Que je n'arrête pas de penser à lui... À ses mains sur moi... À ses baisers... À son odeur... À sa voix si belle...

— Attendez... Vous allez un peu vite, l'interrompit Pauline, tout en griffonnant avec zèle.

Mrs. Miller s'excusa. Elle savait dire « je t'aime », « amitié » et « amour » en français, mais ça s'arrêtait là. Elle allait recopier la lettre en entier quand Pauline aurait fini pour que ce soit son écriture.

— On continue ? Où en étions-nous ?

— À sa voix si belle.

Mrs. Miller se leva, se dirigea vers le réfrigérateur, en sortit deux petites bouteilles de champagne, les déboucha et les posa sur la table, dont une en face de Pauline. Elle avala quelques lampées, puis reprit, tandis que Pauline notait chaque phrase : cet amant magnifique lui manquait terriblement, et elle s'ennuyait à mourir dans ce trou paumé à tourner ce film pourri dans une chaleur effrayante. Elle rêvait de retrouver l'ambiance cosy de leur bungalow, leurs délicieux tête-à-tête, leurs ébats sensuels. Et sa bouche aux lèvres si pleines, cette bouche qui la rendait folle, comme ce que cette bouche était capable de faire... lentement... fiévreusement...

— Dites, vous ne voulez pas une goutte de champagne ? Je ne dirai rien à cette terrifiante Mrs. Jones, comptez sur moi.

Pauline avait soif. Elle faillit répondre qu'elle préférait de l'eau, qu'elle allait se lever pour en chercher elle-même, mais elle n'osa pas. Elle était seule dans la suite avec Mrs. Miller qui la contemplait avec des yeux fripons. Il n'y avait personne pour la surveiller, personne pour la sermonner. Elle avala vite quelques gorgées et les bulles glacées pétillèrent contre son palais.

— Irrésistible, non ? s'extasia Mrs. Miller.

Elles reprirent la rédaction de la lettre. Mrs. Miller ouvrit d'autres petites bouteilles. Pauline commençait à avoir chaud ; les phrases murmurées et hypnotiques, ainsi que le champagne, lui montaient doucement à la tête. Les murs beiges de la suite 614 semblaient onduler comme sous l'effet d'une brise taquine. Pauline fut prise d'un vertige qui n'était pas désagréable. Elle ne pouvait plus lutter ; il lui était impossible de résister. Tout ce que Mrs. Miller voulait que cet homme mystérieux lui fasse, elle le voyait ; elle se trouvait dans la chambre avec eux, cette chambre qui sentait l'amour, et aucun baiser vorace ni gémissement de plaisir ne lui échappait. Entre ses doigts tremblants, le stylo paraissait humide.

— Vous pourriez me la lire en français, mon chou ?

Pauline s'exécuta. Prononcées dans sa langue maternelle, les phrases lui semblèrent encore plus brûlantes, encore plus osées, et elle sentit ses joues s'enflammer, mais curieusement, elle ne bégaya pas une seule fois.

— Je ne comprends pas un traître mot, mais je vois à la couleur de vos joues que notre lettre va faire son effet.

La sonnette de la porte d'entrée retentit. Mrs. Miller sursauta : c'était certainement Paula. Vite, il fallait que Pauline se remette au travail. Elle saisit la lettre, la plia et la glissa dans la poche de son peignoir.

— Je ne sais comment vous remercier.

— Ce fut un plaisir, Mrs. Miller.

Pauline avait encore la tête qui tournait quand elle reprit l'aspirateur. Mrs. Miller ouvrit à une sexagénaire brune de petite taille.

— Oh, c'est vous, May ! J'attendais Paula, qui veut absolument s'assurer que je suis debout.

May tendit un paquet de lettres à l'actrice. C'était sans doute sa secrétaire personnelle, se dit Pauline. Elle les laissa toutes deux dans le salon et procéda au nettoyage de la chambre. En faisant le lit, elle pensa au couple qui dormait là. Arthur Miller se doutait-il que son épouse écrivait des lettres d'amour derrière son dos ? Était-ce pour cette raison qu'il avait le visage si fermé lorsqu'elle l'avait croisé ce matin ?

Des bribes de conversation parvenaient jusqu'à elle, et elle ne put éviter de tendre l'oreille tandis qu'elle époussetait les meubles. La secrétaire de Mrs. Miller semblait la mettre en garde : les articles allaient sortir, cette semaine, dans le monde entier. On ne pouvait pas l'empêcher, simplement s'y préparer, faire le dos rond. Mrs. Miller allait devoir y faire face. Bien entendu, poursuivait May, tout cela représentait une énorme publicité pour le film à venir, dont la sortie était prévue en septembre, et les studios s'en frottaient déjà les mains. Comme d'habitude, le charivari durerait un temps, et les journaux finiraient par passer à autre chose. Pauline ne percevait plus la voix de Mrs. Miller. Elle se taisait, comme sous le choc. Puis elle l'entendit enfin marmonner que cela n'arrangerait rien à la situation avec son mari, au contraire, cela allait encore aggraver les choses et ce serait tout simplement « l'enfer ».

Le lendemain matin, la pancarte *Ne pas déranger* était suspendue à la poignée de la porte lorsque Pauline se présenta devant la suite 614. Il s'agissait, elle le savait, d'une règle d'or : dans ce cas, il ne fallait ni frapper ni entrer. Aussi se mit-elle au travail dans les chambres standard du sixième et revint sur ses pas un peu plus tard. La pancarte était encore là. Tandis qu'elle hésitait, la porte s'ouvrit et le grand masseur brun apparut. Son prénom, avait-elle appris, était Ralph. Il l'aperçut, lui adressa un sourire et chuchota :

— Il vaut mieux revenir à un autre moment.

— Bien entendu, dit-elle.

Il ajouta, à voix basse, que ce n'était pas une bonne journée pour Mrs. Miller. Pauline répondit qu'elle était désolée de l'apprendre, puis elle partit ranger le chariot en se demandant ce qui s'était passé et pourquoi Mrs. Miller avait besoin de se reposer. Les filles de l'équipe de l'après-midi, probablement Holly ou Debra, s'occuperaient du nettoyage de la suite.

Pauline avait congé le lendemain ; ces jours-là, elle prenait soin de sa fille, aidait aux tâches ménagères et aux courses. Elle n'avait pas parlé à sa mère de sa rencontre avec Marilyn Monroe ; c'était un secret qu'elle gardait pour elle seule.

En fin de journée, elle était en train de jouer à l'ombre avec Lily dans le jardin, lorsque Marcelle débarqua du salon de coiffure dans un état d'excitation inhabituel.

— Regarde ! glapit-elle en lançant deux magazines vers sa fille. Je n'en reviens pas. Tout le monde ne parle que de ça.

Paris Match et *Life* avaient la même couverture : on y voyait en gros plan un homme brun enlaçant une femme blonde : ils avaient les yeux fermés, les lèvres entrouvertes et l'air de se désirer avec ardeur. Sous le choc, Pauline découvrit Marilyn Monroe et Yves Montand sur une image tirée de leur prochain film, *Le Milliardaire.* Montand, le beau brun à la voix de velours, l'acteur et chanteur français à qui Marcelle vouait une passion. Celle-ci raconta à sa fille que les deux acteurs avaient eu une relation passionnée et secrète pendant le tournage à Hollywood au printemps dernier. La femme de Montand, l'actrice Simone Signoret, était partie pour un film en Italie, et Arthur Miller, le mari de Marilyn, faisait des repérages pour *Les Désaxés*, dont la réalisation allait bientôt commencer dans le Nevada. (Visiblement, sa mère connaissait l'histoire sur le bout des doigts.) Monroe et Montand s'étaient retrouvés seuls, logés dans des bungalows mitoyens au Beverly Hills Hotel, à Los Angeles. Et ce qui devait arriver arriva. Et maintenant le monde entier était au courant. Quelle souffrance pour Signoret ! souffla Marcelle. Quelle humiliation publique pour Miller ! Il devait y avoir une de ces ambiances dans leur suite ; ses amies du ménage allaient lui donner des détails croustillants.

— Tu me diras tout, j'espère ! J'en meurs d'envie.

Tout en écoutant de loin le bavardage de sa mère, Pauline revoyait les murs beiges de la suite 614, les petites bouteilles de champagne glacées, le regard bleu à la fois complice et coquin de Mrs. Miller.

« Une lettre d'amour, avait-elle dit. Une lettre d'amour spéciale. En français. »

1952
Reno, Nevada

Chaque samedi, Doug emmenait Pauline, Jimmy et Prince, le chien, faire une longue virée à bord de son vieux camion à pieu. Il travaillait à proximité, dans un garage à Sparks, et son jour de congé était le samedi. Cependant, c'était la journée la plus chargée au salon de coiffure pour Marcelle : de nombreuses clientes prenaient rendez-vous pour une permanente ou une teinture. Doug emportait des sandwiches préparés par ses soins, au beurre de cacahuète et à la confiture, beaucoup d'eau (dès juin, il faisait déjà chaud), vissait des chapeaux sur la tête des enfants, et tout ce beau monde partait la journée entière. Ces périples plaisaient à Pauline, et elle les attendait avec impatience. Elle avait remarqué que sa mère ne semblait guère chagrinée à l'idée de rater ces escapades : chaleur et poussière n'étaient pas à son goût, sans parler des risques de tomber sur un serpent à sonnette ou un cougar. Marcelle implorait Doug de faire attention : Pauline avait treize ans, mais Jimmy n'en avait que cinq, il n'était encore qu'un petit garçon. Doug rigolait avec un soupçon d'ironie : on aurait dit qu'elle était persuadée qu'il les embarquait dans l'endroit le plus dangereux du monde. Pourquoi ne viendrait-elle pas avec eux lorsqu'elle serait libre, ainsi pourrait-elle admirer l'incontestable beauté du Nevada ? Mais le dimanche, Marcelle préférait se reposer car elle travaillait dur, et Doug n'insistait pas. Il prenait un air mélancolique qui n'échappait pas à Pauline, lorsque, en rentrant, Jimmy et elle racontaient à leur mère les sensations fortes de la journée et que cette dernière n'écoutait que d'une oreille distraite. Marcelle n'avait cessé de se languir de Paris, de la France, et Pauline en avait conscience, même après la naissance de Jimmy, elle n'avait pas trouvé sa place à Reno. En dépit des bons résultats du salon de coiffure, Marcelle se sentait à part, différente ; elle restait persuadée que les gens du coin, ses beaux-parents compris, se moquaient de son accent français si difficile à estomper. Comme la cohabitation avec leur belle-fille était devenue pénible, les parents de Doug avaient fini par quitter la maison de Washington Street pour déménager à Carson City. Autre sujet de fâcherie : ces bonnes âmes qui ne cessaient d'affirmer haut et fort qu'une Française restait une traînée, pendant que leurs maris se comportaient en parfaits malotrus à l'insu de leurs épouses en pelotant Marcelle avec leurs grosses pattes, justement parce qu'elle venait de Paris. Marcelle n'avait pas adhéré au style de vie « à l'américaine », à ce côté pratique avec salles de bains et cuisine équipées ; elle n'était pas impressionnée par les quantités ahurissantes de nourriture empilées dans les supermarchés, ces pyramides de poissons, de viandes, de fromages et de fruits à côté desquelles la France, après les privations des années de guerre, faisait figure de pays pauvre ; et les banana splits et hot fudge sundaes, ces gourmandises tant prisées de ses enfants, la laissaient de marbre. Elle n'éprouvait que mépris pour ce mode de vie où on ne se déplaçait qu'en voiture, que ce soit pour faire des courses ou pour rendre visite à des amis voisins. La boutique aux murs rose pastel, où elle écoutait ses chansons françaises en boucle, était bien le seul endroit où Marcelle se sentait chez elle.

Doug avait fait tout ce qui était en son pouvoir afin que Pauline et Jimmy tombent sous le charme du Nevada, et il y était parvenu. Lors de ces fameux samedis, alors qu'ils roulaient sur ces routes infinies et droites dans des paysages immenses enluminés de gris rosé, encerclés par des montagnes majestueuses, et que l'air piquant du matin s'engouffrait par les vitres baissées, il leur parlait de son enfance, de la maison en bardeaux de Washington Street, alors un simple sentier éclairé par le gaz vacillant d'un réverbère. En ce temps-là, quand il regardait par-delà la clôture chargée de pois de senteur plantés par sa mère, il voyait des champs de broussailles se dérouler à l'ouest jusqu'aux fiers contreforts des sierras : c'était une vaste terre ouverte, une suite ininterrompue de sommets argentés, de collines teintées d'ocre, de déserts cendrés parsemés d'armoise.

Parfois, Jimmy s'assoupissait à ses côtés pendant ces longs trajets, et Pauline avait alors l'impression d'avoir Doug tout à elle. Elle n'avait pas ressenti de jalousie envers son petit frère : Doug la considérait comme sa propre fille, veillant sur elle, lui posant des questions sur l'école et ses amies, ses professeurs, la félicitant de ses bonnes notes et des étoiles dorées qui figuraient sur son bulletin scolaire. C'était lui qui lui avait offert la boîte-repas à l'effigie de Mickey Mouse qu'elle chérissait. À présent, elle parlait anglais couramment, sans la moindre trace d'accent. Les débuts avaient été laborieux. Quelle épreuve, ce premier jour de classe en 1946 : ces regards curieux posés sur elle, ces phrases incompréhensibles lancées dans sa direction. Chaque matin, la classe entière devait se lever, main sur la poitrine, pour réciter ce qui ressemblait à un poème. Pauline ignorait de quoi il s'agissait et n'osait le demander, mais elle tentait de l'apprendre par cœur sans saisir sa signification. Plus tard, Doug lui expliqua que le court discours commençant par « J'engage ma fidélité au drapeau des États-Unis d'Amérique » était une sorte de promesse, une manière d'honorer son pays et de se montrer respectueux envers lui. Et il lui rappela qu'elle allait bientôt obtenir son passeport américain.

Le spectaculaire Pyramid Lake avec ses formations rocheuses, à environ soixante kilomètres au nord de Reno, était l'un des endroits préférés de Pauline et Jimmy. Sur la route qui y menait, Doug leur apprit que cette terre appartenait autrefois aux Indiens Paiutes, que certains membres de la tribu y vivaient encore aujourd'hui. Il leur raconta l'ancienne légende paiute de cette Mère de Pierre qui pleura si abondamment que ses larmes remplirent le lac. Elle demeura figée là si longtemps, disait Doug, qu'elle se transforma en pierre, assise avec son panier posé à ses côtés. À chaque fois qu'ils y allaient, Doug leur montrait du doigt la silhouette rocheuse ressemblant à une femme accroupie devant les flots bleus. Jimmy voulait toujours savoir pourquoi la Mère de Pierre était si triste ; c'était parce que ses enfants avaient disparu, lui répondait Doug.

Tous les samedis, c'était une nouvelle aventure, et Pauline vibrait d'impatience. En général, l'excursion débutait par une halte rapide au Five and Dime Store au coin de la rue, où Pauline choisissait des bâtons de réglisse rouge, son péché mignon, et Jimmy, un paquet de M&M's, son préféré, puis ils roulaient sous l'arche historique de Virginia Street qui annonçait fièrement : « RENO : la plus grande petite ville du monde ». C'était le signal. À partir de ce moment, Doug leur parlait du passé. Il était si bon conteur que Pauline était capable de l'écouter des heures entières. Le surnom du Nevada, le « Silver State », leur racontait Doug, datait du XIXe siècle, et avait été donné à l'époque des activités minières et des premières découvertes d'argent. La population du Nevada avait commencé à exploser, expliquait-il, parce que tous voulaient venir y vivre, attirés par le potentiel des mines. Pour abriter toutes ces personnes, des lotissements avaient été construits hâtivement, mais lorsque les affaires se tarirent, que les mineurs finirent par déménager, la plupart de ces villes surgies dans le désert pendant la ruée vers l'argent furent abandonnées, et les bâtiments restèrent vides. C'était devenu des villes fantômes, et le Nevada en comptait encore un certain nombre. Elles portaient des noms énigmatiques comme Weepah, Belmont, Delamar, Rhyolite et faisaient également partie des lieux favoris de Pauline et Jimmy, figés et oubliés, en proie à une décrépitude inexorable, mais encore debout malgré le poids des années. Des familles avaient vécu ici jadis ? s'étonnait Pauline. Oui, des enfants avaient joué dans ces jardins jaunis et desséchés, la vie avait fleuri, puis tout s'était arrêté. Impressionnés, ils erraient à travers des écoles délabrées, des maisons sans toit, des bureaux de poste en ruine, des magasins, des saloons, des granges et des mines entièrement vides. Envoûtée, un peu effrayée, Pauline s'accrochait parfois à la main rassurante de Doug.

Ces randonnées duraient la journée entière, et le plus souvent, ils n'étaient pas de retour avant l'heure du dîner. Marcelle les attendait devant la télévision, en fumant, en sirotant un verre, tandis que le repas réchauffait dans le four. Parfois, elle avait un peu abusé du bourbon, mais Pauline remarquait que Doug ne le relevait pas. Un soir, lorsqu'il lui tendit le bouquet de fleurs sauvages blanches et jaunes qu'ils avaient cueillies pour elle au bord de la route, il n'avait pas semblé se rendre compte qu'elle avait pleuré.

Un jour, au début de l'été, alors que la chaleur s'abattait sur eux, créant des mirages bizarres sur l'asphalte, des formes qui ressemblaient à une montagne, à un lac ou encore à un train, Pauline aperçut un troupeau de mustangs galopant dans les herbages à leur droite. Doug parvint à les rattraper. Lors de leurs virées, il leur était déjà arrivé de croiser des chevaux sauvages, mais c'était la première fois que Pauline se retrouvait aussi près des animaux et l'intensité de sa joie fit sourire Doug. Elle ne pouvait pas les quitter des yeux.

Plus tard, il lui apprit qu'il connaissait une dame qui veillait sur les mustangs, qui se battait pour leur bien-être et leur préservation ; une personne, selon lui, exceptionnelle. Il la fréquentait depuis leur enfance, car ses parents, les Bronn, possédaient une maison à deux pas de celle des Hammond sur Washington Street. Elle s'appelait Velma, et elle vivait près de Wadsworth, non loin de Pyramid Lake, avec son mari Charlie Johnston. Dans quelques jours, il se rendrait à leur ranch pour réparer une de leurs voitures. Est-ce que Pauline avait envie de venir avec lui ? Elle voulut savoir si dans le ranch de cette personne, il y avait des mustangs ; Doug répondit que c'était le cas, et même tout un troupeau. Velma les soignait, car certains étaient blessés, puis elle les relâchait lorsqu'ils étaient rétablis.

Doug la conduisit pour la première fois au Double Lazy Heart Ranch après l'école, laissant Jimmy avec un camarade de classe. En route pour Wadsworth, il lui confia que Velma avait une apparence un peu particulière, et il souhaitait lui en donner les raisons, afin que Pauline ne soit pas choquée. Lorsqu'elle était jeune fille, à peu près à l'âge de Pauline, Velma avait contracté la polio, et le virus avait laissé des traces disgracieuses, comme Pauline le découvrirait bientôt. Mais il s'agissait de la personne la plus gentille de tous les temps, la plus courageuse aussi. Son époux était charmant également. À l'instar de Doug, Velma avait grandi dans le comté de Washoe, et son père était vacher, un homme qui aimait les animaux, qui les respectait et qui avait transmis ces valeurs à sa fille. Pauline demanda pourquoi Velma avait consacré sa vie aux mustangs, et Doug décrivit comment, il y avait quelques années, sur la route de Reno, alors qu'elle se rendait à son travail (elle était secrétaire), Velma avait remarqué qu'un liquide sombre coulait d'une vieille remorque, juste devant sa voiture. C'était du sang. Dans un premier temps, elle crut que cela provenait des blessures d'un mouton ou d'un bœuf, mais le sang qui s'échappait semblait trop épais pour provenir d'un seul animal. Comme elle souhaitait avertir le conducteur, elle le suivit jusqu'à un parc à bestiaux de Sparks, à la lisière de Reno. Et là, Velma fit une épouvantable découverte.

— Qu'est-ce que c'était ? demanda Pauline en retenant son souffle.

À l'intérieur du camion, il n'y avait ni mouton ni bœuf, mais une douzaine de chevaux sauvages atrocement mutilés, parqués les uns contre les autres, pataugeant dans une mare de sang. Ils étaient dans un état désespéré : certains avaient perdu l'extrémité de leurs jambes, les yeux d'un étalon avaient été arrachés, et un poulain piétiné gisait, sans vie. Atterrée, Velma apprit que ces mustangs avaient été raflés, capturés, puis jetés dans le camion, et se trouvaient à présent en route pour l'abattoir, destinés à devenir de la pâtée pour animaux de compagnie. Ce fut ce jour-là, face à cette intolérable brutalité, que Velma Johnston décida de se battre pour sauver les chevaux sauvages. La chasse aux mustangs était d'une barbarie sans nom et devait cesser. Petit à petit, Velma avait rallié des gens à sa cause ; elle irait loin, martela Doug. Avec son équipe, elle avait déjà libéré des bêtes enfermées et les avait mises en sécurité. Sa première victoire était encore récente et datait du mois dernier : au palais de justice de Virginia City, elle avait réussi à faire voter une nouvelle résolution interdisant l'utilisation d'avions ou d'hélicoptères pour chasser ou capturer des chevaux sauvages.

Le ranch des Johnston se nichait sur les terrains vallonnés s'étalant le long de la Truckee River et qui semblaient étrangement verts à Pauline, car bordés d'herbe, un spectacle rare au Nevada. En raison de l'abondante réserve d'eau, la région était prisée par les éleveurs, souligna Doug. Mais lorsqu'ils émergèrent du camion, la féroce chaleur estivale les frappa, ainsi qu'un vent brûlant et lancinant, et Pauline fut soulagée d'avoir emporté un chapeau de paille et des lunettes de soleil appartenant à sa mère. Le ranch était un bâtiment bas en forme de L avec une toiture en bardeaux. Alors qu'ils s'approchaient, Doug lui dit qu'il y avait six ans de cela, les propriétaires avaient tout construit eux-mêmes. Des gamins jouaient gaiement devant l'entrée, où un heurtoir muni de deux cœurs ornait la porte.

— Ils n'ont pas d'enfants, ajouta Doug. Mais cet endroit en est plein.

Ils montèrent par le porche et la véranda pour entrer dans un salon pourvu d'une grande cheminée, avec un vieux piano dans un coin. La quadragénaire brune et élancée qui vint à leur rencontre portait une veste en daim à franges et un jean. Heureusement que Doug avait prévenu Pauline : le visage de Velma était en effet complètement de travers, la partie gauche s'était effondrée, et lorsqu'elle souriait, un côté de sa bouche s'abaissait, tandis que l'autre remontait, dévoilant ses gencives, un œil restant mi-clos. Son menton semblait avoir disparu, une épaule était plus haute que l'autre et son torse était penché en avant comme si elle était sur le point de tomber. Quand elle salua Doug, les yeux pétillants, ce fut avec une voix rauque de fumeuse. Puis elle vit Pauline et lui tendit les mains. Ah, voilà donc la délicieuse belle-fille de Doug ! s'exclama-t-elle. Doug se gonfla de fierté et dit qu'en effet, c'était Pauline, et qu'elle était là pour faire connaissance avec les mustangs.

124

— Une amoureuse des chevaux, alors ? dit Velma Johnston, avec son sourire bancal mais charismatique. Tu seras toujours la bienvenue ici. Allons dehors pour les voir.

Pauline sentit son cœur battre de joie à mesure qu'ils approchaient du corral, où elle vit enfin les chevaux. Elle demanda à Velma s'ils étaient tous des mustangs et Velma acquiesça : oui, ils venaient directement des hordes sauvages du Nevada. Son père Joe savait comment les apprivoiser, dit-elle, il s'y connaissait, et il aimait s'y prendre d'une manière plus douce que la plupart des éleveurs. Il avait l'habitude de dire à sa fille que les mustangs étaient nés de la vitesse du vent, et que leur dressage devait se faire sans cruauté ni précipitation.

Sous leurs yeux, un jeune garçon muni d'un lasso et d'un long fouet guidait un cheval autour de l'enclos. Après un léger coup, l'animal changea de direction. Apprendre à un mustang à adapter son allure, à galoper, trotter et s'arrêter, cela prenait du temps, expliqua Velma. Certains animaux étaient si farouches qu'ils devenaient hostiles, voire dangereux. La patience était le maître mot.

— Du bon boulot ! cria Velma, et le garçon hocha la tête sous son grand stetson.

Pauline observait la scène, oubliant la chaleur, le vent, sa bouche sèche ; elle ne rata rien du dressage effectué par l'adolescent, pendant que Doug réparait la voiture de Velma. Un grand type costaud vint lui dire bonjour, le mari de Velma, Charlie, et Pauline lui répondit poliment, ne quittant pas des yeux le cheval palomino qui trottait dans l'enclos.

— C'est Tundra, dit Charlie en s'en allant. La semaine dernière, on ne pouvait même pas s'approcher d'elle.

Le jeune garçon termina ses exercices avec Tundra et s'avança vers Pauline, et alors qu'il ôtait son chapeau pour s'essuyer le front, Pauline comprit qu'elle s'était trompée : ce n'était pas un garçon, mais une fille de son âge avec des taches de rousseur et une masse de cheveux bouclés.

— Salut, dit-elle à Pauline, je suis Billie-Pearl.

Interloquée, Pauline lui dit bonjour en retour.

— Tu as envie d'une balade ? proposa Billie-Pearl. Pas sur Tundra, qui t'enverrait valdinguer, mais sur un cheval plus âgé et plus doux.

Honteuse, Pauline avoua n'avoir jamais fait d'équitation.

Billie-Pearl siffla, mais sans grossièreté :

— Tu viens du Nevada et tu n'es jamais montée à cheval ?

— Je ne viens pas du Nevada. Je suis née à Paris, en France.

Un autre sifflement admiratif.

— Nom d'une pipe, c'est bien la première fois que je rencontre quelqu'un né à Paris ! Eh bien, bonjour, miss ! Je vais aller chercher Rocket. Tu es prête pour ta première leçon ?

Elle disparut avant que Pauline puisse protester. Quelques minutes plus tard, elle était de retour avec une jument alezane à la crinière blonde. Rocket était un amour, dit Billie-Pearl pour la rassurer, car Pauline n'en menait pas large. Elles allaient commencer en douceur, prendre leur temps, mais il fallait d'abord se présenter, n'est-ce pas ? Rocket avait besoin de la connaître, et c'était aussi simple que de se dire bonjour.

— Regarde. Approche-toi. Au fait, miss, tu t'appelles comment ?

— Pauline.

— Elle ne va pas te mordre, tu peux venir plus près. Tu vois ses narines qui frémissent ? Ça veut dire qu'elle sent ton odeur. C'est un langage, l'odeur, pour eux. Tu peux la caresser, regarde, comme ça. Sur son cou. Vas-y. Oui, c'est bien.

Pauline était émerveillée par la gouaille de cette fille haute comme trois pommes qui semblait n'avoir peur de rien et, par comparaison, elle se trouvait encore plus sotte. Comme si elle avait deviné son embarras, Billie-Pearl lui demanda de ne pas s'occuper d'elle, de s'adresser au cheval en faisant comme si elle n'était pas là. Pauline n'avait qu'à lui parler en français, pendant qu'elle y était ! Rocket allait sûrement trouver cela intrigant.

Pendant que Billie-Pearl, en sifflant entre ses dents, posait une selle sur le dos de la jument, Pauline parla à Rocket dans sa langue maternelle en caressant doucement son cou et son épaule. La sensation du pelage à la fois rêche et velouté sous ses doigts lui parut fabuleuse. Comme elle était belle, avec ses grands yeux noirs et sa crinière dorée.

— Que lui dis-tu ? Je suis curieuse.

Billie-Pearl réglait les étriers.

— Qu'elle est jolie et que je suis honorée de faire sa connaissance.

— Elle a l'air d'aimer, non ? Bon, dis donc, tu es plutôt grande, toi, je dois baisser les étriers encore un peu.

Alors que Pauline se demandait comment diable elle allait se hisser sur le dos du cheval, Billie-Pearl conduisit Rocket vers un marchepied, ce qui permettrait à son élève de se mettre en selle. Lorsqu'elle deviendrait une vraie cavalière, elle n'aurait plus besoin du montoir, elle ferait comme les autres, un pied dans l'étrier.

— Allez, zou, miss !

Pauline gravit les trois marches, passa une jambe par-dessus la selle et s'assit prudemment. La jument se déplaça, et Pauline vacilla : il n'y avait rien à quoi se raccrocher, mais elle maintint naturellement son équilibre, tandis que Billie-Pearl poussait ses deux pieds dans les étriers.

— Bien ! Maintenant, prends les rênes, comme ça. Et redresse-toi, baisse les épaules.

Pauline se rendit compte qu'elle dominait Billie-Pearl et tout ce qui se trouvait alentour. Ce n'était pas désagréable.

— Je vais la faire avancer, mais la prochaine fois, tu le feras toi-même. Tu es prête ?

Pauline hocha la tête, et Billie-Pearl mena Rocket lentement hors de l'enclos, vers un corral plus spacieux de l'autre côté du terrain. Pauline regardait droit devant, entre les oreilles de Rocket, les mains crispées et haut placées, le mouvement de roulis du cheval accentuant encore davantage sa raideur.

— Hé ! lança Billie-Pearl. Il faut te détendre, miss. Tu dois accompagner son mouvement. C'est un coup à prendre.

Ce n'était pas facile, mais Pauline s'accrocha : elle tenait à montrer à cette drôle de fille qu'elle en était capable, et surtout, elle voulait faire corps avec cette jument, partager ce moment inédit avec elle. Elles firent plusieurs tours de l'enclos, et Pauline commença enfin à se sentir à l'aise sur le dos de Rocket, à se décontracter.

— Voilà, ça vient, l'encouragea Billie-Pearl. Je te l'avais dit !

Pauline rosit de plaisir. Elle n'avait plus envie de descendre du cheval ; elle voulait persévérer, animée d'une ténacité qui la surprenait.

— Qu'ont-ils de si particulier, les mustangs ? demanda-t-elle à sa nouvelle amie, tandis qu'elles poursuivaient leur marche autour de l'enclos.

— Je ne suis pas une spécialiste, tu sais ! Il faudrait que tu demandes à Velma.

— Mais toi, tu dois bien savoir pourquoi tu les aimes tant ? insista Pauline.

Billie-Pearl caressait la belle tête de Rocket, passait sa paume le long de ses naseaux, ce que Pauline rêvait de faire, mais n'osait pas encore. Billie-Pearl dit qu'elle les aimait depuis toujours : son père était l'exploitant d'un ranch voisin qui collaborait souvent avec les Johnston, mais il élevait du bétail. Elle avait grandi dans l'amour et le respect de ces chevaux sauvages qui contribuaient à la légende du Far West, et l'idée qu'on pouvait leur faire du mal la rendait malade.

— Et on leur fait du mal, marmonna-t-elle. Si tu savais ce qu'on voit ici, comment les « mustangers » les traitent.

— Les « mustangers » ?

— Oui, c'est comme ça qu'on appelle ces salopards qui viennent les chasser, avec leurs lassos, leurs camions, leurs avions, et qui les vendent pour qu'ils deviennent de la bouffe pour chiens. Qu'ils crèvent !

Elle cracha par terre en ajoutant quelques jurons bien sentis. Pauline n'aurait jamais eu le droit d'utiliser un vocabulaire pareil ; elle était à la fois admirative et quelque peu choquée.

— J'aimerais bien revenir, dit-elle timidement. Mais comment ?

Billie-Pearl haussa les épaules.

— Fastoche. Velma va à Reno tous les jours. Et à mon avis, ton papa, il sera d'accord.

— Mon papa est mort il y a longtemps. Doug, c'est mon beau-père. Mais je l'adore.

— C'est réciproque, on dirait.

— Et toi, comment fais-tu pour venir ?

— À ton avis ?

— Je sais ! À cheval !

— Gagné !

Pauline se souviendrait longtemps de cette première fois au Double Lazy Heart Ranch qui scella le début de son amitié avec Billie-Pearl : une amitié profonde, sincère, qui allait résister au passage des années, aux épreuves de la vie. Cet été-là, celui de 1952, elles devinrent inséparables. Pendant les grandes vacances, Velma, Charlie et Doug s'organisèrent pour conduire Pauline à Wadsworth, puis pour la ramener à Reno, afin qu'elle puisse retrouver Billie-Pearl et les chevaux. Tout le monde avait compris l'importance de cette amitié. Tout le monde, excepté Marcelle.

Pauline ne se lassait pas de l'ambiance des écuries, de l'odeur de la paille et du crottin, des chevaux qu'elle fut vite capable de reconnaître et de nommer, et au fil des semaines, elle progressa avec Rocket, même si elle avait conscience qu'elle n'atteindrait pas le niveau de Billie-Pearl : cette fille-là était née sur un mustang. Elle apprit à se familiariser avec les membres de l'équipe de Velma : des personnes de tous âges, originaires de tous les coins du Nevada, et même de la Californie voisine, unies dans leur volonté de défendre les mustangs. Doc O'Brian, le vétérinaire à l'accent irlandais chantant et à la grosse sacoche noire qui venait chaque semaine, était le préféré de Pauline : elle aimait le voir au travail, l'écouter parler d'une voix douce pendant qu'il prodiguait des soins aux chevaux blessés.

Après ce premier été, Pauline devint une habituée du ranch tant elle passa de temps auprès de sa nouvelle amie, des Johnston et de ces bêtes qu'elle avait appris à aimer. Marcelle était bien la seule à se montrer peu enthousiaste ; elle trouvait que monter à cheval et fréquenter des ranchers n'étaient pas des activités dignes d'une jeune Parisienne de bonne famille ; Pauline allait finir par ressembler à cette Billie-Pearl, en qui elle voyait un garçon manqué mal élevé, aux manières rugueuses. Doug prenait la défense de Pauline et de son amie mais, en dépit des disputes entre les époux qui le plus souvent dégénéraient, cela ne l'empêcha pas de retourner à Wadsworth, ni de devenir une cavalière émérite au fil des mois.

Trois années s'écoulèrent au rythme des cavalcades de Pauline et Billie-Pearl, des arrivages de mustangs soignés et sauvés par les Johnston. Vénérée par son groupe, Velma était une cheffe de file unique. En 1955, lors d'un débat houleux avec un fonctionnaire du Bureau of Land Management, Velma hérita même d'un nouveau sobriquet : « Wild Horse Annie », ce qui fit la une des journaux locaux.

En 1955, deux autres événements marquants laissèrent leur empreinte : Marcelle perdit sa mère, et Pauline l'accompagna à Paris pour assister aux obsèques. Elles prirent l'avion pour la première fois. Cela faisait presque dix ans qu'elles avaient quitté la France. Marcelle, accablée de chagrin, s'effondra en revoyant sa famille, ses amies : Paris lui avait tant manqué. Pour Pauline, ce fut une autre histoire : malgré la joie de retrouver les siens, elle ne se sentait plus chez elle, et elle en prit conscience aussitôt. Sa ville natale lui semblait grisâtre, crasseuse, encombrée de voitures exiguës et de piétons fébriles qui s'agitaient comme des fourmis. L'air y était vicié. Doug lui manquait, Billie-Pearl aussi, ainsi que Rocket et Tundra. Elle avait désormais besoin de l'immensité sauvage, de ces paysages désertiques qu'elle chérissait, de la luminosité changeante des cieux, des eaux étonnamment fraîches, même dans la fournaise de l'été, de Lake Tahoe quand elle s'y baignait avec Jim et Doug pendant les vacances. Reno lui manquait, profondément, tout comme leurs voisins, leurs amis, Daisy du magasin Five and Dime, ses camarades de classe, ses professeurs. Alors que sa mère pleurnichait à l'idée de quitter Paris, Pauline n'avait plus qu'un désir en tête : retrouver le Nevada.

La même année, à Noël, la Truckee River inonda Reno et ses environs, lors d'une forte crue après un orage cataclysmique ; les dégâts furent considérables dans toute la région, qui mit des semaines à s'en remettre. Pendant plusieurs jours, le ranch de Charlie et Velma fut inaccessible, en partie submergé.

Mais Pauline avait été rassurée : les Johnston allaient bien et les mustangs étaient tous sains et saufs.

Un samedi de février 1956, une neige fraîche et poudreuse était tombée pendant la nuit, et dès son arrivée au ranch, Pauline remarqua une agitation inhabituelle : elle apprit qu'une bande de mustangers sans scrupules avait fait main basse sur tout un troupeau, en blessant plusieurs chevaux. L'équipe de Velma, dont l'effrontée Billie-Pearl, avait réussi à délivrer une dizaine de bêtes au nez et à la barbe des assaillants : quelques poulains, des juments et un jeune étalon ivre de colère.

Un cri déchirant provenant des granges fit frissonner Pauline des pieds à la tête. Ce cri n'avait rien d'humain, elle le comprit d'emblée.

— C'est le jeune étalon, lui dit Velma, qui avait l'air épuisé. Il a perdu sa famille. Il est désespéré.

Pauline n'oublierait pas le moment où elle posa les yeux sur lui pour la première fois. Elle ne put distinguer tout d'abord qu'une masse d'un noir d'encre, puis le blanc des yeux et des dents que l'animal découvrait en hennissant. Les oreilles en arrière, il s'était reculé contre le mur de la grange, la tête basse, frappant le sol encore et encore en laissant échapper ce hurlement affreux et strident. Rien ni personne ne parvenait à le calmer.

— Il a été gravement blessé, dit Velma. Regarde son genou et son oreille, ça saigne, il y a des déchirures. Mais même notre bon Doc n'arrive pas à s'approcher de lui.

Pauline était au bord des larmes. Elle voyait combien Velma semblait bouleversée ; elle ne savait pas comment la réconforter.

Plus tard, Pauline trouva Billie-Pearl juchée sur la clôture en bois devant la grange, le regard dirigé vers l'intérieur, où l'on devinait une ombre tapie dans un coin. Les jambes écartées, le cheval penchait la tête si bas que ses naseaux frôlaient le sol. Le jeune étalon était devenu silencieux ; il n'avait rien bu ni mangé, refusait toute tentative d'approche, se montrait dangereusement menaçant. Doc O'Brian, navré, avait dit à Velma qu'il ne pouvait pas faire grand-chose. Le saignement s'était arrêté, mais l'animal avait besoin de points de suture.

Pauline alla s'asseoir sur la barrière à côté de son amie. À l'ombre du stetson, le visage de Billie-Pearl était fermé. Elle paraissait plus âgée et plus sage que ses dix-sept ans, pensa Pauline. Sa forte détermination se devinait au pli de ses lèvres.

— Ils ont massacré sa famille, c'est pour ça qu'il hait les hommes, dit-elle enfin. J'étais là. J'ai tout vu.

Tandis que les flocons de neige tombaient doucement, Pauline glissa son bras sur les épaules de son amie.

— Ce cheval, je vais le tirer de là, marmonna Billie-Pearl. Je vais lui sauver la vie, je te le jure.

— Je te crois, dit Pauline.

— Impossible de l'approcher. Mais je me débrouillerai. Ça prendra sans doute du temps, et je m'en fiche. Tu l'as vu ?

— Oui, rapidement. Il était fou de rage.

— C'est un seigneur. Le seigneur du désert.

Billie-Pearl sauta à terre, remonta la fermeture éclair de son anorak, leva le menton et sourit.

— Je lui ai trouvé un nom. Tu veux savoir lequel, miss ?

— Certainement !

— Il s'appelle Commander.

Été 1960
Reno, Nevada

Jour après jour, la cantine bruissait de potins liés au tournage ; on ne parlait plus que de ça : Montgomery Clift, vautré, ivre mort dans la Sky Room ; John Huston qui flambait tout au casino du Mapes, et les Miller qui se disputaient au sixième en s'envoyant des assiettes à la figure, faisant un tel tapage que les clients de l'hôtel se plaignaient auprès de la direction. Sans oublier le stoïque Clark Gable qui, malgré son amabilité et ses bonnes manières, en avait assez de poireauter des heures entières sous un soleil de plomb : Marilyn Monroe le plantait, plantait toute l'équipe, et Pauline le comprit vite, même sans les ragots de la cantine. Mrs. Miller n'arrivait plus à se lever. Et quand elle le faisait enfin, c'était déjà l'après-midi et elle n'était qu'une épave.

— Alors, raconte, Frenchie, elle est comment au saut du lit, la Monroe ?

— Toujours bourrée, toujours à poil ?

— Linda a dit qu'elle ne met pas de culotte ni de soutien-gorge. Il n'y en a même pas dans son placard.

Les rires gras résonnaient autour de Pauline.

137

— Elle est gentille, au moins ?

— Oui, fit Pauline, imperturbable, tout en mastiquant son burger. Très gentille.

— Meg qui bosse au tri postal dit qu'elle reçoit plus de cinq cents lettres de fans par semaine. Ils sont débordés !

Pauline avait appris à se méfier des moments passés à la cantine : elle avait décidé d'en révéler le moins possible à Casper, Lincoln, Ernesto, Addie, Dan et Pedro, ainsi qu'aux autres femmes de ménage, leur racontant que lorsqu'elle prenait son service, Mrs. Miller dormait la plupart du temps. C'était sa ligne de conduite et elle s'y tenait. Elle leur disait qu'elle la voyait peu, et lorsqu'elle la croisait dans la suite, Mrs. Miller se trouvait avec sa professeure, sa secrétaire, ou encore son masseur.

— La prof est aimable comme une porte de prison ! pesta Fern.

— Sur le tournage, les gars l'ont surnommée « Barbe Noire » comme le pirate, gloussa Lincoln. Un des chauffeurs m'a raconté.

D'autres rires s'élevèrent.

— Montgomery Clift commande des cocktails au service d'étage toute la nuit, dit Pedro. Les uns après les autres.

— Après en avoir sifflé des dizaines dans la Sky Room, ajouta Dan.

— Dès que Huston et lui rentrent du tournage, ils mettent le cap sur le bar.

— Et Arthur Miller, le cocu du siècle, il a oublié de sourire, celui-là. Il ne laisse pas l'ombre d'un pourboire non plus.

— Hé, baisse d'un ton, Marty. La vieille Jones nous fusille du regard.

— Quel fiasco, ce film ! Je me demande comment ils font pour tourner avec tout ce bazar.

— Ils ont pris un retard considérable, non ?

— D'ailleurs, ça parle de quoi, le film ?

— Tu le sais, toi, Frenchie ?

— Aucune idée ! répondit Pauline.

Un mensonge, car elle avait appris dans les magazines de sa mère que le film avait été écrit par Arthur Miller lui-même, sur une femme et trois hommes : quatre êtres égarés, cabossés, qui se retrouvaient dans les immenses espaces morts du Nevada et ses villes fantômes. C'était tout ce qu'elle savait.

Elle les écoutait, souriait quand il le fallait, s'esclaffait avec eux, mais ne révélait rien. Même lorsque sa mère, ahurie, avait su par une cliente indiscrète que c'était bien Pauline, sa propre fille, qui faisait le ménage dans la suite des Miller, elle avait trouvé le moyen de lui dire qu'elle ne voyait que rarement la star. Marcelle était terriblement déçue. Elle avait insisté : Pauline n'avait eu aucun échange avec elle ? À part bonjour et au revoir, aucun, avait-elle répondu. Et de toute façon, Mildred Jones lui interdisait d'en parler à qui que ce soit. Pauline ne voulait pas retrouver les toilettes du rez-de-chaussée, donc elle respectait les consignes à la lettre.

Mais dans le secret de la suite 614, lorsqu'elle se trouvait seule avec Mrs. Miller, cela se déroulait d'une façon tout à fait différente, et elle gardait cela pour elle.

D'abord, il y avait eu cette matinée effrayante, lorsqu'elle avait découvert Mrs. Miller assise dans le salon, figée telle une statue de pierre, le regard fixé sur les cimes des sierras, sa flûte de champagne à la main. Ses yeux emplis de larmes paraissaient encore plus rouges, et la pâleur de son visage tirant sur le gris lui donnait l'air malade. Quand Pauline était entrée dans la pièce, elle n'avait pas réagi, conservant le silence jusqu'à son départ.

Mais à quoi s'attendait Pauline, au juste ? Que Mrs. Miller devienne sa meilleure amie à cause d'une lettre écrite en français à son amant, Yves Montand ? Comment Pauline avait-elle pu imaginer une chose pareille : se persuader qu'elle allait forger une relation particulière avec une des femmes les plus célèbres du monde ? Comment avait-elle pu être aussi sotte, aussi vaniteuse ? Dieu merci, elle n'en avait parlé à personne.

Aux yeux de Mrs. Miller, Pauline était une moins-que-rien. Elle était transparente. Invisible. Elle n'existait pas. Elle n'était que la femme de chambre anonyme qui chaque matin venait nettoyer les lieux. Rien de plus.

La nuit tombée, Pauline repensa à cette silhouette pétrifiée sur le canapé, agrippée à son verre. À partir de maintenant, leurs rapports allaient-ils se résumer à cette image ? Elle redoutait de retourner dans la suite.

Le lendemain matin, quand elle y pénétra, elle entendit des éclats de voix. Avec horreur, elle comprit qu'elle débarquait au cœur d'une dispute : un homme criait, et il paraissait furieux. Une porte se referma avec violence, et elle sursauta.

Devant elle, sa carrure efflanquée prenant toute la place, se tenait Arthur Miller, les traits crispés par la colère. Il dévisagea Pauline comme s'il se demandait qui elle était et ce qu'elle fichait là, puis, s'esquivant prestement, il frôla son épaule, et claqua la porte derrière lui.

— Ainsi va le roi des ronchons, fit la voix fluette et enfantine. Ne le prenez pas mal, Pauline.

Mrs. Miller était là, décoiffée, en peignoir, les paupières rosies et lourdes de sommeil. Pauline fut heureuse de la voir sourire, mais surtout de l'entendre dire son prénom. Elle s'affaira aux tâches ménagères, tandis que Mrs. Miller répondait au téléphone. Elle semblait y prendre plaisir, se confiant à ses interlocuteurs successifs comme si ces personnes se trouvaient dans la pièce avec elle et visiblement en rien gênée par la présence de Pauline. Tout y passait : son exaspération envers son époux qui réécrivait le scénario chaque soir avant de lui donner la nouvelle version le matin, alors qu'elle avait déjà appris ses dialogues avec Paula ; la chaleur étouffante ; les conflits entre sa professeure d'art dramatique et John Huston, qui ne pouvaient pas se piffer, tandis qu'« Arturo » (c'était ainsi qu'elle surnommait Miller, comprit Pauline) prenait fait et cause pour Huston, ce qui dégradait l'ambiance déjà exécrable du tournage ; son manque de sommeil épouvantable ; les aphtes qui rongeaient l'intérieur de sa bouche, un véritable enfer ; ses règles encore plus douloureuses ; les éruptions cutanées qui ne s'en allaient pas ; et l'envie dévastatrice, irrépressible, de revoir Montand, qui ne répondait à aucun de ses appels, ni à ses messages laissés au Beverly Hills Hotel. Montand la faisait rire, délicieusement rire, et aujourd'hui elle ne riait plus du tout. Son odieux mari puisait dans leur vie privée pour pondre ce satané scénario : elle y reconnaissait, mortifiée, ses propres phrases, ses fragilités les plus profondes, ses doutes dissimulés, et elle n'en pouvait plus. Il la pillait. Il pillait son être. Et comment pouvait-elle lui faire confiance après ce qu'elle avait découvert dans le journal de son mari, il y avait quatre ans, en Angleterre ? Il avait écrit qu'il la trouvait décevante, que devant ses amis intellectuels, il avait honte d'elle. Comment pouvait-elle ne plus y penser ?

Pauline s'efforça de rester la plus discrète et la plus silencieuse possible, feignant d'ignorer l'incessant monologue. Lorsqu'elle brancha l'aspirateur, Mrs. Miller disparut dans sa chambre pour poursuivre sa conversation. Au moment où Pauline allait commencer à nettoyer la salle de bains, Mrs. Miller apparut, brandissant un magazine. Pauline le reconnut tout de suite : *Paris Match*, avec la couverture qu'elle avait déjà aperçue chez elle.

— Pouvez-vous me traduire cet article ?

Mrs. Miller lui tendit la double page consacrée à sa liaison avec Montand. Pauline baissa les yeux vers les clichés des deux stars ; elle avait déjà lu ce reportage que Marcelle lui avait commenté : celui-ci révélait en détail la façon dont un serveur du service d'étage du Beverly Hills Hotel avait « cafté » à un journaliste, comment la nouvelle scandaleuse s'était répandue comme une traînée de poudre jusqu'en Italie, où Simone Signoret tournait, comment Montand et Marilyn fricotaient chaque matin au petit déjeuner et chaque soir après avoir quitté le plateau, dînant dans l'un des bungalows, ou dans l'un des petits restaurants romantiques aux environs d'Hollywood. Le film s'appelait dans sa version originale : *Faisons l'amour.* Qu'y avait-il d'étonnant, après tout ?

Pauline fit ce qu'on lui avait demandé, rapidement. Quand elle parvint à la fin de l'article, Mrs. Miller demeura silencieuse. Pauline la vit se diriger vers le réfrigérateur pour chercher du champagne qu'elle posa sur la table, puis elle regagna sa chambre. Elle revint munie d'un flacon de pilules et d'une aiguille ; elle s'assit, saisit une capsule, la piqua avec la pointe, versa la poudre blanche dans le verre et l'avala avec une gorgée de champagne.

— De cette façon, ça agit plus vite, déclara-t-elle. C'est Monty qui m'a montré. Mon copain acteur. Il est aussi paumé que moi, le pauvre.

Pauline avait appris, grâce aux persiflages du réfectoire, que Montgomery Clift ne s'était pas remis de l'accident qu'il avait eu quatre ans auparavant ; le jeune acteur s'était endormi au volant en quittant une fête chez son amie Elizabeth Taylor à Beverly Hills, et sa voiture avait fini sa course contre un pylône. Il en était sorti défiguré, dépressif et alcoolique.

Paris Match se trouvait sur la table, ouvert, et Mrs. Miller, tout en buvant son champagne, le feuilletait, presque distraitement.

— J'imagine que vous devez connaître ce magazine français ? dit-elle.

— Oui. C'est un des préférés de ma mère. Elle le lit chaque semaine.

Mrs. Miller se leva, tenant son verre contre elle ; elle se planta devant la grande baie vitrée, face au soleil qui tapait fort. Elle ne parlait plus, mais son silence n'était pas pesant. Le téléphone sonna et elle décrocha. Elle dit à la personne au bout du fil qu'elle n'était pas prête, qu'elle attendait Rafe : elle ne pouvait rien faire sans son massage du matin, ni sans son massage du soir, d'ailleurs. Avec un petit rire amer, elle ajouta qu'elle se doutait qu'une nouvelle journée d'horreur l'attendait sur ce tournage infernal ; elle lui en voulait tant, à son bourreau de mari, il avait écrit ce scénario pour elle, par amour soi-disant, pour qu'elle joue enfin autre chose qu'une blonde écervelée, mais au bout du compte, c'était un miroir impitoyable qu'il lui tendait : le portrait d'une femme trop émotive, trop nerveuse, incapable de trouver un équilibre intérieur et à qui le bonheur échappait sans cesse.

Pauline était dans la salle de bains à récurer la baignoire, mais elle entendait tout de la conversation, et elle souffrait pour Mrs. Miller, dont la voix était brisée par la lassitude. Comme elle lui paraissait seule, fragile, sans personne pour veiller sur elle.

— Vous avez un mari, mon chou ?

Pauline leva les yeux vers la silhouette qui se tenait devant elle. Elle n'osait pas dire que, dans son propre cas, il n'y avait pas d'époux, mais une petite fille de trois ans.

— N-non, Mrs. Miller, pas de mari.

Le sourire sur le visage de Mrs. Miller ressemblait plutôt à une grimace ; Pauline avait du mal à la regarder.

— Il n'y a pas le feu. Prenez votre temps. J'aurais dû me méfier, je le sais à présent. J'ai cru que la troisième fois serait la bonne. Je me suis trompée.

Mrs. Miller lui dit qu'il y avait eu, dès le départ, comme une ombre affreuse sur ce dernier mariage. Pauline se trouvait encore près de la baignoire, et Mrs. Miller s'appuyait contre le chambranle de la porte, son verre à la main. Pauline vit qu'elle ingurgitait un nouveau comprimé. Elle semblait à bout de forces, à tel point que Pauline faillit l'interrompre pour lui proposer de s'asseoir, de boire un verre d'eau ou de manger un morceau, mais Mrs. Miller ne pouvait plus s'arrêter de parler. Elle était sur sa lancée.

Oui, elle aurait dû se méfier, poursuivait-elle d'une voix si éteinte que Pauline dut tendre l'oreille.

Ça s'était déroulé en 1956, le matin de leurs noces, le 29 juin : comment pourrait-elle oublier cette date après ce qui s'était passé ? Elle avait compris sur-le-champ que leur union était condamnée à l'échec. Lui aussi, il l'avait compris. Mais ils n'en avaient pas parlé, ils avaient tout fait pour oublier, pour se détacher du souvenir abominable qui avait entaché ce jour à jamais.

Mrs. Miller se frotta les yeux, soudain très rouges ; Pauline écoutait avec attention, l'éponge encore dans le creux de sa main.

— Pourquoi je vous raconte tout ça, à vous ?

Déstabilisée, Pauline ressentit une pitié inattendue. Oserait-elle rassurer Mrs. Miller comme elle réconfortait Lily lorsque celle-ci s'était blessée ou avait peur ? Elle décida de se risquer :

— C'est plus facile, parfois, de se confier à une personne que l'on ne connaît pas.

Il y eut un silence. Pauline retint son souffle.

— Vous avez raison. C'est plus facile, dit enfin Mrs. Miller. Je vous remercie. Vous êtes si gentille.

Le téléphone sonna une nouvelle fois, mais Mrs. Miller ne bougea pas. Elle reprit la parole comme si sa vie en dépendait. C'était arrivé juste avant la conférence de presse où Arthur et elle devaient annoncer leur mariage, à Roxbury, en pleine campagne, là où Miller possédait une maison. Alors qu'ils se dirigeaient vers Old Tophet Road, ils furent pris en chasse par des journalistes et, si les virages périlleux des routes étroites du Connecticut n'avaient pas de secret pour eux, ce n'était pas le cas de leurs poursuivants.

Ils roulaient tous trop vite, sans doute, et le véhicule des journalistes manqua un virage serré et alla heurter un érable dans un abominable fracas de verre et de tôle qu'elle entendait encore. Ils s'arrêtèrent, revinrent sur leurs pas. Elle n'avait pas pu oublier l'effrayant spectacle qu'ils découvrirent alors : l'Oldsmobile de couleur verte encastrée dans un tronc d'arbre, et cette femme projetée à travers le pare-brise fracassé, qui gisait au sol. Le jeune chauffeur qui l'accompagnait et qui était, lui, sain et sauf, s'était effondré en larmes.

Mrs. Miller regardait Pauline avec intensité comme pour chercher du réconfort auprès d'elle ; Pauline balbutia qu'elle était désolée, que cette histoire était glaçante, que cela avait dû être une terrible épreuve. Mrs. Miller parut rassembler tout son courage afin de pouvoir continuer : elle s'était approchée, en dépit de son futur mari qui la suppliait de s'éloigner, sans doute pour la protéger de l'atrocité de cette vision, mais c'était plus fort qu'elle : elle voulait voir, elle devait voir.

À présent, Mrs. Miller parlait d'une voix blanche : la femme était étendue là, la nuque brisée, le visage ensanglanté, et elle voyait ses grands yeux marron fixés sur elle, et tout lui sembla tellement injuste, horrible, qu'elle eut envie de se mettre à sangloter. Tandis que son fiancé lui criait en vain de se tenir à l'écart, elle s'était agenouillée et, on ne sait trop comment, le sang de la victime macula sa chemise blanche. On la tira en arrière, à travers une haie de badauds et de reporters, et ils reprirent la route vers Old Tophet Road dans un silence stupéfait, alors qu'elle versait des larmes, hantée par la tache sur sa blouse et le souvenir des grands yeux affolés. Elle avait à peine eu le temps de se changer avant le début de la conférence de presse, mais elle savait déjà que cette union n'avait plus aucune chance, même avant la célébration de leurs vœux cet après-midi-là : leur mariage était mort-né. Cette femme qui gisait sur le bas-côté avec ses boucles d'oreilles en perle, son élégante jupe droite et ses escarpins encore fixés d'une manière absurde à ses pieds, avait été tuée par leur faute.

— Elle est décédée dans l'ambulance. Elle s'appelait Mara Scherbatoff. C'était la correspondante new-yorkaise de ce magazine français que votre maman lit chaque semaine. *Paris Match*.

Il y avait tant de peine dans l'expression de Mrs. Miller que Pauline fut incapable de parler. Quelqu'un frappa à la porte, les faisant sursauter toutes les deux.

— Ça doit être Paula, dit Mrs. Miller. Vous voulez bien aller lui ouvrir ?

Mrs. Strasberg était une quinquagénaire replète de petite taille, habillée d'une robe sac noire à la coupe peu flatteuse. Son visage disparaissait derrière de grosses lunettes et un foulard noir était noué sur ses cheveux grisonnants. Pauline remarqua qu'elle

148

portait trois montres différentes, et se demanda bien pourquoi. Plus tard, elle apprit que Mrs. Strasberg avait besoin de connaître l'heure locale de Londres, Sydney et Tokyo. Pauline n'en avait pas entendu dire que du bien lors de ses pauses déjeuner à la cantine ; on la prétendait distante. Mais force était de constater qu'elle se montrait d'une grande tendresse avec Mrs. Miller, se comportant avec elle comme une mère ; lui demandant comment elle avait dormi, si elle avait pris un bon petit déjeuner, comment elle se sentait.

— Il a encore changé le texte, tu sais, soupira Mrs. Miller. Je ne vais pas y arriver.

Sa professeure d'art dramatique posa une main rassurante sur son bras.

— Je sais, ma chérie. Mais tu vas y arriver. On va revoir tout ça ensemble. N'oublie pas que tu es une actrice extraordinaire. Tu es la meilleure.

— Tu en es certaine ? demanda la voix enfantine.

— Tu es la meilleure, je te dis. Allez, on reprend. C'est page 143. Tu es prête ?

— Oui. Tu prends le rôle de Clark ?

— C'est parti.

Pauline écouta, captivée, tout en continuant son travail dans la chambre, d'où elle voyait et entendait tout. Mrs. Strasberg changea sa voix, adopta une tessiture plus grave, celle d'un homme.

— *Quel jeu joues-tu ? Je ne sais pas quel jeu tu joues.*

— *Je ne joue aucun jeu, Gay. Je suis ici, avec toi. Mais... Qu'est-ce qui se passerait si un jour tu n'étais pas le même avec moi. Si tu ne m'aimais plus ?*

Un silence.

— C'est bien, continue.

— J'ai un trou.

— Pas de souci, je reprends ta partie avec l'inflexion qu'il te faudra. N'oublie pas que Roslyn veut rester franche, elle ne souhaite pas blesser Gay. OK ?

— OK, Paula.

— Bois un peu d'eau. Respire. Voilà. Tu as pris une Benzédrine ce matin ? Tu en veux une autre ?

Mrs. Strasberg fouilla dans son sac, tendit un comprimé à Mrs. Miller qui l'avala rapidement. Pauline se demanda combien de cachets elle avait déjà absorbés depuis son réveil.

— Je redis ton texte à toi : *Je connais cette façon de regarder, Gay, je la connais, elle me fait peur. C'est pour ça que je n'ai jamais pu rester avec un étranger.*

Il était l'heure de partir, et Pauline dut le faire à regret ; elle aurait aimé rester encore, à écouter les bribes de ce film mystérieux réécrit chaque soir au désespoir de Mrs. Miller.

Lorsqu'elle ferma la porte de la suite 614 avec douceur, elle entendit l'actrice dire d'une voix suppliante et bouleversante :

— *Oh, aime-moi, Gay ! Aime-moi !*

Et tout de suite après, Mrs. Miller fondit en larmes.

Au début, Pauline ne l'avait pas remarqué, mais à présent, elle ne pouvait plus l'ignorer : ses collègues lui en voulaient, visiblement, et lui battaient froid. Il n'y avait que Kitty pour lui adresser encore la parole naturellement. À la cantine, elle n'était plus la bienvenue à la table des femmes de ménage, on ne lui gardait plus une place, et elle devait déjeuner ailleurs, avec les filles du standard ou l'équipe de la salle des chaudières. Elle n'avait pas encore compris pourquoi on lui réservait un tel accueil, ni ce qu'elle avait bien pu faire pour mériter ça, mais c'était devenu évident : ses collègues étaient jalouses. Elles avaient su que Mrs. Miller avait demandé à Mildred Jones de faire travailler Pauline dans la suite 614 et elles trouvaient cela injuste. Pourquoi Pauline, et pas elles ? D'autant que Pauline avait moins d'expérience qu'elles, qu'elle était plus jeune et ne s'occupait que des toilettes. Il y avait aussi le fait que Pauline se trouvait à présent dans les bonnes grâces de Mildred, qui était devenue sa nouvelle protectrice, et c'était une situation inédite et inconfortable. Aussi, par tous les moyens, tentait-elle de passer inaperçue, en baissant la tête, en ne prenant plus la parole, en rasant les murs. Elle ne retrouvait le sourire qu'auprès de sa fille, si mignonne et si drôle, et auprès de Billie-Pearl et des mustangs, lors de ses jours de congé.

Mrs. Miller lui laissait des petits mots lorsqu'elle partait sur le tournage pour la journée. La plupart du temps, il s'agissait d'un simple bonjour gribouillé sur le papier à en-tête du Mapes, mais parfois, il y

avait une demande particulière concernant un vêtement, une robe, ou du linge. Pauline avait appris à
connaître sa drôle d'écriture à méandres qui des-
cendait le long des deux côtés de la feuille. Une fois,
elle avait trouvé tous les meubles du salon repoussés
contre les cloisons. Le mot du matin disait : *Pardon
pour le bazar, Pauline. J'avais juste besoin d'espace.*
Pauline les conservait tous précieusement.

Mrs. Miller mangeait et buvait la plupart du temps
au lit, Pauline le comprit vite, vu l'état des draps.
L'actrice prisait la viande, même le matin : des steaks
particulièrement saignants, Pedro du service d'étage
en savait quelque chose, car elle les renvoyait lorsqu'elle les trouvait trop cuits. Pauline changeait les
draps chaque jour. Lorsque Mildred lui demanda
pourquoi, elle lui montra le linge sale encore dans le
panier. On aurait dit que le tout avait trempé dans un
bain de sang, et même son imperturbable patronne
blêmit en les voyant.

— Vous ne parlerez de cela à personne, dit-elle.

— Bien sûr, Mrs. Jones.

Il y avait beaucoup de choses que Pauline taisait,
comme le fait que Mrs. Miller était souvent nue, et
que c'était terriblement gênant, ou le nombre de
flacons de médicaments trouvés chaque matin dans
la corbeille à papier de la chambre : la quantité de
pilules ingurgitées par l'actrice chaque jour était ahu-
rissante. À quoi pouvaient servir tous ces cachets ?
se demandait-elle. Les interminables allers-retours
entre les lieux de tournage et Reno épuisaient la

star, rendus plus pénibles encore par la chaleur, la lumière, la sécheresse du désert. Pauline n'était plus au Mapes lorsque l'équipe du film rentrait le soir, mais il lui suffisait d'écouter Ernesto et Lincoln décrire le retour des limousines, les passagers qui en descendaient comme des zombies, et Mrs. Miller, prostrée, soutenue par sa professeure et son masseur qui la suivait comme son ombre ; on racontait qu'il la massait même pendant la journée, entre les prises.

Ernesto et Lincoln lui avaient parlé de la double fête d'anniversaire-surprise organisée il y avait quelques semaines sur la mezzanine du Mapes pour John Huston et Kay Gable, l'épouse de Clark Gable. Mr. et Mrs. Miller étaient venus mais ils s'étaient à peine parlé. Mrs. Miller avait semblé plutôt contente d'être placée à côté de Clark Gable, mais elle était partie de bonne heure, remontant dans sa suite juste après le dessert. Les autres étaient restés pour faire la fête, et Lincoln avait remarqué que Gable semblait vanné. Ce film semait le chaos, dit-il en secouant la tête. Et Mrs. Miller, était-elle gentille avec elle ? demanda Ernesto. C'était drôle, le nombre de personnes qui voulaient savoir ça. Elle répondit que Mrs. Miller était en effet bien gentille. Mais elle n'ajouta rien de plus, et Ernesto parut déçu, tout comme Marcelle qui, soir après soir, avide de médisances et d'indiscrétions, n'obtenait jamais rien de sa fille lorsqu'elle rentrait à la maison.

Un matin, alors que Pauline arrivait à la suite 614, elle trouva un homme corpulent d'une cinquantaine d'années qui s'apprêtait à frapper à la porte. Cheveux grisonnants, coupe en brosse, pantalon kaki, chemise à motifs, on aurait dit un simple touriste. Cet individu à l'apparence banale était-il un ami de Mrs. Miller ? Il n'y avait pas grand-chose de sophistiqué chez lui. Rien qui pouvait évoquer Hollywood.

— Bonjour, monsieur, puis-je vous aider ? demanda-t-elle avec amabilité.

Il lui sourit. Il semblait doux et attentionné.

— Bonjour ! Il me semble qu'on ne m'entend pas frapper. J'ai bien tenté de sonner, mais ça ne marche pas non plus.

— Je peux vous faire entrer, monsieur, j'ai la clé, dit Pauline, puis elle rougit.

Elle ignorait qui il était ; il pouvait s'agir d'un de ces admirateurs envahissants qui rôdaient autour du Mapes en espérant apercevoir une des stars qui y logeaient. Lincoln, Ernesto et les autres chasseurs savaient comment les empêcher de pénétrer dans le lobby, mais peut-être que celui-ci avait échappé à leur surveillance.

L'homme l'observait avec gentillesse.

— Oh, ne vous en faites pas, dit-il. Mrs. Miller m'attend.

Il regarda son badge nominatif.

— C'est donc vous la Pauline dont elle parle ! Vous venez de Paris, n'est-ce pas ?

Pauline rougit encore davantage, s'accrochant à son chariot. Elle n'en revenait pas que Mrs. Miller puisse parler d'elle à son entourage.

— Je suis Allan, ajouta-t-il. Mais elle m'appelle Whitey.

Tout en tentant de reprendre ses esprits, Pauline ouvrit la porte avec sa clé pour le laisser passer. Elle s'était habituée au désordre perpétuel qui régnait dans les pièces. Il ne fallait pas se laisser décourager, et c'était son métier de ranger le bazar des autres. Whitey frappa directement à la porte de la chambre à coucher, qui était entrouverte. Pauline se dit qu'il devait assurément être un intime pour agir ainsi. Alors qu'elle s'attaquait à la cuisine, elle se demanda ce qu'il faisait dans la vie. Entraîneur sportif ?

Comme d'habitude, commença la longue série d'appels téléphoniques, mais au bout d'un moment, Pauline entendit la voix de Whitey dire qu'« elle » était réveillée, mais que ça n'allait pas fort. Il travaillerait alors qu'elle était encore allongée, il l'avait déjà fait. Oui, Ralph était passé et Agnes allait arriver. Tout le monde ferait au mieux. Ils n'avaient pas le choix.

Qu'allait-il bien pouvoir lui faire pendant qu'elle était dans son lit, s'interrogea Pauline en rangeant les flûtes à champagne dans la cuisine. Des exercices ? C'était tout à fait mystérieux. Elle passa ensuite au salon, brancha l'aspirateur en fermant la porte communicante pour ne pas les déranger. Même si elle pensait à autre chose, elle s'efforçait de bien effectuer ses tâches, et ce n'était pas la crainte de Mildred Jones qui la motivait, mais la fierté de faire en sorte que Mrs. Miller se sente bien dans cet endroit, où elle passait le plus clair de son temps. Elle avait appris par les gars de la réception que le couple Miller ne sortait pas le soir : lui était au travail dans une autre chambre à fignoler son scénario, et elle restait repliée dans la suite avec sa garde rapprochée. Personne n'allait nulle part. On lui avait rapporté qu'Arthur Miller se rendait parfois au casino retrouver John Huston, mais c'était tout.

Quelqu'un frappa, et Pauline alla ouvrir. Un homme de l'équipe du film lui tendit une housse de vêtement en souriant.

— La tenue du jour ! dit-il en partant.

Pauline jeta un coup d'œil sous le plastique et aperçut une robe en coton blanc sans manches, au décolleté plongeant, ornée d'un motif entremêlant cerises rouges, tiges et feuilles vertes. Elle l'accrocha soigneusement dans l'entrée, tout en l'admirant, puis reprit le ménage du salon. Aucun bruit ne venait de la chambre. Mrs. Miller s'était-elle rendormie ?

Tandis qu'elle époussetait les meubles, elle pensait à la conversation qu'elle avait eue la veille au soir avec sa mère. Marcelle, quelque peu éméchée, en larmes, avait avoué à sa fille qu'elle ne supportait plus de vivre à Reno, qu'elle détestait cette ville et qu'elle savait qu'elle n'y était pas aimée. Elle en avait jusque-là d'être la Parisienne avec un accent, elle n'en pouvait plus d'être enterrée dans ce trou, elle n'avait pas d'amis, cela faisait bientôt quinze ans qu'elle s'éteignait à petit feu et que personne ne semblait s'en apercevoir. Paris lui manquait et elle en crevait : elle

156

brûlait d'y retourner, de retrouver sa vie d'avant, de tout retrouver. Quelle folie d'avoir suivi un homme si différent d'elle, de croire qu'elle aurait pu s'acclimater à la démesure de ce pays, d'imaginer un instant qu'elle aurait pu goûter au bonheur de vivre ici. Elle s'étiolait de jour en jour et tout le monde s'en fichait. Bientôt, elle aurait cinquante ans, elle serait vieille, sans avenir, sans élan. Ils avaient raison, ces vieux croûtons sur le quai au Havre, à lui balancer que « ça ne marcherait pas avec les Amerloques ». Elle aurait dû les écouter. Reno, c'était bien l'endroit où tout se terminait, avait raillé Marcelle, pleine d'amertume : les mariages, en particulier, puis le pognon perdu dans le gouffre des casinos.

Pauline avait l'habitude des crises de sa mère et savait comment les calmer, mais cette fois elle s'était sentie démunie face à tant de souffrance ; elle n'avait pas su trouver les mots pour la rassurer, et elle s'en voulait. Avant de se coucher, sans faire de bruit pour ne pas réveiller Lily, elle avait contemplé la petite tour Eiffel que lui avait donnée son cousin et qu'elle avait gardée précieusement ; Paris ne lui manquait pas, mais sa vie ici lui pesait, car elle ne parvenait pas à se défaire du joug de Kendall Spencer. Elle n'avait pas pu suivre les études de vétérinaire dont elle rêvait : tout s'était arrêté avec la naissance de sa fille. Souvent, elle se sentait aussi accablée que sa mère, mais pour d'autres raisons. Il lui était impossible d'entamer une nouvelle relation avec un homme, car Kendall agissait comme si elle lui appartenait, et cela

157

en dépit de son mariage avec l'insupportable Evaline. Lorsqu'un éventuel petit ami apprenait l'existence de Lily et que Pauline vivait encore chez ses parents, il lâchait l'affaire. Elle avait le sentiment que Kendall l'avait marquée au fer rouge, qu'elle était devenue sa chose. Comment sortir de cette ornière, elle n'en avait aucune idée.

Elle réfléchissait à tout cela en astiquant vigoureusement les poignées de porte de la suite, lorsque la sonnette retentit encore une fois. Une sexagénaire aux cheveux blancs se tenait là, serrant dans ses mains une grande boîte carrée. Tassée, dodue, vêtue d'une robe vieillotte et de sandales plates, elle affichait un sourire chaleureux. On aurait dit une charmante grand-mère, pensa Pauline.

— Bonjour ! Je suis Agnes.

Pauline se souvint que Whitey avait mentionné ce nom. Elle se creusa la tête en essayant d'imaginer ce qu'Agnes avait à voir avec lui et avec Mrs. Miller. Et qu'y avait-il dans cette grande boîte ?

— Est-ce que Whitey est là, ma petite ?

— Oui, madame. Il est arrivé il y a déjà une heure.

— Ah, bien, alors il a probablement avancé. Et Paula ?

— Non, pas encore.

— Je vais me faire un café. Je sais où c'est. Dites, vous êtes cette gentille Pauline de France, je crois ?

Pauline de France. Elle ne put s'empêcher de sourire.

Agnes prépara un café tout en poursuivant son babillage. Elle avait posé la boîte sur la table. Diable, ne faisait-il pas horriblement chaud dans le Nevada ? s'exclama-t-elle. Elle venait du New Jersey et supportait mal la canicule. Comment s'en accommodaient-ils, dans ce coin ?

La voix de Whitey se fit entendre :

— Agnes ? Elle est tout à toi.

Pauline la vit poser sa tasse, attraper la boîte et filer vers la chambre à toute vitesse, tandis que Whitey en sortait, calme et souriant. Qui donc était ce couple avenant, animé d'une telle douceur ? Visiblement, des gens qui veillaient sur Mrs. Miller.

Mrs. Strasberg débarqua à son tour, vêtue de son accoutrement noir et d'un drôle de casque colonial. Elle s'installa dans le salon, son sac volumineux à ses pieds, et se mit à discuter à voix basse avec Whitey, tandis que Pauline terminait de nettoyer la salle de bains. Mais Pauline avait l'ouïe fine. Il était clair que Mrs. Strasberg était vent debout contre Arthur Miller : selon elle, il poussait le bouchon trop loin, à remanier sans relâche cet infernal scénario, ils allaient tous péter les plombs. Même les photographes de l'agence Magnum qui effectuaient un reportage sur le film avaient senti l'ambiance pesante qui régnait sur le plateau. Désormais, il y avait deux camps qui s'opposaient, maugréait-elle, le leur, composé de Marilyn, Ralph, May, Whitey, Monty, Agnes et elle-même, et celui du réalisateur, qui comprenait le producteur, Frank Taylor, son assistant et la scripte. Évidemment,

Miller s'était rangé dans le clan de Huston, fulminait-elle, le réalisateur s'enfermait dans deux suites du Mapes récemment insonorisées et équipées d'une cabine de projection, où il travaillait avec son monteur : c'était leur QG, là où ils regardaient les rushs, sans convier qui que ce soit, sauf Gable qui, lui, n'avait pas choisi son camp.

Pauline écoutait sans en perdre une miette. Et ces images en noir et blanc, poursuivait Mrs. Strasberg, nom d'un chien, quelle idée démodée ! Whitey intervint avec civilité : c'était sans doute mieux pour les yeux si rouges de Marilyn, et Mrs. Strasberg dut admettre que sur ce point-là, il avait raison.

L'heure tournait. Agnes vint enfin les rejoindre, tout sourire.

— Elle arrive, annonça-t-elle.

— Parfait, répondit Mrs. Strasberg. Pour une fois, nous n'avons *que* deux heures de retard.

Elle saisit le téléphone, donna des ordres à la réception pour qu'on fasse avancer les voitures. Et qu'on n'oublie pas les bouteilles d'eau comme la dernière fois, soupira-t-elle.

Pauline sentit à cet instant un parfum poudré, fleuri, qu'elle avait appris à reconnaître, car il s'attardait souvent dans la suite en demi-teinte, alors qu'aujourd'hui il s'épanouissait pleinement.

Une femme s'était immobilisée sur le pas de la porte, vêtue d'une robe blanche au motif de cerises qui moulait ses formes, et d'escarpins blancs à hauts talons qui allongeaient ses mollets fins. Son visage était magnifiquement maquillé : yeux de biche, lèvres ourlées de rouge ; sa chevelure blonde, épaisse et lustrée, retombait délicatement en boucles sur ses épaules. Elle avança dans la pièce sous le regard ahuri de Pauline, et son corps ondulant se mouvait autrement, avec une sensualité audacieuse. Lorsqu'elle adressa la parole aux autres, même sa manière de bouger les lèvres n'était plus celle de Mrs. Miller.

Pauline en eut le souffle coupé. C'était bien elle. Celle qu'elle n'avait pas été capable de reconnaître, car dans la vraie vie, au petit matin, sans la moindre touche de maquillage, Mrs. Miller n'avait rien à voir avec ce qu'elle était à présent : cette blonde éclatante dans sa robe échancrée, qui se tenait d'une autre façon, qui parlait d'une autre façon, qui était tout simplement devenue quelqu'un d'autre – une vedette de cinéma.

Le petit groupe s'apprêtait à partir.

Alors qu'elle passait devant la jeune fille, l'actrice marqua le pas, l'éclaboussant de son célèbre sourire :

— Tiens, salut Pauline ! dit Marilyn Monroe.

1956
Reno, Nevada

Quand elle eut seize ans, Pauline obtint son permis de conduire, comme le permettait la loi américaine. Marcelle trouvait que c'était vraiment trop tôt, trop risqué, et refusait d'écouter Doug lorsque celui-ci affirmait que c'était une étape importante dans la vie d'un jeune de ce pays, comme une sorte de tradition. Il lui avait prêté une vieille Buick Roadmaster, une décapotable d'occasion qu'il avait lui-même réparée, et chaque fois que Pauline prenait la route vers Wadsworth afin de retrouver Billie-Pearl et les mustangs, une joie profonde l'emplissait : elle se sentait libre, cheveux au vent, à chanter à tue-tête en roulant le long des routes de terre bordées de nature sauvage où elle ne croisait que quelques rares automobiles.

C'était son monde, à présent, ces plaines rocheuses et arides, sans limites et à perte de vue ; ce territoire sec qu'elle avait appris à aimer, se délectant d'air pur, de cette odeur de neige et de sable qu'elle ne sentait qu'ici.

Depuis quelques semaines, un nouveau palefrenier était venu prêter main-forte à l'équipe de Velma : il était originaire du Montana et s'appelait Gus. Pauline l'avait compris assez tôt : il lui plaisait, et c'était réciproque. Âgé de dix-sept ans comme elle, le sourire timide et les yeux pétillants, il était un cavalier hors pair ; même Billie-Pearl devait s'incliner devant lui. Pauline avait reçu quelques baisers maladroits de la part de plusieurs camarades de classe, mais ceux qu'elle échangeait avec Gus, en secret, derrière les écuries, lui embrasaient tout le corps. Elle en émergeait grisée, rose et molle, pour affronter le sourire en coin de Billie-Pearl qui la taquinait gentiment.

Mais la véritable préoccupation des deux jeunes filles, c'était Commander. Un mois après son arrivée au ranch, le cheval refusait les soins, mangeait peu, dépérissait à vue d'œil. Pauline passait de longs moments aux côtés de son amie à contempler le mustang : elles ne s'approchaient guère de lui, mais Billie-Pearl était persuadée qu'il savait qu'elles étaient là, qu'elles veillaient sur lui, à leur façon. Souvent, elle lui parlait, elle disait à Pauline qu'ainsi il s'habituerait à sa voix.

— Il ne va pas faire long feu, s'il continue comme ça, annonça un matin Doc O'Brian.

De tels propos les glacèrent d'effroi. Velma aussi avait des doutes, leur rappelant que certains mustangs ne supportaient pas d'être séparés des leurs et ne s'en remettaient pas. Mais alors, pourquoi ne pas le libérer ? demanda Pauline. Billie-Pearl n'avait aucun doute sur la question : Commander était encore trop faible pour être lâché dans la nature. Il ne survivrait pas.

Gus et d'autres palefreniers avaient réussi à faire en sorte que Commander soit enfermé seul dans un petit paddock rond et ombragé, mais il s'y sentit rapidement isolé, montrant des signes d'impatience en voyant les autres chevaux ensemble dans un enclos voisin plus grand. Doc O'Brian redoutait qu'il blesse ces poulains et juments qui ne venaient pas de sa tribu d'origine. Billie-Pearl n'était pas d'accord : elle insistait pour qu'il puisse avoir un peu de compagnie. Velma, elle, ne parvenait pas à trancher.

Un jour, Commander, qui n'avait cessé de ruer, donnant de violents coups de sabot contre les barrières en bois, fut rapidement couvert d'écume, pantelant. Pauline interrogea son amie : qu'avait-il donc ?

— Il veut se tirer, siffla Billie-Pearl. Point barre.

L'étalon enragé continuait à se jeter contre les poteaux qui l'entouraient, les faisant trembler de tout son poids. Doc O'Brian étant absent ce jour-là, tout comme Velma et Charlie, personne ne savait quoi faire.

Sous les coups de boutoir du cheval fou, l'un des barreaux se rompit au bout de quelques minutes, puis un second. Les garçons d'écurie, dont Gus, faisaient de leur mieux pour ne pas céder à la panique et consolider la barrière, tandis que Billie-Pearl leur criait dessus, les repoussait, en hurlant qu'il fallait le laisser partir.

Pauline avait l'impression que Commander perdait la raison, qu'il étouffait dans cet enclos exigu, qu'il allait se sortir de là à n'importe quel prix, en détruisant tout sur son passage, et comme pour la conforter dans cette idée, il se mit à galoper de plus en plus vite pour prendre son élan ; il semblait hors de lui, les yeux exorbités de rage, une mousse blanche s'accumulant aux coins de sa bouche.

— Il va sauter ! cria Gus.

Mais Commander n'avait pas assez de recul pour franchir la barrière qui mesurait plus de deux mètres de haut, alors il se dressa sur ses jambes arrière pour pilonner le bois de ses sabots jusqu'à ce que tout se désintègre sous sa fureur. Billie-Pearl tentait de le calmer ; on aurait dit qu'elle s'adressait à un enfant turbulent, mais Pauline se doutait qu'elle devait se sentir impuissante.

L'étalon introduisit brutalement la tête dans l'ouverture créée par ses propres coups, se hissa à travers les planches fracassées, et Pauline fut épouvantée par le spectacle du cheval pris au piège dans les éclats de bois qui lacéraient son pelage au niveau de l'encolure, lui fabriquant un atroce collier de douleur. En poussant des hennissements perçants, Commander tenta de se dégager, en vain ; il recula enfin, culbuta, s'abattit de tout son poids sur le dos, pour demeurer là, sous le choc, en sang. Horrifiée, Pauline vit qu'un de ses yeux avait été touché.

Après un court moment de silence, Billie-Pearl hurla :

— Appelez le Doc, nom de Dieu ! Magnez-vous ! Grouillez-vous !

Gus s'élança vers le ranch, mais personne n'avait besoin du Doc dans l'immédiat pour constater à quel point Commander s'était blessé : il gisait, sonné par sa chute, respirant fort, des flots de sang jaillissant de son encolure profondément entaillée, et son souffle insupportable ressemblait à un gémissement humain, à un appel à l'aide.

— Il s'est cassé quelque chose, tu crois ? demanda Pauline à Billie-Pearl, dont le visage était couleur de plâtre.

Son amie ne lui répondit pas, les yeux rivés sur l'étalon à terre. Lentement, elle s'approcha du portail, avança la main pour ouvrir le loquet.

— Non, n'y va pas ! cria Gus, de retour et hors d'haleine. Le Doc arrive. Il dit de le laisser tranquille. Il sera là dans trente minutes.

— Billie, reviens ! supplia un autre garçon d'écurie. Ne fais pas ta tête brûlée, tu connais sa force.

La jeune fille, imperturbable et sûre d'elle, pénétra dans le paddock, s'approchant pas à pas sous les yeux ahuris des autres. Plus personne ne parlait. Le soleil de printemps, encore timide, envoyait des rayons d'une grande douceur, les oiseaux gazouillaient, et tout semblait serein, à part le sang épais qui coulait, et le râle incessant de l'étalon.

Billie-Pearl s'accroupit aux côtés de Commander en lui parlant. Son oreille abîmée, la gauche, bougeait un peu moins, mais la droite frémissait, comme animée d'une vie propre, et ses yeux oscillaient de bas en haut, dont celui, affreusement entaillé par les

166

pointes de bois. Pauline serrait les poings de toutes ses forces : elle redoutait que le cheval se cabre, qu'il décoche un coup de sabot violent à Billie-Pearl, mais Commander ne bougeait plus, il semblait avoir renoncé, ce n'était pourtant pas dans sa nature. Au bout d'un moment qui parut interminable, Billie-Pearl posa une main sur sa crinière, et l'ôta aussitôt. Mais Pauline ne pourrait oublier cette petite main pâle sur le crin noir, comme si son amie avait fait passer au mustang un message d'admiration, de respect et d'amour. Gus était venu se poster près de Pauline et, pour la première fois, il l'enlaça devant les autres, en l'embrassant sur la joue. Tout le monde en fut témoin mais personne ne dit rien ; c'était une journée particulière.

Le Doc débarqua à toute vitesse avec sa grosse sacoche. Il ne gronda pas Billie-Pearl pour ne pas avoir tenu compte de ses instructions, il lui demanda simplement de lui expliquer exactement ce qui s'était passé, puis il se retourna, vit Pauline appuyée contre la barrière et l'appela en lui faisant signe d'approcher.

— Tu vas me donner un coup de main, comme d'habitude. Mais ça va être un peu plus sportif, cette fois. Tu es prête ? Toi, Billie, parle-lui. Il a l'air d'apprécier ta voix. Et surtout, n'arrête pas.

Pauline avait souvent assisté le Doc pendant sa tournée auprès des mustangs, mais elle n'avait pas participé à ce point à ses interventions. Il fallut lui administrer un sédatif dans le cou avec une longue seringue qui fit frémir Billie-Pearl ; Commander n'apprécia pas, et le Doc dut carrément s'asseoir sur lui pour appuyer sur le piston et lui injecter tout le produit.

— Allez, mon vieux, disait le Doc. C'est pour ton bien.

Billie-Pearl continuait à lui parler à voix basse, jamais loin de ses oreilles tremblantes. Il fallut attendre un peu pour que le cheval se calme enfin, puis le Doc, avec l'aide de Pauline, nettoya, pansa et sutura les nombreuses plaies. Celle autour de l'œil était vilaine, mais heureusement sans gravité.

— Tu te débrouilles bien, Pauline ! dit le Doc. Tu ferais un bon véto.

— Je suis d'accord, renchérit Billie-Pearl.

Pauline fit la grimace, gênée. Elle n'aimait pas attirer l'attention sur elle.

— Je suis sérieux, Pauline. Quel âge as-tu, à présent ?

— Dix-sept ans.

— Eh bien, tu vas bientôt finir le lycée. Penses-y. Tu es douée avec les chevaux. Tu as du sang-froid, tu es précise. Et tu les adores. N'est-ce pas ?

Pauline acquiesça. Elle pensait rarement à l'avenir, car elle se trouvait trop jeune pour se projeter ; il lui restait encore tant de choses à vivre, à apprendre. Peut-être que le Doc avait raison. Peut-être bien qu'elle devrait se pencher sur la question.

— Moi, je sais déjà que je vais me consacrer aux mustangs, comme Velma, dit Billie-Pearl avec fierté.

Personne ne mit en doute sa parole.

Commander était conscient mais assommé ; il se laissait faire, ce qui ne signifiait pas grand-chose, prévint le Doc : il était capable, une fois guéri, de reprendre sa nature sauvage. Certains mustangs ne se laissaient pas apprivoiser, ni monter, il fallait l'accepter. En disant cela, le Doc regardait Billie-Pearl avec insistance ; elle devait comprendre qu'il ne deviendrait pas ce qu'elle souhaitait : un animal dressé qui lui obéirait.

Billie-Pearl s'adressa à son tour au Doc, et Pauline remarqua qu'elle avait à nouveau posé une main possessive sur la crinière de l'étalon ; elle répondit qu'elle n'avait aucunement l'intention de faire de Commander une bête de cirque, ayant trop de considération et d'admiration pour lui pour l'abaisser à ça, car après tout, il était le seigneur du désert, répétat-elle, et c'était bien ça qu'elle souhaitait préserver : ce statut de souverain sur ces terres, cette liberté-là et tout ce qu'elle représentait. Elle voulait lui rendre son indépendance afin qu'il puisse fonder sa tribu, trouver des juments, engendrer des poulains, les protéger à son tour. Elle voulait lui redonner sa vie d'avant.

— La bonne nouvelle, dit le Doc, c'est que notre grand bougre n'a rien de cassé. Mais comme il était déjà fragile, cette chute va le faire régresser. Il devra rester encore un peu avec nous.

La convalescence de Commander s'annonçait longue, alors que le printemps cédait la place à l'été et que la chaleur torride typique du Nevada était de retour. Un temps, l'étalon avait continué de boiter, ce qui avait tracassé Doc O'Brian, mais il finit par se remettre au bout d'un moment. Ses blessures séchaient, lui laissant autour du cou un lacis de cicatrices qui lui dessinaient un drôle de collier. Maintenant qu'il se portait mieux, il devenait à nouveau impossible de l'approcher : chaque fois que le Doc tentait le coup, montait un grognement sourd, tel un avertissement. Pauline s'étonnait encore d'avoir pu le toucher lorsqu'il avait été endormi. À présent, elle n'osait même plus l'effleurer. Il se trouvait dans un corral plus grand, seul, et selon Velma, il serait libéré dès son rétablissement complet.

Jour après jour, après les soins donnés aux autres mustangs, Billie-Pearl venait se percher sur la barrière pour surveiller Commander, qu'il pleuve à seaux ou qu'un soleil de plomb tombe sur le corral. Elle gardait ses distances, n'essayait pas de le frôler lorsqu'elle lui donnait à manger ou changeait son eau, mais elle ne cessait de lui parler, murmurant des mots que lui seul entendait. Personne ne se moquait d'elle. On prenait au sérieux ce qu'elle essayait de faire avec lui. Et Velma approuvait sa démarche.

Pauline découvrit que l'étalon était attentif au moindre déplacement de Billie-Pearl : lorsqu'elle dressait une jument dans un paddock voisin, il relevait les oreilles dès qu'il entendait sa voix. Quand elle s'occupait des poulains, il passait la tête au-dessus de la barrière pour voir ce qu'elle pouvait bien faire. Un jour, il poussa un hennissement tonitruant qui ressemblait tant à une supplique que tous ceux qui l'entendirent se mirent à sourire. Velma céda enfin aux demandes de Billie-Pearl : l'étalon fut autorisé à côtoyer les yearlings.

Commander tourna autour de chaque poulain, pour leur montrer avec panache que c'était bien lui le patron, mais il n'en faisait pas trop, ne tirait pas avantage de son pouvoir. Un mâle gris de deux ans, aux longues jambes et aux surprenants yeux bleus, le suivait à la trace avec vénération. Le poulain revenait aussitôt, même lorsque Commander lui donnait, sans brutalité, des coups de naseaux pour le repousser. Au bout d'un moment, Commander finit par s'abandonner au plaisir des cabrioles dont il avait si longtemps été privé, se lançant dans des jeux avec le poulain, faisant semblant de le combattre pour mieux détaler ensuite et recommencer. L'étalon, bien plus imposant et lourd, prenait soin de ne pas blesser le petit.

— Comment s'appelle ce petit argenté ? demanda Gus, diverti par leurs gambades. Il n'a pas froid aux yeux.

— Il n'a pas de nom, dit Pauline. Quelqu'un a une idée ?

— J'ai trouvé ! dit Gus. Dustin.

Les jours qui suivirent, Commander et Dustin, dont les pitreries étaient un régal à regarder, devinrent inséparables. Mais le matin vint où il fallut donner à Commander la clé des champs. Mis à part ses cicatrices à l'encolure et son oreille gauche déchirée, il avait à présent récupéré sa forme magnifique.

Billie-Pearl savait que l'heure était venue pour le jeune étalon de quitter le ranch. L'élément positif, selon elle, c'était que Commander avait appris que les humains n'étaient pas tous mauvais, comme les salauds qui avaient décimé sa famille.

— De toute façon, il ne se souviendra pas de moi, n'est-ce pas ? demanda Billie-Pearl.

Le Doc acquiesça d'un signe de tête. C'était peu probable en effet, mais il voulut tout de même rappeler que Commander était un cheval spécial. Tous l'avaient senti. Il était à part.

On ouvrit la barrière, et l'étalon comprit tout de suite qu'il pouvait prendre son envol : pendant un court instant, il huma l'air, les naseaux levés en direction du vent, piétinant le sol. Tel un prince arrogant, il avait des mouvements fiers de la tête, soufflant bruyamment, faisant tressaillir sa queue aux crins emmêlés, puis il s'élança comme un éclair d'ébène, renforçant son galop. En une poignée de secondes il était parti, au rythme des coups véloces de ses sabots. Les autres mustangs se mirent à hennir, surtout Dustin, alors que Commander, qui n'était à présent qu'un point noir filant à travers les collines lointaines, disparaissait pour de bon. Le visage baissé, Billie-Pearl gardait le silence.

— Tu as fait du bon boulot, dit Velma d'une voix consolatrice. Tu peux être fière de toi, Billie.

— Et tu pourras t'occuper de Dustin, maintenant, ajouta Pauline. Lui aussi, il a besoin de toi.

Billie-Pearl parvint à esquisser un pauvre sourire. Les jours suivants, Pauline essaya en vain de remonter le moral de son amie, jusqu'à ce qu'elle ait enfin une idée : le mercredi suivant, c'était le 4-Juillet. Depuis dix ans, Doug fêtait cette date en famille, au même titre que Thanksgiving, qui avait lieu en novembre ; il disait souvent à Marcelle qu'il s'agissait d'une sorte de 14-Juillet pour les Américains, une fête nationale tout aussi importante. Ils célébraient le jour de l'Indépendance la plupart du temps avec les parents de Doug, à Lake Tahoe, pour y admirer les feux d'artifice, mais cette année, Doug voulait innover. Il avait réservé une table à la Sky Room du Mapes Hotel, sur Virginia Street, d'où ils pourraient voir les feux d'artifice au loin et savourer un repas raffiné accompagné des vins français dont sa femme raffolait. Marcelle était aux anges : cette occasion lui permettrait de se mettre sur son trente et un, de côtoyer les élégantes clientes de l'hôtel, ce qui était toujours utile pour les attirer plus tard dans son salon de coiffure. Pauline n'était jamais entrée au Mapes, et elle attendait cette occasion avec impatience. Quand elle proposa d'emmener Billie-Pearl, Doug accepta aussitôt.

Billie-Pearl frémit : elle n'avait rien à se mettre ! Pauline la rassura, elle lui trouverait bien une robe.

— Miss, tu es deux fois plus grande que moi !

Pauline réussit à convaincre Marcelle de prêter à son amie une tenue qu'elle ne portait plus ; toutes les deux faisaient plus ou moins la même taille. Et quand ils la découvrirent dans une jolie robe de crêpe bleu sans manches, même Marcelle dut admettre que Billie-Pearl était en beauté.

— Ça alors, souffla Jimmy, qui, à tout juste neuf ans, arborait une cravate pour la première fois de sa vie. On devrait aller au Mapes plus souvent.

Pauline portait une robe en soie que sa mère avait choisie pour elle l'année précédente, aux épaules arrondies et à la taille cintrée. Le vert faisait ressortir ses yeux, déclara Billie-Pearl. Marcelle aimait bien faire attendre tout son petit monde pendant qu'elle se préparait. Ils s'impatientaient dans le salon, Doug beuglant qu'ils allaient être en retard, qu'ils pourraient perdre la table, ce qui serait vraiment dommage, lorsqu'elle apparut parée de ses plus beaux atours : la quintessence de la Parisienne, avec une robe du soir en dentelle ivoire, de fins escarpins à brides, et une pochette blanche brodée de perles.

— Mazette, marmonna Doug, ébloui.

Il contemplait Marcelle comme si en cet instant il retrouvait celle dont il était tombé amoureux en 1946 : pour lui, elle n'avait pas changé, et il avait choisi de ne rien voir de la tristesse qui la rongeait aujourd'hui. Pour combien de temps encore ? se demanda Pauline, alors qu'ils s'entassaient dans la Station Wagon de Doug.

Marcelle leur raconta sur le chemin qu'elle connaissait bien le Mapes, car ses clientes les plus aisées le fréquentaient et l'avaient parfois invitée à prendre un verre au bar ou dans la fameuse Sky Room. Elle avait même plusieurs fois coiffé la sœur

174

du patron. Le Mapes, c'était l'endroit le plus chic de Reno, martelait-elle, et heureusement qu'il existait, d'ailleurs, pour apporter une touche de classe à une ville qui en manquait tant. Doug écoutait sans broncher : il semblait si heureux que rien ne pouvait l'atteindre. Il précisa que c'était une famille connue de Reno qui avait donné son nom à l'hôtel, des éleveurs de bétail depuis un siècle. Ils avaient bien réussi.

Un voiturier vint prendre en charge la Ford et un portier vêtu d'une jaquette rouge leur ouvrit la grande porte vitrée. Il s'appelait Ernesto et il était heureux de leur souhaiter la bienvenue au Mapes Hotel.

Tout était impressionnant et même Jimmy, d'habitude exubérant, se taisait. Plusieurs boutiques donnaient directement dans le hall : un barbier, un salon de beauté, une fleuriste et même des bains turcs. Une foule élégante se pressait là ; les hommes portaient costume et cravate, les femmes de jolies toilettes. La fumée de cigarette dessinait des volutes bleues au-dessus de la mêlée, tandis qu'une musique d'ambiance diffusée par des haut-parleurs couvrait les murmures des voix.

— On est tellement mieux ici qu'au Riverside en face, disait une dame fardée à son mari engoncé dans son veston.

— Je préfère aussi le casino du Mapes à celui du Riverside, répondit celui-ci en allumant un cigare.

Un jeune homme roux et maigre vêtu d'un uniforme vint à leur rencontre, tout en les saluant poliment. Pauline déchiffra le prénom inscrit sur le badge : Marty. D'une voix un peu prétentieuse, Marcelle lui répondit qu'ils avaient réservé une table pour cinq à la Sky Room, au nom de Hammond. Il les pria de le suivre, les conduisant devant la réception, où un dénommé Lincoln vérifia leur réservation. Tout était en ordre. Marty leur indiqua le chemin vers les ascenseurs.

— C'est la première fois que vous venez au Mapes ?

Marcelle lui sourit avec bonté, telle une reine confrontée à un humble sujet.

— Eux, oui. Moi, non. Je viens souvent.

Pauline trouva que l'accent français de sa mère était encore plus prononcé ce soir. Ils montèrent en compagnie d'un liftier qui se prénommait Casper.

— Il y a combien d'ascenseurs au Mapes ? lui demanda Jimmy.

— Quatre, répondit Casper. Mais celui-ci est le seul qui monte directement au douzième, à la Sky Room.

— Et toi, tu montes et tu descends toute la journée ?

— En effet. Comme un yoyo.

Tout le monde rigola.

— Et tu ne t'ennuies pas ?

— Non, pas du tout. Il y a tant à voir ici !

Billie-Pearl chuchota à l'oreille de son amie :

— Dis donc, miss, tu lui as tapé dans l'œil, à ce gars !

En effet, Casper ne cessait de la dévisager. Mais ils étaient arrivés au dernier étage et il était temps de sortir de la cabine. Marcelle ouvrit la marche, se tenant droite, comme une impératrice. Pauline regardait autour d'elle, impressionnée par la hauteur des baies vitrées, les opulentes tentures, les voilages et les moquettes d'un beau rouge soutenu. Ils s'approchèrent des fenêtres orientées vers le sud-ouest d'où la vue était exceptionnelle, même pour des natifs de Reno comme Doug, car c'était bien la première fois qu'il contemplait d'aussi haut les flots bleus de la Truckee River qui coulait en direction de Pyramid Lake.

On les installa dans un box aux banquettes de cuir capitonnées, du même rouge foncé. La salle était bondée. Sur l'estrade, un pianiste en veste blanche jouait des airs à la mode : Pauline reconnut *Mélodie d'amour* par les Ames Brothers, qui plaisait à Marcelle. Quand il entonna le dernier hit d'Elvis Presley, *Heartbreak Hotel*, Billie-Pearl se mit à balancer ses épaules en rythme, et devant Jimmy, fasciné, fit une moue qui imitait celle du crooner.

Tout en vérifiant la bonne tenue de son chignon, Marcelle jetait des coups d'œil à droite et à gauche, pour voir si elle reconnaissait des gens, puis, en proie à une certaine animation, elle chuchota que Casey Smith se trouvait là, en famille. Il s'agissait d'une de ses clientes les plus importantes : l'épouse du riche propriétaire du Harold's Club, situé à deux pas. Père et fils détenaient ce casino florissant, mais pas d'hôtel, précisa Marcelle, donc ils venaient souvent au Mapes. Pauline remarqua à quel point sa mère tentait d'intercepter le regard de Casey Smith, une rousse couverte de bijoux et qui parlait fort.

— Je vais aller lui dire bonjour.

La main de Doug s'abattit sur celle de sa femme.

— Tu restes là. Avec nous. S'il te plaît.

Marcelle lui obéit de mauvaise grâce. Doug fit signe au serveur de lui apporter la carte des vins et le menu. Elle se consola en lisant à voix haute la liste des crus français.

Les feux d'artifice ne devaient pas commencer avant la tombée de la nuit, après vingt et une heures, alors ils décidèrent de passer commande. Doug et Jimmy partageraient le steak « Mapes Farmhouse » pour deux, Pauline et Billie-Pearl optèrent pour le poulet rôti accompagné d'une écrasée de pommes de terre, et Marcelle choisit le filet de truite, arrosé d'un sauternes bien français. Tandis que Marcelle continuait de scruter l'endroit à la recherche de visages familiers, Doug posa à Billie-Pearl toutes sortes de questions sur les mustangs : ce qu'ils mangeaient, s'ils étaient faciles à dresser, et comment Velma s'en sortait avec le Bureau of Land Management. Même si Pauline était certaine qu'il connaissait déjà la plupart des réponses, elle constatait que cela faisait du bien à son amie, la sortait de sa morosité liée au départ de Commander. Billie-Pearl devint même assez bavarde, donnant à Doug une foule de détails qu'il écoutait avec attention, ainsi que Jimmy, tandis que Marcelle picorait, dégustait le vin et s'évertuait à masquer son ennui. Lorsque Billie-Pearl mentionna l'équipe de Velma, les garçons d'écurie, et Gus en particulier, Pauline ne put s'empêcher de rougir, ce que sa mère aux yeux de lynx détecta tout de suite.

— Un garçon d'écurie ? Vraiment ? s'esclaffa Marcelle.

— Il est tout à fait adorable, déclara Billie-Pearl afin de défendre son amie.

Marcelle jeta un coup d'œil à sa fille, et Pauline sut exactement ce que pensait sa mère, comme si celle-ci avait parlé à voix haute : *Tu peux prétendre à mieux qu'un garçon d'écurie, ma chérie.*

Ils étaient en train de choisir un dessert lorsqu'un jeune homme vêtu d'un costume élégant, les cheveux gominés, se posta devant leur table. Une broche dorée en forme de M était agrafée au col de sa veste. Il leur souhaita la bienvenue au Mapes, tout en espérant qu'ils passaient un bon moment. Il se présenta :

— Kendall Spencer, directeur adjoint. Ravi de faire votre connaissance.

Il avait les yeux clairs et un regard pénétrant. Marcelle lui adressa un sourire enchanté. Eh bien, voilà, semblait-elle dire à sa fille. C'était un jeune homme de cette trempe qu'il fallait à Pauline. Certainement pas un garçon d'écurie.

Été 1960
Reno, Nevada

— Pauly ! Réveille-toi ! Il y a un appel pour toi. C'est le Mapes.

Pauline ouvrit les yeux : devant son lit se tenait Doug, en peignoir, muni d'une lampe de poche. Elle se souvint de la panne géante de courant qui affectait Reno.

— Quelle heure est-il ? chuchota-t-elle en jetant un regard vers le lit d'enfant où dormait Lily.

— Bientôt minuit.

En se frottant les yeux, Pauline émergea des draps.

— Le Mapes ? fit-elle. À cette heure-ci ? Qui est-ce ?

— J'ai juste compris que c'était un appel de l'hôtel. Heureusement, la sonnerie n'a pas réveillé ta mère.

Pauline le suivit pour prendre le téléphone dans le salon. Qui au Mapes pouvait bien vouloir la joindre à une heure pareille ? Ce devait être grave. Depuis que des incendies de forêt avaient débuté l'avant-veille dans les sierras, coupant toute l'électricité dans certaines régions du Nevada et de l'est de la Californie, la panique régnait au Mapes. Le chef craignait que

180

la nourriture se gâte, la climatisation ne fonctionnait plus, tout comme les ascenseurs. Le feu avait commencé sur Donner Ridge, en Californie, déclenché par une étincelle émanant d'un bulldozer sur le chantier d'une nouvelle nationale au-dessus de Truckee, une petite ville montagneuse. C'était à une soixantaine de kilomètres à l'ouest de Reno, mais le feu était devenu énorme, incontrôlable, attisé par des vents violents et gagnant rapidement du terrain. D'autres feux de brousse moins graves s'étaient également déclarés, et même si les pompiers travaillaient sans relâche, Reno avait vite été cerné par un brasier en forme de demi-lune. Le ciel était envahi d'une fumée noire et étouffante et, à l'instar de la plupart des commerces de la ville, Marcelle avait dû fermer boutique, faute de pouvoir utiliser les sèche-cheveux. À la radio et dans les journaux, on conseillait à la population de privilégier la nourriture en conserve et de jeter les victuailles qui ne semblaient plus de première fraîcheur.

Doug éclaira le téléphone avec sa lampe et Pauline empoigna le combiné en s'attendant à entendre la voix grinçante de Mildred Jones ; au lieu de cela, elle distingua le grattement d'une guitare et la rumeur de conversations animées.

— Allô ? dit-elle, déconcertée.

— C'est bien vous, Pauline ? demanda une voix qu'elle reconnut aussitôt.

— Oui, Mrs. Miller. C'est moi.

Lorsqu'il entendit le patronyme, les yeux de Doug s'écarquillèrent.

— Je donne une petite sauterie avec ma joyeuse clique, dit Mrs. Miller. Et comme vous faites partie de cette clique, venez donc passer une tête.

Elle paraissait délicieusement pompette.

— Vous souhaitez que je vienne maintenant ? demanda Pauline, incrédule.

Mrs. Miller gloussa : mais oui, tout à fait ! Ils étaient au neuvième étage, à l'atelier des costumes. Juste elle et la petite bande que Pauline connaissait bien : Whitey, Agnes, May, Rafe et Paula, et puis Evelyn, sa doublure. Un jeune musicien de la Sky Room, adorable, leur jouait de la guitare. Il avait une si jolie voix ! Tout le monde s'amusait ! Et tout le monde l'attendait. Et sur ces derniers mots, la communication fut coupée.

Pauline regarda son beau-père.

— Je fais quoi, à ton avis ? dit-elle, hébétée.

Doug se retourna pour prendre les clés de voiture sur le guéridon. L'air enjoué, il lui lança qu'elle pouvait déjà commencer par se débarrasser vite fait de son expression apeurée. Devait-il lui redire *qui* l'invitait à une fête privée ? Il lui tendit les clés de la Dodge.

— Va t'habiller. Prends la voiture de ta mère, elle est moins bruyante que la vieille Buick. Amuse-toi, Pauly. Tu le mérites.

Sans faire de bruit, éclairée par la torche de Doug parti se coucher, Pauline enfila à la hâte des vêtements qui séchaient dans la buanderie : une jupe en coton blanc et une blouse sans manches verte, puis elle attrapa ses ballerines et sortit.

Dehors, même en pleine nuit, l'air était accablant de chaleur, alourdi encore par l'âcre puanteur de l'incendie déchaîné. La panne avait aussi affecté les réverbères, mais il y avait peu de circulation à cette heure-ci. Les phares de la Dodge de Marcelle éclairaient les rues tranquilles et endormies. Lorsque Pauline arriva dans le centre-ville, des policiers munis de torches faisaient la circulation. Elle avait envie de leur crier : *Hé, les gars, moi j'ai rendez-vous avec Marilyn Monroe au Mapes !* mais elle garda sa joie pour elle, difficilement.

C'était étrange de découvrir tous ces quartiers plongés dans le noir. Privé de ses néons criards et de l'animation à la sortie des casinos, Reno avait revêtu l'allure d'une ville fantôme, comme celles que Pauline visitait autrefois avec Jimmy et Doug lors de leurs excursions du samedi.

Devant le Mapes, un gros camion vrombissait, moteur allumé. Pauline suivit des yeux un interminable câble qui montait du véhicule tout le long de la façade, jusqu'au sixième étage, là où les lumières d'une suite étaient allumées et brillaient de mille feux dans l'obscurité.

— Salut, Frenchie.

C'était Aubrey, le portier de nuit. Elle le voyait rarement, n'ayant pas les mêmes horaires, mais elle

183

l'appréciait, car il avait toujours un mot gentil pour elle.

Elle lui demanda ce qu'était ce câble interminable relié au camion. Il eut un rire cinglant : eh bien, c'était l'installation du sieur Arthur Miller. Tout Reno était plongé dans le noir, mais le dramaturge avait fait installer un générateur privé rien que pour lui, afin qu'il puisse travailler la nuit dans sa suite.

— Et pendant ce temps, le pauvre Ed est coincé dans l'ascenseur depuis belle lurette. Il paraît que John Huston lui fait servir du whisky par une petite ouverture. À cette heure-ci, il doit être complètement rond.

Ed était le dépanneur des ascenseurs de l'hôtel.

— Tu travailles cette nuit, Frenchie ?

— Mrs. Jones m'a demandé de passer vérifier quelque chose dans le local, mentit Pauline. Un problème de stock.

— On ne rigole pas avec la Jones, dit Aubrey. Tu vas devoir monter à pied. Demande une lampe à la réception. Ce ne sera pas une partie de plaisir avec la chaleur et la climatisation en panne. Bon courage !

Pauline gravit lentement l'escalier, croisant quelques clients s'éclairant comme elle avec une torche. Plus elle montait, plus elle avait chaud. Elle arriva enfin au neuvième étage. Ce fut le son de la guitare et des voix qui la guida jusqu'à l'atelier des costumes, installé dans plusieurs suites communicantes.

La douce lueur des bougies clignotait à travers la porte ouverte alors que Pauline s'approchait, retenant son souffle. Elle se sentait nerveuse, ne sachant pas trop comment elle allait se mêler à eux une fois qu'elle se trouverait sur le seuil. Ils fredonnaient en chœur *I'm Sorry*, la chanson à succès de Brenda Lee, artiste âgée de seulement quinze ans, avait appris Pauline. Elle repéra le timbre caverneux de Rafe, en plein essor avec celui plus nasillard de Whitey, ainsi que le fausset vacillant de Mrs. Strasberg, identifia Agnes, qui chantait terriblement faux, faisant glousser tout le monde, puis May, qui se débrouillait plutôt bien, et enfin, la voix de Mrs. Miller, doux vibrato sensuel qui s'élevait au-dessus des autres.

Pauline put les voir avant qu'ils ne l'aperçoivent. Mrs. Miller était perchée sur une malle, une flûte de champagne à la main, pieds nus, vêtue d'un des pantalons noirs et chemisiers blancs que Pauline retrouvait en boule sur la moquette de la suite 614. Elle ne portait pas la perruque des studios Max Factor posée chaque matin par Agnes, ce que Pauline savait à présent. Elle l'avait d'ailleurs révélé à sa mère, qui n'avait pas été étonnée. C'était laborieux, le coiffage chaque jour dans le désert, avec la chaleur, le vent et le sable, avait souligné doctement Marcelle, et les cheveux de l'actrice avaient sans doute été abîmés par les teintures et les permanentes constantes au cours des dernières années. Ce qui était le cas, mais Pauline l'avait gardé pour elle. La perruque était une bonne idée, selon Marcelle. Pauline savait-elle que Marilyn

Monroe avait sa propre coloriste qui venait lui teindre les cheveux toutes les trois semaines ? Pauline l'ignorait. Pearl Porterfield était une coiffeuse à l'ancienne, d'un certain âge, qui détenait un mélange confidentiel pour obtenir un blond parfait, car elle avait été la coiffeuse personnelle de Jean Harlow dans les années trente, créant ces mèches platine dont Monroe raffolait pour elle-même.

— Je présume qu'à cause de la perruque, Pearl Porterfield n'est jamais venue au Mapes, avait dit Marcelle.

Ce que Pauline avait confirmé.

Mrs. Miller était ravissante, nimbée de la lumière perlée des bougies, et Pauline remarqua qu'elle était à peine maquillée. Ses cheveux en bataille dévoilaient un soupçon de racines plus foncées. La tête en arrière, elle riait aux éclats. À côté d'elle se trouvait une jeune femme qui lui ressemblait : même allure et même blondeur. Pauline eut envie de se frotter les yeux ; il devait s'agir de sa doublure. Elle ignorait à quoi servait une doublure, probablement une affaire d'éclairage sur le plateau, supposa-t-elle.

À présent, Pauline constatait que la plupart des membres de la joyeuse clique étaient bien là, assis à même le sol ou juchés sur des malles, à boire, fumer et chanter. Un jeune homme à la veste blanche jouait de la guitare. Il faisait chaud, ici aussi, et un ventilateur faisait vaciller les flammes des bougies.

— Oh, vous voilà, Pauline ! s'exclama Mrs. Miller.

De nombreux regards se dirigèrent vers elle, des sourires aussi, et des voix chaleureuses la saluèrent. Elle alla s'asseoir entre May et Whitey, et on lui donna à boire.

— Bienvenue, heureuse de vous voir, lui dit May en français, en levant son verre.

Son accent était étonnamment bon ; Pauline la remercia dans sa langue maternelle et lui demanda si elle parlait français couramment. En effet, May le parlait bien, avec un léger accent.

— C'est vous qui l'avez aidée pour la lettre d'amour, non ? demanda May.

Pauline rougit.

— Personne ici ne comprend le français, murmura May. Parlez sans crainte.

— Je ne savais pas, à ce moment-là, à qui la lettre était adressée, bredouilla Pauline.

May lui avoua qu'elle l'avait lue : c'était elle qui s'occupait du courrier de Mrs. Miller. Mais elle avait décidé à la dernière minute de ne pas l'envoyer, étant donné la tournure que prenait cette affaire. La lettre se trouvait encore dans ses dossiers. Elle la détruirait. Cela valait mieux. Il ne faudrait pas qu'elle tombe entre les mains d'un journaliste malintentionné.

— Elle pense encore à lui, vous savez. Beaucoup trop. C'est compliqué à gérer.

Pauline hocha la tête. Oui, elle se doutait bien que tout n'était pas simple. Petit à petit, elle commença à se sentir à l'aise assise contre l'épaule solide de Whitey, et Agnes en face d'eux lui lançait des clins d'œil. Même l'austère Mrs. Strasberg lui adressait des sourires radieux. Elle fut présentée à Evelyn, la fameuse doublure. Pauline était bien plus jeune qu'eux tous, mais cela n'avait aucune importance : au contraire, personne ne la jugeait et elle avait l'impression d'être une des leurs.

Le champagne était tiède.

— Nous avons besoin de glaçons ! déclara Mrs. Miller.

— Pas de glaçons à cause de l'incendie, tu te souviens ? dit Rafe.

— Mais si, il y en a ! gloussa Mrs. Miller. Je sais où on peut s'en procurer. Pas vous ?

Rafe se leva en s'étirant. Oui, il avait compris, il savait où aller. Trois étages en dessous. Chez le roi des ronchons, ajouta Mrs. Miller en faisant une grimace comique : son mari était bien le seul à profiter d'un réfrigérateur qui fonctionnait grâce à son générateur.

— Pauline, vous m'accompagnez ? proposa Rafe. Je n'ai guère envie d'affronter seul le roi des ronchons.

— Bien sûr, dit-elle en se levant.

Rafe saisit l'une des bougies et ils descendirent jusqu'au sixième étage dans la cage d'escalier obscure et étouffante. Quand ils arrivèrent devant la suite 614, Rafe utilisa la clé de Mrs. Miller. Toutes les lampes de la suite étaient allumées. Ils trouvèrent Arthur Miller allongé de tout son long sur le canapé, paupières closes. Ils le saluèrent, il ouvrit les yeux et hocha brièvement la tête. Rafe remplit le seau de glaçons, et ils remontèrent en vitesse. Ce fut l'affaire de quelques minutes. Mrs. Miller leur demanda avec désinvolture si son mari avait grogné. Le guitariste jouait et chantait un air de Chubby Checker à la gloire de la dernière danse à la mode, le twist, que Pauline maîtrisait parfaitement.

Tout le monde se mit à danser, guidé par Mrs. Miller, qui était douée, constata Pauline. Elle se mouvait avec aisance, balançant sensuellement ses hanches et ses cuisses ; à la différence de Whitey, d'Agnes et de Mrs. Strasberg, qui étaient de piètres danseurs, mais qui s'amusaient follement. Rafe, surplombant la minuscule May, ne s'en tirait pas trop mal, et Evelyn se montrait presque aussi forte que Mrs. Miller.

Pauline n'osait pas se joindre à eux, terrassée par sa timidité ; ce fut la douce Agnes qui vint la chercher d'une main maternelle, et elle se lança, se donnant corps et âme à la musique. Les yeux fermés, elle se lâcha, s'abandonnant au plaisir de cette chorégraphie débridée. Lorsqu'elle les rouvrit, elle les découvrit tous en cercle autour d'elle à la regarder avec admiration et à l'applaudir à tout rompre.

— Mon chou, ce déhanché ! glapit Mrs. Miller. Vous êtes la reine du twist !

— Ah, comme j'aimerais retrouver ma jeunesse ! soupira Mrs. Strasberg en s'éventant avec la main.

Une dame aux yeux bouffis de sommeil, vêtue d'une robe de chambre, fit son apparition sur le seuil.

— Dites donc, vous ne pouvez pas la mettre en veilleuse ? Il y a des gens qui essaient de dormir ici ! Je suis à deux doigts d'appeler la direction.

May prit le contrôle de la situation : elle dit à la cliente mécontente que la fête était terminée et que tout le monde s'excusait. Pauline s'aperçut que la dame n'avait pas reconnu Marilyn Monroe ; son œil ne s'était même pas attardé sur elle. Mrs. Miller trouvait bien dommage que cette fiesta se termine. Il n'était même pas une heure du matin, bon sang ! Il n'y avait qu'avec ce petit groupe adoré qu'elle se sentait bien à Reno. Le reste du temps, c'était l'enfer.

En l'écoutant, Pauline pensait aux dernières indiscrétions de la cantine qui allaient bon train. Impossible d'y échapper, semaine après semaine. L'ambiance sur le tournage se détériorait. Clark Gable ingurgitait des litres de whisky par jour et pestait contre les réécritures perpétuelles du scénario par Arthur Miller. Il buvait autant que Montgomery Clift et John Huston, et les méchantes langues disaient que tous espéraient en secret que Marilyn Monroe soit encore une fois en retard le matin afin de pouvoir cuver tranquillement. L'acteur Eli Wallach, qui jouait le rôle de Guido, le troisième larron du film, avait trouvé le moyen de se mettre à dos Mrs. Strasberg. Marilyn, quant à elle, était incapable de se souvenir de son texte. Il fallait faire dix, quinze prises pour une simple phrase. Le soir, dans la suite, on l'entendait se lamenter et hurler à son mari qu'elle n'y arriverait pas, que c'était trop dur, qu'elle voulait tout arrêter. Oui, avait-elle crié, elle finirait dans un asile, chez les fous, comme sa mère.

À midi, Pauline avait appris que la première mondiale du dernier film d'Yves Montand et Marilyn Monroe, *Le Milliardaire*, qui devait se tenir au Crest Theater de Reno deux jours plus tard, sans la présence de l'acteur principal mais avec un parterre de journalistes prestigieux, avait tout bonnement dû être annulée à cause de la coupure de courant. Personne n'allait venir. Pauline se dit que Mrs. Miller devait être secrètement soulagée. Marcelle, elle, serait cruellement déçue.

Le jeune guitariste était en train de remballer son instrument, prêt à partir. Il les remercia pour cette agréable soirée. Ce soir-là, il était censé jouer dans la Sky Room devant trois cents invités avec son collègue pianiste, mais le dîner et le concert avaient été annulés.

— Comment vous vous appelez ? lui demanda Mrs. Miller.

— Brandon, madame.

— Ne partez pas, supplia-t-elle. Restez donc un peu et jouez-nous encore de jolis airs. Quelle voix superbe vous avez !

— Allons, ma chère, dit May, agacée, vous avez vu cette cliente, vous avez entendu ce qu'elle a dit. Nous devons tous partir.

Mrs. Strasberg, Agnes, Evelyn et Whitey étaient déjà sur le point de se retirer, mais Pauline devina que Mrs. Miller avait une autre idée en tête : elle demanda à Brandon s'il pensait qu'il y avait du monde dans la Sky Room. Interloqué, il répondit qu'il était à peu près certain que le lieu était vide, car il n'y avait eu ni dîner, ni concert. Mrs. Miller avait une façon enchanteresse de fixer les gens, avec des gestes délicats et implorants, serrant ses poings contre sa poitrine. Et s'ils montaient là-haut, lui dit-elle, et s'il appelait son ami pianiste, et si ce dernier pouvait passer, ils joueraient du piano, de la guitare, et elle chanterait. Dans la Sky Room. Ne serait-ce pas épatant ?

Il semblait impossible de lui dire non. Les lèvres de May tressaillaient, mais Pauline ne parvenait pas à déterminer si c'était dû à l'exaspération ou à un fou rire naissant. Ils finirent par monter les trois étages ensemble, munis de bougies et de champagne, en prenant soin de ne pas faire trop de bruit dans l'escalier. Brandon avait téléphoné à son confrère : celui-ci se hâtait d'arriver, il habitait tout près.

Face au ciel d'encre dénué d'étoiles, à la masse des sierras sur lesquelles le feu au loin traçait une percée rougeoyante comme une blessure ensanglantée, la Sky Room semblait nichée dans les ténèbres, vaste et silencieuse, ses tables encore dressées, recouvertes de nappes de lin blanc. Pauline avait l'impression de se trouver à bord d'un navire abandonné qui voguait sur des eaux troubles. Le pianiste, un quadragénaire au visage rond, était arrivé, hors d'haleine après avoir gravi à pied les douze étages. Il s'appelait Jerry. Lui non plus n'avait pas reconnu la célèbre actrice, s'amusa Pauline. Mais lorsqu'il s'installa au piano, accompagné par Brandon à la guitare, et que Mrs. Miller, une flûte de champagne à la main, se mit à entonner *River of No Return*, il se redressa d'un coup et faillit tomber de son tabouret. May et Rafe ne purent s'empêcher de rire.

Mrs. Miller avait un peu trop bu, mais elle chantait juste, s'adressant à son public réduit avec une joie communicative. Comme elle était belle sur l'estrade, à peine éclairée, avec son sourire lumineux, la pâleur nacrée de sa peau. Pauline pensait à ce que Doug lui avait dit avec une tendresse toute paternelle : *Amuse-toi, tu le mérites*. C'était ce qu'elle faisait, elle s'amusait. Mais elle savait que c'était bien plus qu'un simple divertissement : c'était un de ces moments charnières qui marquent une vie.

À la demande de Mrs. Miller, Jerry plaquait les premiers accords d'une mélodie que Pauline connaissait bien, car c'était une des préférées de sa mère, *Les Feuilles mortes*. Brandon l'accompagna à la guitare. Le grand succès d'Yves Montand. Encore lui. Le visage de May s'était rembruni, celui de Rafe également. Ils paraissaient gagnés par la crainte. Soudainement dépourvue de toute euphorie, Mrs. Miller s'était appuyée contre le piano, comme pour reprendre des forces. Sa voix n'était plus qu'un mince filet de chagrin. Elle chantait en anglais mais les paroles avaient la même portée, et le cœur de Pauline se serra. Mrs. Miller chantait le temps qui passe, l'amour perdu, le poids de la solitude, les regrets, et les feuilles mortes qui se ramassent à la pelle. Elle semblait accablée de tristesse et n'avait plus rien à voir avec les images sophistiquées que Pauline voyait dans les revues de Marcelle.

Pour la première fois, Pauline se rendit compte qu'elle avait affaire à une personne que la plupart des gens ne connaissaient pas. Celle qui n'était pas la star de cinéma, mais une autre. Celle du matin, avec son visage ensommeillé tartiné d'une crème épaisse, rongée par le doute (elle l'avait entendue maintes fois dire à sa professeure qu'elle était une comédienne catastrophique), celle qui dansait pieds nus en peignoir dans le salon de sa suite en écoutant Ella Fitzgerald, celle qui pleurait doucement dans les bras musclés de Rafe ou de Whitey, celle qui restait debout devant la fenêtre pendant des heures à regarder dans le vide en enroulant une mèche de cheveux autour de son doigt. Pauline avait conscience qu'elle n'était qu'un être ordinaire aspiré dans l'orbite d'une actrice qui, elle, n'avait rien d'ordinaire, mais elle faisait le lit de cette actrice chaque jour, elle rangeait ses vêtements, ses escarpins, elle touchait les objets du quotidien que Marilyn Monroe effleurait, elle aussi – son peigne, sa brosse à dents, son flacon de Chanel N° 5, ses boucles d'oreilles, ses piluliers –, car être femme de chambre, c'était précisément cela : faire intrusion sans le vouloir dans l'intimité d'autrui, voir le contenu des corbeilles à papier, remarquer les titres des livres, lire les premières phrases des cartes, lettres et petits mots qui traînent. Tout était là, en pâture ; la vie entière de quelqu'un dissimulée dans une chambre d'hôtel. D'ailleurs, la semaine dernière, un journaliste n'avait pas hésité à coincer Pauline près de l'ascenseur de service.

— Vous êtes bien Pauline Bazelet ? avait-il demandé avec insistance.

Elle avait acquiescé.

— Sa femme de chambre, c'est ça ?

Elle avait senti la peur l'envahir. Comment cet homme était-il au courant ? Il avait sorti un petit carnet et un crayon. Eh bien, que pouvait-elle lui dire à propos de la Monroe ? Les rumeurs étaient-elles fondées ? Qu'en était-il des barbituriques et des engueulades avec son mari ? Buvait-elle vraiment du champagne dès son réveil ? Cherchait-elle encore à joindre Montand ?

Pauline avait tenté de s'échapper, mais l'homme l'avait suivie avec détermination. Cela ne prendrait que quelques minutes, avait-il dit. Il ne mentionnerait même pas son nom dans l'article. À ce moment-là, Pauline avait été soulagée de voir Mildred Jones intervenir avec son autorité habituelle. Elle avait vigoureusement chassé le reporter, puis avait réprimandé bagagistes et chasseurs pour avoir laissé passer un journaliste. Elle avait ensuite demandé à Pauline si elle avait divulgué quelque chose.

— Je ne parle de Mrs. Miller à personne, avait presque rugi Pauline. Pas même à ma mère. Comme vous me l'avez demandé.

— Je m'en doutais, avait répondu Mildred Jones d'un air suffisant. Sachez que Mrs. Miller est très satisfaite de vos services. Sa secrétaire, Miss Reis, me l'a fait savoir. Continuez ainsi, Pauline.

Sur l'estrade de la Sky Room, Mrs. Miller ne chantait plus, et les musiciens, déroutés, ne savaient plus quoi faire face à cette femme qui pleurait à la lueur des bougies. May lui parlait doucement, la consolait, lui prenait la main, tandis que Rafe lui massait la nuque, ce qui, Pauline le savait, pouvait faire des miracles.

— Je ne voulais pas être triste ce soir, dit Mrs. Miller, désolée. J'en ai par-dessus la tête, de la mélancolie.

Et elle ajouta qu'elle trouvait cet incendie d'une beauté atroce et terrifiante : elle ne pouvait pas s'arrêter de penser aux centaines d'animaux dévorés par les flammes, à la nature qui agonisait. Ce feu ressemblait à ce qu'elle vivait en ce moment même : un énorme bouleversement intérieur contre lequel elle ne pouvait rien. Pauline écoutait, frappée par sa fragilité. Comment était-il possible d'être si célèbre, et pourtant si vulnérable et si peu sûre de soi ?

— Vous ne voulez pas rentrer vous coucher, ma chère ? demanda May. Il est tard. Nous ferions mieux d'y aller.

Mrs. Miller protesta. Se coucher ? Très peu pour elle, merci. Ce serait encore une nuit blanche, à chercher le sommeil qui ne venait pas malgré les cachets, à subir les ronflements du roi des ronchons. Insupportable. Du champagne, de la musique et de la danse :

196

voilà ce qu'elle voulait ! Ce fut à nouveau la fête, les chansons, les rires, l'alcool. Pauline surveillait son verre, pensant au trajet du retour dans la Dodge de sa mère. Pas question de trahir la confiance de Doug, si précieuse.

Il devait être deux heures du matin, et plus aucun d'entre eux, même la sage May, ne faisait attention au tapage : la Sky Room paraissait au-dessus de tout, inatteignable, une forteresse isolée dans laquelle ils cavalaient, bondissaient, chantaient à tue-tête, tandis que Jerry et Brandon, en nage, jouaient comme des forcenés. Ils martelaient une chanson de Ray Charles, *What'd I Say*, qui les rendit tous fous, à se tortiller, à brailler les paroles comme s'il fallait être entendu jusqu'à Las Vegas, tandis que Mrs. Miller riait telle une enfant, sans reprendre son souffle, en se tenant le ventre.

Pauline ressentait les mêmes émotions sauvages que lorsqu'elle montait les mustangs avec Billie-Pearl : personne ne pouvait les rattraper, ni les arrêter, elles étaient jeunes et libres, et elles filaient comme le vent, des heures entières. Mrs. Miller parodiait la chanson en déployant ses bras avec grâce, mimant les paroles, remuant le bassin à une cadence folle, comme pour demander d'admirer la fille du refrain, celle avec la « bague de diamant » qui sait si bien « balancer son derrière ».

Tout à coup, les grandes doubles portes s'ouvrirent, et un groupe d'individus en uniforme, équipés de torches, entrèrent d'un pas rapide.

— Dieu du ciel, c'est quoi, ce bordel ?

Pauline reconnut instantanément la voix qui vibrait de fureur. C'était celle de Kendall Spencer.

May s'avança aussitôt. Elle était navrée ; ils s'étaient quelque peu emportés. Ils allaient partir tout de suite. Kendall la dévisagea. À la faible lueur des bougies, il distinguait à peine ses traits. Les hommes en uniforme braquèrent leurs torches sur les deux musiciens effrayés, puis sur Rafe, Pauline et Mrs. Miller.

— Attendez un instant ! rugit Kendall.

Il fit un pas vers Pauline, avança le menton pour mieux la voir.

— C'est toi ? Tu as perdu la tête ?

— Je suis désolée.

— Tu es *désolée* ?

Il l'imita. Puis il se reprit :

— C'est vous qui avez amené ces gens ici ?

Elle répondit par la négative. May s'approcha à nouveau, essayant d'expliquer que Pauline n'avait rien à voir avec tout cela, mais Kendall n'écoutait pas. Il voulait les noms de chacune des personnes présentes. Ils n'allaient pas s'en tirer comme ça. Quant aux musiciens, ça n'allait pas bien se passer pour eux. Ni pour la jeune femme de chambre.

Rafe tenta de s'interposer à son tour, mais Kendall, remonté, ne l'écouta pas non plus. Ils se prenaient pour qui ? Ils étaient cinglés ou quoi ? Le Mapes était un endroit haut de gamme, respecté, bien fréquenté.

Depuis quand les employés faisaient-ils la fête dans la Sky Room ?

Kendall saisit Pauline par le bras, assez brutalement. Il ordonna aux deux musiciens de le suivre dans son bureau, tout de suite. Ils n'allaient pas continuer à rigoler longtemps.

Le courant revint d'un coup, éclairant la vaste pièce d'une lumière blanche et aveuglante. Kendall avait dû s'habiller à la hâte, car sa cravate était de travers.

— Allez, c'est parti, dit-il en serrant le bras de Pauline. La fête est finie. Les ennuis commencent.

La soirée allait-elle réellement se terminer ainsi ? Pauline ne pouvait le croire. Perdrait-elle son emploi ? Les musiciens seraient-ils congédiés, eux aussi ? Désemparée, elle fixait la moquette rouge sang. Elle avait peur.

— Je vous prie de bien vouloir lâcher cette jeune femme sur-le-champ, dit posément Mrs. Miller.

Un silence.

— Ah oui ? Et vous êtes qui, vous ? demanda Kendall, railleur.

— Je n'ai pas saisi votre nom, monsieur.

— Je suis Kendall Spencer, directeur adjoint du Mapes Hotel.

— Et moi, je suis Marilyn Monroe. Suite 614. Je suis ravie de faire votre connaissance, Mr. Spencer.

C'était la star qui parlait, avec la voix et la gestuelle qui la caractérisaient, et même sans son maquillage et sa coiffure d'actrice, c'était incontestablement

Marilyn Monroe qui se tenait là, à le regarder droit dans les yeux. On aurait dit que Mrs. Miller avait appuyé sur un bouton secret pour faire surgir la blonde la plus célèbre du monde, s'émerveilla Pauline.

Le jeune homme se racla la gorge, sidéré. L'actrice lui dit, tout sourire, que cette fête de dernière minute, c'était son idée ; c'était elle qui avait téléphoné à Pauline à son domicile pour la faire venir dans l'atelier des costumes, une charmante standardiste lui ayant trouvé le numéro de la jeune femme ; c'était encore elle qui avait demandé aux musiciens de jouer dans la Sky Room. Brandon et Jerry étaient drôlement doués. Mr. Spencer avait bien de la chance de les avoir dans son équipe. Elle remerciait le Mapes du fond du cœur. Elle avait passé une soirée merveilleuse, inoubliable.

— Quant à Pauline, c'est mon soleil du matin.

Kendall Spencer hocha la tête, embarrassé. Il lâcha enfin Pauline, sans mot dire.

— Voilà qui est mieux, dit l'actrice. Bonne nuit à tous.

Elle quitta la Sky Room avec Rafe et May. Elle avait été à la fois maligne et attentionnée, pensa Pauline. Les musiciens étaient heureux ; eux aussi avaient goûté à une soirée mémorable.

Kendall accompagna Pauline à la Dodge garée non loin du Mapes. Il lui demanda pardon en grommelant ; il avait réagi de façon excessive et, dans la pénombre, il n'avait pas compris à qui il avait affaire.

200

Il avait dû leur paraître ridicule. Pauline dit qu'elle comprenait. Il l'embrassa, lui promit de passer voir Lily prochainement, toutefois, il ignorait quand : sa femme l'épiait en permanence. Evaline était d'une jalousie folle. Ce n'était pas facile pour lui, et Pauline devait se rappeler qu'il était toujours aussi honnête à l'égard de sa petite Frenchie, il l'adorait, il était fou d'elle, mais il ne voulait pas faire de la peine à son épouse en ce moment. Pauline l'écoutait distraitement : il ne venait que rarement voir Lily, échaudé par le regard rancunier de Marcelle et la dignité flegmatique de Doug. Il préférait envoyer des chèques.

Alors qu'elle démarrait pour rentrer à Washington Street, Kendall se baissa pour s'adresser à elle à travers la vitre ouverte. Il voulait la mettre en garde : elle ne devait pas prendre l'amitié de Marilyn Monroe au sérieux. Il ne fallait pas que tout ça lui monte à la tête. Les vedettes de cet acabit ne s'intéressaient pas aux petites gens.

— N'oublie pas qu'à ses yeux, tu n'es qu'une femme de ménage. Rien de plus.

Le mois d'août s'éternisait, avec son impossible chaleur, son soleil de feu, et l'état de Mrs. Miller qui se détériorait. Il y avait ces matinées où elle ne pouvait plus se lever, et Pauline ne la voyait pas, elle ne sortait guère de la chambre. Puis il y avait ces autres jours où elle partait sur le tournage telle une somnambule défoncée, soutenue par Mrs. Strasberg, sous le regard désespéré et rageur de son époux. Derrière l'impeccable maquillage se dissimulait une épave.

Un soir, à la maison, Marcelle, dépitée, leur avait montré l'autographe qu'elle avait enfin obtenu. Quelle déception ! Elle avait patienté, avec d'autres adorateurs, jusqu'à ce que l'actrice sorte du Mapes un matin, et celle-ci avait à peine souri à ses fans tandis qu'elle dédicaçait ses photos. Une dame tout en noir la portait à bout de bras, car elle pouvait à peine marcher. Une loque !

— Tu savais qu'elle allait si mal ?

— Non, mentit Pauline. Je ne la croise pas souvent, tu sais. Pour ainsi dire jamais.

— Mais tu dois bien entendre ce qu'on dit d'elle ?

— Mildred Jones me surveille. Aucune envie de retourner aux toilettes pour dames. Donc je n'écoute pas les cancans et je ferme mon clapet.

— Voilà une attitude professionnelle, approuva Doug.

Marcelle demanda comment le Mapes gérait ces reporters qui faisaient le pied de grue devant l'hôtel. Pauline répondit que Mrs. Jones, tel un cerbère hargneux, les gardait à distance, mais il arrivait que certains se retrouvent devant la suite. Ils avaient alors affaire à l'armoire à glace qu'était Rafe.

— Mais elle sait tout de même qui tu es ? insista Marcelle. Elle connaît ton prénom ?

— Je présume que oui, dit Pauline. Elle reprit la formule cinglante de Kendall : Je ne suis que la femme de ménage, maman.

Marcelle aurait aimé tellement plus pour sa fille : un mari riche, de nombreux enfants, une jolie maison. Pauline savait tout cela, et en souffrait. Et voilà que Pauline n'était même pas capable d'attirer l'attention de Marilyn Monroe, de sortir du lot, et ça aussi, elle le lisait sur le visage de sa mère.

Il n'y avait que Doug pour l'encourager, la féliciter. Elle lui avait raconté en détail la soirée dans la Sky Room et ce moment féerique, quand Mrs. Miller avait dit à Kendall Spencer : « Pauline, c'est mon soleil du matin. » Doug avait compris qu'elle voulait garder tout cela pour elle, qu'elle n'en parlait même pas à Billie-Pearl, et que personne d'autre que lui n'était au courant. Peut-être pensait-il que c'était injuste vis-à-vis de son épouse, de ne rien lui divulguer, mais il ne le révéla pas. Il avait conscience des rapports complexes entre mère et fille, du regard parfois sévère que Marcelle portait sur Pauline depuis la naissance de Lily.

Ce matin-là, alors qu'elle introduisait sa clé dans la serrure et ouvrait la porte, Pauline comprit d'emblée qu'il se passait quelque chose de grave dans la suite 614. Elle distinguait des cris et des gémissements atroces, pareils à ceux d'une bête. La clé encore à la main, elle s'immobilisa. Elle devrait peut-être s'esquiver vite fait, avant qu'on se rende compte de sa présence. Puis elle aperçut le chapeau et le sac de Mrs. Strasberg dans l'entrée.

Les gémissements continuaient, en rafales, horribles à entendre, et le sang de Pauline se glaça. Elle était de plus en plus mal à l'aise à mesure que les minutes s'écoulaient, et elle était sur le point de rebrousser chemin, lorsqu'on bredouilla son nom. Elle se retourna pour découvrir Agnes qui lui faisait signe. Les larmes aux yeux, celle-ci semblait tourmentée. Elle dit à Pauline que Mrs. Miller était dans un sale état, que c'était laborieux de lui faire remonter la pente. Mrs. Strasberg avait fait appel à un médecin de la ville. À cet instant précis, on frappa. Pauline ouvrit. Un jeune homme nerveux se tenait là, une mallette à la main. Il annonça qu'il était le docteur à qui Mrs. Strasberg avait parlé. Pauline s'écarta pour le laisser entrer, et il se rendit dans la chambre. Elles entendirent des voix, et au bout d'un instant, les gémissements cessèrent. Pauline n'avait même pas eu le temps de commencer le ménage. Elle devait s'y atteler, mais elle restait clouée sur place dans l'attente d'un désastre imminent.

La porte de la suite s'ouvrit en grand avec fracas, les faisant sursauter, et Arthur Miller, agité, s'engouffra dans l'entrée.

— Le docteur est-il là ? demanda-t-il à Agnes, sans la saluer.

Elle hocha la tête. Les cris reprirent de plus belle, mais cette fois il semblait que Mrs. Miller s'adressait à son mari, lui ordonnant de ficher le camp tout de suite : elle ne pouvait plus l'encadrer, elle le haïssait, elle ne pouvait plus le blairer. Les hurlements

devinrent insupportables ; Pauline avait envie de plaquer ses mains sur ses tympans : elle ne voyait pas ce
qui se tramait dans la chambre, mais rien n'échappait
à ses oreilles.

Arthur Miller, s'efforçant de se faire entendre, exi-
gea du jeune médecin qu'il lui précise ce qu'il avait
injecté dans les veines de son épouse.

— De l'Amytal, répondit ce dernier d'une voix
mal assurée. C'est un sédatif qui va la calmer.

Arthur Miller dit d'un ton brusque qu'il savait parfaitement ce qu'était l'Amytal, merci, en revanche,
le docteur avait-il une idée des barbituriques qu'elle
avait déjà avalés ? Le jeune médecin admit que non,
mais il était surpris qu'elle fût encore éveillée, car il
lui avait donné une dose qui aurait dû l'assommer. Il
ajouta qu'il était déjà venu au chevet de Mrs. Miller,
au Mapes, et d'autres de ses confrères également, et
que cette dame avait un sérieux problème. Il n'était
plus d'accord pour continuer à lui administrer des
piqûres. À l'heure actuelle, il craignait pour sa vie.

— Tire-toi ! Débarrasse le plancher ! vociféra
Mrs. Miller à l'intention de son mari, et il y avait tant
de haine et de douleur dans sa voix brisée que Pauline frémit.

On frappa à nouveau, et Pauline s'élança pour
ouvrir. C'était Mildred Jones. Celle-ci regarda derrière l'épaule de Pauline vers la chambre.

— Mais que se passe-t-il ici, nom de Dieu ?

— Mrs. Miller a l'air de beaucoup souffrir, dit
Pauline.

— Qu'a-t-elle donc ?

— Tire-toi ! Je te *hais* ! Je te *déteste* !

Le débit de Mrs. Miller avait ralenti ; il était à présent pâteux, chargé de sanglots.

Pauline avoua qu'elle n'avait aucune idée de ce qui n'allait pas. Un docteur était dans la chambre, avec Arthur Miller et Mrs. Strasberg, apprit-elle à Mildred. Agnes, la coiffeuse, se trouvait dans le salon. Personne ne savait quoi faire.

L'espace d'un instant, Mildred sembla déboussolée, et Pauline se dit qu'elle n'avait jamais dû être confrontée à une telle situation. Elle pria Pauline de ne raconter à personne ce qui était en train de se passer.

— Parfois, Mrs. Jones, je me demande si vous ne me prenez pas pour une parfaite idiote, lâcha Pauline.

C'était la première fois qu'elle osait s'adresser sur ce ton à sa supérieure, tout en se tenant droite, sans bégayer. Mildred eut l'air contrit, n'osant plus affronter le regard de Pauline.

Le jeune médecin apparut, pâle et transpirant, et il s'échappa sans dire un mot. Dans la chambre, Arthur Miller, d'une voix basse et effrayante, déversait sa fureur sur Mrs. Strasberg, puis il se montra à son tour, claqua la porte de la suite et disparut.

— Vous vous occuperez du ménage une autre fois, déclara Mildred. Nous ferions mieux de nous en aller, vous et moi.

Pauline avait l'impression d'être à bout, dépourvue de toute énergie. Les cris atroces la poursuivaient encore ; ses mains tremblaient, elle se sentait affaiblie, sonnée, comme si quelqu'un l'avait frappée. Mildred lui demanda de faire équipe avec Linda, au cinquième étage. Elle obéit.

Mais à l'heure du déjeuner, tout le monde ne jasait qu'à ce sujet ; tout le monde voulait être au courant de ce que Pauline savait. Elle tenait bon, disant à la ronde que la vieille Jones, toujours aussi pète-sec, l'avait expédiée à un autre étage. Elle ne cessait de répéter qu'elle n'avait rien entendu, rien vu. Puis Lincoln débarqua en coup de vent, débordant de suffisance : eh bien, il en avait des nouvelles ! Marilyn Monroe avait été emmenée d'urgence à l'aéroport. Quelqu'un demanda si elle allait être hospitalisée ; Lincoln dit que vu son apparence, c'était vraisemblable. Le tournage avait été interrompu. Personne ne savait pour combien de temps. Huston devait s'arracher les cheveux. Quelqu'un d'autre ajouta qu'à ce rythme, il ferait bientôt partie du décor du casino. Des éclats de rire s'élevèrent autour des tables.

— Pourquoi est-elle si malheureuse ? demanda Kitty à Pauline.

Que pouvait révéler Pauline sans trahir la cliente la plus célèbre du Mapes ? Mais elle n'eut pas besoin de répondre, car Kitty et d'autres femmes de chambre étaient déjà occupées à ressasser ce que tous savaient : le mariage qui allait à vau-l'eau, l'amant français, le scénario réécrit chaque nuit, les rivières d'alcool, les montagnes de somnifères. Pour Pauline, c'était comme si la vraie vie rattrapait le film, comme si Marilyn Monroe était devenue Roslyn, l'héroïne mélancolique et perturbée des *Désaxés*, cette femme vulnérable perdue dans un monde sur lequel elle n'avait aucun contrôle et qu'elle ne comprenait pas, incapable d'accomplir ses rêves. Pendant qu'ils discutaient en mangeant, Pauline repensait à cette scène qui datait de quelques jours, lorsqu'une photographe de l'agence Magnum qui couvrait le tournage était venue prendre des clichés des Miller dans la suite 614. Pauline était en train de nettoyer la cuisine. Mrs. Miller, vêtue d'une robe noire moulante, avait refusé de se tenir aux côtés de son mari. Elle s'était éloignée de lui, comme par dégoût. La photographe était une grande brune frisée avec un accent germanique. Pendant qu'Arthur Miller tirait sur une cigarette, imperturbable, elle avait fait de son mieux pour les photographier ensemble. Mais la tâche était impossible : Mrs. Miller s'esquivait, leur tournant le dos, regardant par la fenêtre. La même semaine, Pauline avait entendu dire que lors du tournage à Pyramid Lake, Mrs. Miller avait claqué la portière de sa limousine au nez et à la barbe de son époux, le laissant planté là.

Après le départ de Mrs. Miller, Mildred Jones ordonna à Pauline de récurer la suite 614 de fond en comble : il fallait dépoussiérer, shampouiner la moquette, retourner le matelas. Le grand jeu. Personne ne savait quand Mrs. Miller reviendrait à

Reno : autant en profiter. Pauline demanda si son époux était parti avec elle. Mildred l'ignorait, en revanche, elle avait appris que la production lui avait réservé une autre chambre, située un étage en dessous. Il n'allait pas regagner leur suite de sitôt, conclut Mildred.

Pauline se retrouva seule dans l'enfilade de pièces ensoleillées auxquelles elle s'était habituée, mais ce matin, une impression de vide la saisit : le parfum fleuri ne flottait plus là, ni l'odeur du café, ni la voix de Rafe, souvent le premier arrivé sur les lieux. Elle ne verrait pas les sourires de Whitey et d'Agnes, ni les silhouettes vêtues de noir de Mrs. Strasberg et de May Reis.

Le départ de Mrs. Miller s'était manifestement fait dans la précipitation. Sur le grand lit défait se trouvaient un rouge à lèvres, des lunettes de soleil, et par terre des escarpins éparpillés çà et là, des foulards en soie, des corsages aussi. Tout ce qui concernait Arthur Miller avait disparu, même ses affaires de toilette dans la salle de bains. Une valise vide et ouverte avait été abandonnée, encombrant le passage. Mrs. Miller avait dû en prendre une plus petite pour son voyage.

L'étrange ambiance qui régnait dans la suite avait fini par l'incommoder : elle alluma l'électrophone dans le salon et fit tourner le disque qui s'y trouvait. C'était un air entraînant chanté par B.B. King. *Everyday I Have the Blues.* Elle se sentit moins seule, presque comme si Mrs. Miller se tenait dans la pièce d'à côté, au téléphone. Elle se mit au travail, ouvrit les fenêtres en grand, ramassa ce qui traînait au sol, ôta les draps, les serviettes, déposa le tout dans le panier à linge sale. Elle retourna les deux matelas jumeaux, non sans effort, aspira le sommier. Sous le lit, elle découvrit une nuisette tachée, les fragments d'un sandwich à moitié grignoté, des bouteilles de champagne, des trognons de pomme.

Sur la table de nuit de Mrs. Miller, elle vit un livre écorné, Walt Whitman, *Feuilles d'herbe*. Pauline l'ouvrit à la page de garde : *Pour Norma Jeane*. Elle se souvint que c'était le vrai prénom de l'actrice. Presque toutes les pages étaient annotées, des vers entiers étaient soulignés. Pauline s'intéressait surtout aux romans qui évoquaient les chevaux, comme *Mon amie Flicka*, ou *Black Beauty*. Elle connaissait peu la poésie.

La grande coiffeuse devant la fenêtre était encore encombrée de produits de beauté et de maquillage. C'était là que, chaque matin, les mains expertes de Whitey faisaient surgir les traits de Marilyn Monroe ; c'était là que Pauline avait souvent vu Mrs. Miller assise devant la glace à s'admirer pendant de longues minutes, à tourner son visage, à droite, puis à gauche, en se souriant à elle-même.

Allait-elle revenir un jour ? se demanda Pauline en astiquant le miroir, se disant qu'il se pouvait fort bien que Mrs. Miller ne veuille plus remettre les pieds au Mapes, qu'elle ait envie de tout laisser tomber : le film, son mari, et tout ce qui pouvait la lier à Reno.

Sur le bureau du salon était posé un gros colis postal. À l'intérieur, Pauline le savait, se trouvaient des dizaines de cartes et de lettres, provenant toutes d'admirateurs. Mrs. Miller les lisait-elle, répondait-elle à chacun d'entre eux ? À côté, il y avait des piles du portrait en noir et blanc que Mrs. Miller avait l'habitude de dédicacer à ses fans. Le crédit photographique mentionnait : *Par Cecil Beaton, New York City, 1956.* La photo montrait l'actrice allongée sur un lit, la tête appuyée contre un oreiller. Elle serrait une fleur contre sa poitrine, et ses lèvres étaient entrouvertes, dévoilant ses dents. Son visage arborait une expression douce et rêveuse.

Des petits mots et de la correspondance traînaient à côté du courrier des admirateurs. Pauline était accoutumée à ce désordre et empila le tout du mieux qu'elle put. Elle devrait s'abstenir d'examiner les écrits privés de Mrs. Miller, mais elle fut incapable de s'en empêcher. L'écriture griffonnée et irrégulière était parfois difficile à déchiffrer : « *Je sens que la caméra doit voir par les yeux de Gay chaque fois qu'il est dans le plan et même quand il n'est pas là on doit encore sentir sa présence. Il est le centre et le reste tourne autour de lui mais je pense que Huston va y veiller.* » Mrs. Miller écrivait-elle pour elle-même ? À la manière d'un journal intime ? Pauline savait que « Gay » était le diminutif du personnage joué par Clark Gable dans *Les Désaxés.* Gaylord Langland. Elle remarqua une autre carte, adressée à Mrs. Miller de la part de Thelma Ritter, une des actrices du film.

Cette dernière la remerciait chaleureusement pour un cadeau que lui avait offert celle qu'elle appelait « Millie Monroe ».

Pauline se dit qu'elle devait cesser de fouiner, et tout de suite. Mais c'était comme une drogue : maintenant qu'elle avait commencé, elle ne pouvait plus s'arrêter. Elle n'avait jusqu'alors pas ouvert le carnet d'adresses avec les initiales MM gravées dans le cuir doré, mais elle le fit à présent. La première chose qu'elle vit fut une ordonnance pour des médicaments émanant du cabinet du docteur Ralph Greenson, psychiatre à Beverly Hills, puis elle trouva une carte postale représentant une œuvre d'art, une sorte de sculpture montrant deux figures rudimentaires émergeant d'une main puissante : *La Main de Dieu*, d'Auguste Rodin. Pauline ne connaissait rien non plus à l'art, mais elle savait que Rodin était un célèbre sculpteur français. Son pays natal, encore une fois, semblait faire partie de l'univers de Mrs. Miller.

On frappa à la porte et Pauline referma précipitamment le carnet d'adresses. C'était Linda. Mildred l'avait envoyée pour aider au nettoyage de la moquette. Elles s'y attelèrent ensemble, et quand elles eurent fini, elles quittèrent les lieux, afin de la laisser sécher. Depuis que Pauline avait été affectée à la suite 614, Linda faisait partie des collègues qui lui en voulaient. Elle restait distante. Dans l'ascenseur de service, Linda lui demanda si elle avait une idée de l'endroit où Mrs. Miller avait pu aller et pourquoi

212

elle était partie. Pauline répondit qu'elle n'en savait rien.

— Eh bien, voilà qui est surprenant, déclara Linda d'un ton sec.

Pauline lui demanda ce qu'elle voulait dire.

Elles avaient atteint le rez-de-chaussée et se trouvaient encore dans l'ascenseur lorsque Linda lança en ricanant :

— Nous avons tous entendu parler de la Sky Room, de toi à la fiesta de la « joyeuse clique », et ainsi de suite. Et puis, c'était quoi, déjà ? Ah, oui : *Pauline est mon soleil du matin.*

Pauline ne dit rien, piquée par le ressentiment qui pointait dans la voix de Linda. Comment était-elle au courant ? Jerry et Brandon avaient dû s'épancher à la cantine.

— Ne prends pas la grosse tête, Frenchie. Souviens-toi de qui tu es. Tu n'es personne.

D'habitude, Pauline aurait gardé le silence ; elle aurait laissé Linda s'éloigner, mais cette fois, une sensation inédite s'empara d'elle et elle tendit la main pour saisir le bras de sa collègue.

— Je sais parfaitement qui je suis, siffla-t-elle, puis elle adopta un accent français : Je suis Pauline Bazelet, de Paris, France. Va te faire voir.

Tout en se dégageant, Linda déguerpit. Jamais elle n'avait vu Pauline dans une colère pareille.

1956
Reno, Nevada

Doc O'Brian était content d'elle et ne cessait de le lui dire. Pauline avait-elle réfléchi à l'année prochaine ? Elle allait sur ses dix-huit ans, il le lui rappela. Elle était douée avec les chevaux, il avait pu le constater depuis les quatre années qui s'étaient écoulées. Le Doc avait raison, Pauline devait bien l'admettre : ce métier l'attirait et elle rêvait de s'y consacrer. Mais les études étaient longues et onéreuses, et ses parents se trouvaient dans l'impossibilité de les lui payer. Le Doc ne semblait pas préoccupé par l'aspect financier, lui affirmant qu'elle pourrait décrocher une bourse, mais il fallait s'y prendre dès à présent, et elle devait également effectuer un stage auprès d'un vétérinaire équin. Il avait sa petite idée là-dessus : un confrère de talent, le docteur Hicks, qui dirigeait une clinique en Californie du Nord, dans le comté de Siskiyou, du côté du mont Shasta, où les places étaient prisées. Il avait déjà parlé d'elle au docteur Hicks.

Pauline se sentait exaltée par tous ces projets. Elle passait le plus clair de son temps au Double Lazy Heart Ranch, arrivant après les cours, demeurant sur place pour la fin de la semaine. Elle gardait son histoire avec Gus loin du regard inquisiteur de sa mère. C'était un garçon doux et gentil, avec qui elle partageait la passion des chevaux ; ils montaient ensemble, le plus souvent sur Dustin et Tundra, et parfois, Billie-Pearl se joignait à eux. Depuis le départ de Commander, celle-ci broyait du noir. Elle restait à l'écart, effectuait ses tâches en silence.

Velma était peu présente, affairée avec son équipe au bureau de Reno à lancer une campagne nationale contre les rafles aériennes de mustangs. Pauline avait remarqué que son mari, Charlie, n'était pas en forme : sa respiration était sifflante et il toussait en permanence. Cela ne l'empêchait pas de continuer à travailler au ranch, mais il s'épuisait plus vite, semblait-il.

Un après-midi où Pauline et Billie-Pearl donnaient un coup de main aux palefreniers pour nettoyer les box et les abris, Charlie, hors d'haleine, était venu les retrouver : il toussait si fort qu'on avait l'impression qu'il allait s'effondrer d'un coup, mais il parvint à leur dire, entre deux quintes, qu'il avait cru apercevoir Commander alors qu'il se baladait à cheval dans les collines vers l'est, non loin du ranch. Billie-Pearl se redressa, lâcha la botte de paille qu'elle était en train de déplacer et demanda à Charlie s'il en était sûr. Il avala un verre d'eau pour reprendre son souffle. On le repérait de loin, ce lascar, avec son collier de cicatrices et son oreille à moitié grignotée. Commander était entouré d'un troupeau de juments et de poulains ; assurément, il n'avait pas tardé à fonder une nouvelle famille.

— Tu penses que c'est lui ? demanda Billie-Pearl plus tard à Pauline. Je n'ose pas y croire.

Elle partit en vadrouille plusieurs fois vers l'est, chevauchant Dustin ou Tundra, mais ne le repéra pas. Un jour où les vents frais de l'automne à venir soufflaient déjà sur les terres desséchées, Pauline et Billie-Pearl déjeunaient sur le porche avec Gus et les garçons d'écurie. Charlie et Velma étaient partis faire un tour en ville. Le petit groupe plaisantait à grand bruit, comme d'habitude. Pauline pénétra dans la maison pour chercher des fruits et jeta un coup d'œil par la fenêtre de la cuisine qui donnait sur la route. À travers le jardin et le pâturage attenant, son œil fut attiré par un mouvement : des chevaux erraient là, au bord du chemin principal. Cela arrivait parfois. La plupart du temps, il s'agissait de mustangs qui s'étaient égarés et qui avaient flairé l'odeur d'autres chevaux. Ils s'en allaient le plus souvent de leur propre chef, retournant dans les hauteurs des collines. Mais cette fois, les bêtes restaient sur place, semblait-il, tournant autour de la clôture. Intriguée, Pauline sortit par la porte de la cuisine et s'approcha. Elle pouvait distinguer trois mustangs, et alors qu'elle venait auprès d'eux, son cœur se mit à battre plus vite. L'étalon noir qui se tenait là, protégeant ses deux juments, était sans aucun doute Commander, avec ses cicatrices à l'encolure qui s'étaient durcies en rainures profondes et sèches. Au cours des trois derniers mois, il avait gagné en taille et en poids, et semblait plus puissant que jamais.

— Ne t'en va pas, dit-elle à voix basse. Reste là, le temps que j'aille la chercher.

Billie-Pearl faisait rire les garçons avec ses facéties habituelles. Pauline eut du mal à éloigner son amie.

— Qu'est-ce qui te prend ? fit Billie-Pearl. Que veux-tu me montrer, enfin ?

Pauline garda le silence et la mena, par le chemin qui contournait le ranch, jusqu'à la clôture extérieure au bord de la route principale. Commander était encore là, à patienter.

Billie-Pearl s'arrêta net, foudroyée.

— C'est lui ! cria-t-elle.

Commander hennit alors qu'elle courait à toute vitesse vers lui, bondissant à travers l'herbe, et Pauline craignit qu'il ne détale, mais il demeura sur place, immobile, jusqu'à ce qu'elle atteigne la clôture et se tienne de l'autre côté, à quelques mètres de lui.

Pauline resta à l'écart, ne voulant pas s'immiscer dans cette scène qui prenait une tournure intime. Billie-Pearl parlait à Commander, et le cheval semblait l'écouter attentivement, ses oreilles dressées. Pauline se demanda ce qu'elle pouvait bien lui raconter. Gus et les autres garçons d'écurie s'étaient approchés à leur tour, captivés par ces retrouvailles insolites.

— Ça alors ! s'exclama Gus.

— Il s'est souvenu d'elle, dit Pauline. Il est revenu pour elle.

— C'est peut-être tout simplement un hasard, objecta Gus.

Mais Pauline était persuadée que l'étalon était de retour pour son amie. Lorsqu'ils apprirent la nouvelle par une Billie-Pearl survoltée, Doc O'Brian et Velma n'exprimèrent pas d'avis particulier sur la question. Pour eux, Commander était revenu, on ne savait pas au juste pourquoi, et il avait fait le bonheur de Billie-Pearl. Tous partageaient sa joie.

Quelques jours plus tard, Pauline, Gus et Billie-Pearl partirent à cheval vers les montagnes de Sahwave, au nord-est de Wadsworth. Munis de réserves d'eau, ils s'étaient mis en chemin à l'aube, alors que le ciel pâlissait à peine vers l'est, car il ne fallait pas sous-estimer le soleil du Nevada, même au mois de septembre. Pauline montait la fidèle Tundra, Billie-Pearl, Dustin, et Gus, un jeune cheval de bonne nature qu'il venait de débourrer, Hook. Laissant derrière eux la bande d'herbe qui se déployait en bordure de la route, ils gravirent un large sentier qui montait vers le nord, là où les collines se dressaient les unes après les autres, jusqu'à un point culminant en une succession de pentes caillouteuses à la végétation clairsemée, où la roche perçait comme des crocs de pierre. Ils grimpèrent à travers des bosquets de genévriers, des vallons parsemés d'armoise et de salicaire pourpre, enluminés par les dernières fleurs sauvages de l'été qui se mourait, et où babillaient des ruisseaux inattendus. Les arbustes aux feuilles cireuses exhalaient un bouquet intense et musqué.

De temps en temps, ils apercevaient des biches et des moutons, mais il n'y avait là que le vent, les bêtes, quelques merles bleus, des rouges-gorges et des lézards paresseux, sans la moindre trace humaine. C'était ce qu'aimait tant Pauline, ces étendues infinies.

Les chevaux avançaient avec prudence en escaladant les collines escarpées, leurs sabots frappant le sol rocheux, et Pauline ressentait une joie profonde tandis qu'ils montaient, avec Billie-Pearl devant elle et Gus à ses côtés. Elle se trouvait en compagnie des deux personnes avec lesquelles elle se sentait la plus heureuse : sa confidente intime, qui savait tout d'elle, et son petit ami, avec qui elle découvrait ses premiers émois amoureux ; et elle était assise à califourchon sur son mustang chéri, sentant Tundra bouger sous elle, à l'aise. Elle appréciait de se trouver loin de Marcelle, de ses accès de tristesse, de son problème avec l'alcool que Doug n'abordait pas. Un jour, bientôt, sa mère finirait par atteindre le point de non-retour. Pauline se demandait parfois si elle ne devrait pas lui en parler elle-même, mais elle n'avait que dix-sept ans et elle craignait sa langue acérée. Elle l'avait trop souvent vue se transformer en mégère après quelques verres de trop.

Ils aboutirent sur un terrain plat flanqué d'épaisses touffes de genévrier et purent prendre de la vitesse, se lançant dans un galop fluide en projetant des nuées de poussière tout autour d'eux. Mais Dustin se mit à hennir en se tordant le cou et Billie-Pearl fit claquer

219

sa langue d'agacement, l'obligeant à ralentir, forçant Pauline et Gus, juste derrière elle, à modérer l'allure à leur tour. Dustin semblait nerveux, secouant la tête, geignant d'excitation ou de douleur. Billie-Pearl ne comprenait pas ce qui lui arrivait ; Pauline suggéra qu'il avait peut-être été mordu par un taon, et Gus mit pied à terre pour l'examiner, pendant que Pauline tenait les rênes de Hook.

— Je vois que dalle. Mais il est sacrément à cran, notre petit gars ! dit le jeune homme au bout d'un moment. Ou alors, il y a un souci avec un de ses sabots.

Tandis qu'il se baissait pour vérifier, Pauline repéra la silhouette noire d'un cheval debout en bordure de la grande étendue plate. Il s'agissait de Commander et elle comprit que Dustin l'avait reconnu. Deux juments et un poulain l'accompagnaient.

— Billie-Pearl, dit-elle doucement. Regarde.

Son amie leva les yeux et retint son souffle. Leurs trois chevaux montraient des signes de fébrilité, réagissant à la présence de l'étalon en se mettant à respirer à grand bruit et à marteler le sol. La frayeur s'empara de Pauline.

— Il ne nous fera pas de mal, murmura Billie-Pearl en devinant les pensées de son amie.

— Comment tu le sais ?

— Je le sais, c'est tout.

— Que fait-il ? demanda Gus.

Billie-Pearl répondit qu'il leur démontrait, encore une fois, que le patron, c'était lui, mais il le faisait sans hostilité, sachant parfaitement qui ils étaient, excepté Hook, le nouveau venu.

— Penses-tu qu'il pourrait s'approcher de nous ? demanda Pauline.

— J'espère bien que oui. Attendons ici, et nous verrons bien.

— On descend de cheval ?

— Non. On ne bouge pas d'un poil.

Dustin, Tundra et Hook s'étaient quelque peu apaisés, alors que le vent tiède faisait flotter les crinières, les queues des chevaux et la chevelure brune de Pauline. Commander s'avançait, tranquille, protégeant ses juments et son poulain, et avec ses longues jambes robustes, son cou herculéen, il avait la fière allure d'un guerrier balafré.

— J'ai la trouille, gémit Pauline en sentant Tundra frémir à nouveau à l'approche de l'étalon.

— Tu n'as aucune raison d'avoir peur, dit Billie-Pearl. Il vient marquer son territoire, et nous ne sommes pas des étrangers pour lui.

S'adressant à Commander, d'un ton à la fois assuré et respectueux, tandis qu'il venait vers eux sur le sentier pierreux, elle lui dit sa joie de le revoir sur ses terres à lui, tandis que l'étalon dessinait des cercles autour d'eux, repassant encore et encore sur ses pas.

— Mais qu'est-ce qu'il fait ? marmonna Gus. Il me fout les jetons à nous tourner autour.

— Garde la tête froide, dit Billie-Pearl. Il est en train de nous rassembler.

— Tu en es sûre ? demanda Pauline, peu rassurée.

Billie-Pearl soupira.

— Quelle paire de poules mouillées vous faites ! Il nous protège. Voilà ce qu'il fait.

Commander s'immobilisa enfin devant Dustin, qui trépignait à la vue de son grand camarade de jeux, et Billie-Pearl dut resserrer les rênes et jouer des jambes afin que le jeune cheval ne se mette pas à ruer de joie.

L'étalon se tenait tout près de Billie-Pearl, avançant la tête pour flairer sa cuisse sous le Levi's, et elle lui tendit sa paume qu'il renifla méticuleusement.

— Tout doux, milord, mon prince du désert. Vous vous souvenez de miss, là-derrière, sur Tundra ? Elle aussi, elle a veillé sur vous.

Commander était maintenant si près de Pauline qu'elle pouvait sentir son souffle sur elle et l'odeur âcre et sauvage qui se dégageait de sa robe maculée de poussière. Tundra tremblait comme une feuille, Pauline n'en menait pas large non plus.

— Donne-lui ta main, chuchota Billie-Pearl. Il te connaît. Fais-lui confiance.

Pauline avança une main timide, fermant presque les paupières de frayeur, et il balaya sa peau de ses naseaux humides et dilatés. Les yeux de Commander étaient d'un étonnant gris-noir translucide, et elle distinguait nettement les deux pupilles, énormes, dirigées droit sur elle.

— Quel cheval magnifique ! fit Gus, impressionné. Tu vas le monter un jour, Billie ?

— Hors de question. On ne monte pas Commander. Personne ne le fera, jamais.

Ils le regardèrent s'en aller avec sa tribu vers l'autre côté du sentier.

— Mon petit doigt me dit que nous allons bientôt le revoir, dit Billie-Pearl.

Dix jours plus tard, Commander était de retour, à patienter devant le portail du ranch. Cette fois, il était seul. Billie-Pearl alla le rejoindre, debout devant lui, les mains calées dans les poches de son jean et, de la véranda, Pauline les observait, trouvant qu'ils ressemblaient à des amis de longue date enchantés de se revoir.

— Et tu crois qu'il va se pointer souvent ? demanda Doug, à qui Pauline avait raconté toute l'histoire.

Elle lui apprit que Commander venait déjà leur rendre visite de temps à autre. Il surgissait sans crier gare, avec une partie de son troupeau, ou seul. Il attendait que Billie-Pearl fasse son apparition, et tous deux restaient là, face à face. Personne ne les dérangeait. Billie-Pearl ne le touchait pas, et n'essayait pas de le faire. Parfois, l'étalon reniflait le haut de sa tête, et un jour, il fit tomber son stetson, qu'elle ramassa en riant.

— Elle n'a pas envie de le monter, ta copine ? demanda Doug.

Pauline répéta les propos de Billie-Pearl :

— On ne monte pas Commander. Personne ne le fera, jamais.

Doug comprenait. Il aimait partager ces instants avec Pauline, écouter ce qui se passait au ranch, apprendre chaque détail de ce qu'elle faisait là-bas, ce qu'elle avait découvert, ce qui la passionnait, et il se félicitait de lui avoir présenté les Johnston. Marcelle se montrait moins enthousiaste. Une fille qui rêvait de devenir vétérinaire ? Cette perspective ne l'emballait guère, et elle ne se gênait pas pour le faire savoir, souvent avec maladresse. Il fallait, selon elle, que Pauline connaisse d'autres cercles, qu'elle s'éloigne de celui des éleveurs : comment allait-elle trouver un mari, sinon ? Elle désirait ce qu'il y avait de mieux pour sa fille : un prétendant sérieux, aisé, promis à un brillant avenir. Elle voyait défiler au salon de coiffure des dames nanties de Reno qui avaient des fils, des petits-fils et des neveux à caser. C'était ce monde-là que Pauline devait se mettre à fréquenter. Elle allait bientôt avoir dix-huit ans, c'était maintenant que tout se jouait. Sinon, elle pourrait bien rester sur le carreau, devenir une vieille fille dont personne ne voudrait. Il fallait qu'elle se coiffe mieux, qu'elle se maquille avec plus de soin, et il y avait autre chose dans la vie que des balades sur des mustangs, enfin !

Pauline était exaspérée par les sermons de sa mère. Elle avait l'impression d'être une marchandise qu'on allait céder au plus offrant. Mais elle était trop timide, trop bien élevée pour riposter. Seul le regard compatissant de Doug la réconfortait. De temps en temps, il demandait à sa femme de changer de sujet, même quand Marcelle protestait que c'était pour le bien de sa fille.

Un soir où le bourbon avait trop coulé, Marcelle lâcha qu'il faudrait que Pauline fréquente un homme comme ce Kendall Spencer, le directeur adjoint du Mapes Hotel ; c'était un type comme celui-là qu'il fallait à sa fille : beau, bien habillé, dix ans de plus qu'elle, un bon poste.

— Et pas un palefrenier de rien du tout, ajouta-t-elle, la bouche dédaigneuse.

— Bon, ça suffit, Marcelle !

Doug élevait rarement la voix, mais lorsqu'il le faisait, c'était efficace. Marcelle se tut.

Quelques semaines plus tard, après Thanksgiving, Doug leur apprit que le dimanche suivant, il prévoyait de livrer une voiture qu'il venait de réparer à un client du Mapes.

— Pauline peut t'aider, dit vivement Marcelle.

La jeune fille se doutait bien où sa mère voulait en venir, mais garda le silence.

— Comment donc ? demanda Doug. Je dois conduire la voiture du bonhomme directement du garage à Virginia Street.

— Eh bien, Pauline peut t'emmener à Sparks dans la Buick, te suivre au Mapes, t'y attendre et te ramener à la maison.

Doug rigola. Sa petite femme était bien maligne ! Il l'embrassa sur le front. Pauline comprit qu'il n'avait aucune idée de ce que sa « petite femme » tramait. Le dimanche, Pauline était sur le point de sortir, vêtue d'un fuseau, de mocassins et d'un pull, mais sa mère la fit revenir en lui disant qu'elle allait devoir s'habiller mieux que ça. Marcelle choisit une jupe en laine qu'elle portait uniquement lors des grandes occasions, un twin-set vert émeraude et des chaussures à talons hauts.

— Pourquoi Pauline se pomponne-t-elle ? demanda Jimmy.

— Elle va au Mapes, répondit Marcelle en donnant un coup de peigne aux cheveux de sa fille et en les attachant avec habileté. Il faut être chic quand on va au Mapes.

Pauline renâclait devant les escarpins et Marcelle l'autorisa finalement à porter ses ballerines noires. Pendant le trajet, Doug dit que la livraison de la voiture au Mapes ne prendrait qu'une dizaine de minutes. Elle pourrait attendre dans le lobby, il serait là en un rien de temps.

Elle trouva le Mapes aussi grandiose que lors de sa première visite, l'été dernier. Peut-être que cela avait quelque chose à voir avec le parfum qui y régnait : l'odeur de l'argent, des habits élégants, des bagages de luxe. On était fin novembre, mais un sapin de Noël trônait déjà, orné de décorations scintillantes. Mal à l'aise, en lambinant sous les regards concupiscents des grooms, elle maudissait sa mère de l'avoir apprêtée comme une vache de concours. Elle passa devant la fleuriste, une gentille femme à lunettes qui lui demanda si elle avait besoin de quelque chose, puis devant le barbier occupé à raser un client et le salon de beauté, où une brochette de dames se faisaient faire les ongles.

226

— Vous n'avez pas besoin du salon de beauté, vous êtes déjà assez jolie comme ça.

Elle avait repéré son after-shave à la menthe avant même d'avoir entendu sa voix. Kendall Spencer n'était pas un homme de haute taille, mais l'intensité qui émanait de lui le faisait paraître plus grand qu'il n'était.

— Vous attendez quelqu'un, peut-être ?

— Oui, mon beau-père. Il a rendez-vous au Mapes.

— Je suis heureux de vous revoir, depuis la Sky Room. Vous portiez une robe verte ce soir-là, me semble-t-il. Qui vous allait très bien.

Il ne parlait plus, l'observant avec un sourire à la fois aimable et gourmand ; elle le trouva beau, avec ses traits fins, ses yeux clairs, sa bouche aux lèvres minces. Il était jeune encore, à peine trente ans, et de cette apparence soignée émanait un pouvoir ténébreux qui la troublait. Il était à la fois séduisant et dangereux, et elle n'avait jamais eu affaire à un homme dans son genre : son petit ami n'avait que dix-sept ans et peu d'expérience dans tous les domaines, à part le fait d'être un excellent cavalier.

— Rappelez-moi votre prénom.

— Pauline.

— Vous êtes belle, Pauline.

Elle n'avait pas l'habitude de ce genre de compliment.

— Vous êtes encore plus adorable lorsque vous rougissez ainsi. Quel âge avez-vous ?

Pour une raison qu'elle ignorait, elle répondit qu'elle allait avoir vingt ans au début de l'année prochaine. Impossible de lui dire qu'à l'heure actuelle, elle n'avait que dix-sept ans.

— Une visite privée du Mapes vous ferait-elle plaisir ? demanda-t-il. J'ai un emploi du temps chargé, mais je serais heureux de vous montrer les lieux. C'est un endroit à part, comme vous le savez sûrement.

Pauline se retrouva en train de hocher la tête, de dire que cela lui plairait, en effet, alors qu'une voix intérieure lui demandait ce qu'elle fichait.

Doug survint et évalua aussitôt la situation. Une visite du Mapes ? C'était bien aimable, vraiment. Une autre fois, peut-être. Ils devaient rentrer. Marcelle était aux fourneaux à cuisiner son ragoût. Ah, la charmante épouse parisienne ? Kendall se souvenait également d'elle.

— Et votre nom de famille est… ? demanda-t-il à Doug.

— Nous sommes les Hammond, répondit Doug avec une touche de fierté.

— Vous êtes de Reno ?

— C'est exact. Depuis plusieurs générations maintenant. Du côté de Washington Street.

Pauline vit la façon dont Kendall observait sa salopette crasseuse. Il n'y avait aucun mépris dans son regard, seulement une légère pitié.

— Eh bien, je serais ravi de donner aux Hammond une belle occasion de revenir au Mapes.

228

Il se déclara entièrement à leur disposition, en précisant qu'il ne proposait pas cela à tous les clients, seulement à ceux qu'il appréciait particulièrement. Il tendit sa carte à Doug, qui l'empocha avec un signe de la tête.

Quand ils rentrèrent à la maison, Doug mentionna la rencontre avec Kendall Spencer, disant qu'il avait été amical, et ce fut tout. Il jeta discrètement la carte de visite, et Pauline n'ajouta rien. Elle n'allait pas révéler à sa mère qu'elle n'avait pas laissé Kendall indifférent, ni reconnaître qu'elle se sentait flattée. Billie-Pearl fut la seule personne à qui elle raconta la scène. En toute franchise, elle ne s'attendait pas à avoir des nouvelles de Mr. Spencer.

Mais quelques jours plus tard, lors du dîner, le téléphone se mit à sonner. Marcelle répondit. C'était l'assistante de Kendall Spencer : Mr. Spencer souhaitait les inviter en famille au Mapes, pour une visite de l'hôtel. Comment les avait-il trouvés ? se demanda Pauline. Et elle se souvint que Doug avait mentionné Washington Street. Leur numéro et leur adresse étaient dans l'annuaire. Marcelle exultait : son plan avait marché. Sa fille avait accroché le regard du directeur adjoint, ce beau jeune homme prometteur. Elle accepta l'invitation, un mercredi soir après le travail et l'école. Jimmy était emballé à l'idée de découvrir l'envers du décor de cet hôtel prestigieux. Il n'y avait que Doug qui demeurait circonspect.

Leur visite du Mapes Hotel fut captivante et Kendall les impressionna tous, même Doug. Il semblait avoir réponse à tout. Il commença par leur apprendre que l'hôtel avait été imaginé par la famille Mapes dans les années quarante, inspiré du Chrysler Building de New York. Son patron, Charles Mapes Junior, l'actuel directeur, veillait à ce que les équipes de l'hôtel soient composées de natifs du Nevada. Lors de la construction, il y avait dix ans, aucune dépense n'avait été épargnée, de l'utilisation de tuiles en céramique authentique aux garnitures de tuyauterie en chrome et inox véritables, sans oublier l'électroménager de pointe. Mais les prix restaient raisonnables, leur dit-il, afin que ce confort puisse demeurer à la portée de tous.

Pauline constata à quel point Kendall était aux petits soins pour Jimmy et Marcelle, et à quelle vitesse ces derniers tombèrent sous son charme. Oui, il avait un certain magnétisme, elle devait l'admettre. Ils débutèrent la visite par les trois gigantesques cuisines du rez-de-chaussée, où le chef et le sous-chef travaillaient déjà d'arrache-pied avec leurs équipes en s'activant au dîner, non seulement pour la Sky Room, qui pouvait accueillir deux cent cinquante couverts, mais aussi pour la Coach Room et le Coffee Shop, sans oublier le service d'étage pour les clients qui souhaitaient prendre leurs repas dans l'intimité de leur chambre. Jimmy reçut une pomme d'amour sur un bâtonnet. Ils visitèrent ensuite la salle des chaudières, où des ouvriers surveillaient conduits et cuves ; les buanderies, où ils n'avaient jamais vu autant de machines à laver et de sèche-linge tourner en même temps, puis ils saluèrent les téléphonistes face à leur standard, chacune dans sa cabine.

Ils descendirent au casino, un tout autre monde, avec une moquette à damier, un plafond à dorures, des piliers en miroir, où ils furent accueillis par des fumées de cigare et des relents de spiritueux, tandis que les clients affluaient autour des tables pour tenter leur chance aux jeux de hasard, au black-jack et à la roulette. Un vigile repéra Jimmy et se précipita vers lui, car les enfants n'étaient pas autorisés à entrer, mais Kendall lui fit un signe de la main pour l'écarter, et il recula respectueusement. Ils jetèrent aussi un coup d'œil aux principaux coffres-forts, que Kendall dit n'avoir encore montrés à personne, pas même aux clients importants.

Tout le long de leur visite du Mapes, Kendall Spencer fut salué avec déférence. Ses yeux, toujours en mouvement, examinaient chaque détail, chaque position de l'équipe, et parfois des regards anxieux se tournaient vers lui, remarqua Pauline, comme si certains membres du personnel le craignaient. Il se déplaçait vite et en silence, d'une manière féline, lissant ses cheveux en arrière, un léger sourire aux lèvres. À l'intérieur de ces murs, c'était un homme de pouvoir, et il en avait pleinement conscience.

Alors qu'il prenait congé de la famille Hammond, il saisit la main de Marcelle et la porta à ses lèvres d'une manière un peu trop appuyée.

— Vous avez une fille superbe, Mrs. Hammond. Et je vois de qui elle tient sa beauté.

Juste avant Noël, Pauline faisait des achats de dernière minute à l'heure du déjeuner sur West Second Street au Byington Building, dans l'une des boutiques préférées de Marcelle : The Parisian Dress Shoppe. La vendeuse ne parlait pas un mot de français, mais les vêtements venaient de France : c'était écrit sur les étiquettes. Pauline choisit un carré en soie fuchsia que la dame emballait pour elle lorsque la cloche du magasin tinta, et un parfum familier se fraya un chemin jusqu'à elle.

— Tiens, tiens... Ne serait-ce pas cette jolie Frenchie... ?

C'était lui, emmitouflé dans un caban bien coupé, un chapeau de feutre posé avec désinvolture sur ses cheveux blonds.

— Bonjour, Mr. Spencer, lança la vendeuse. Il commence à faire frisquet, n'est-ce pas ?

Kendall Spencer était à la recherche d'un cadeau pour sa tante. Il se laissa tenter par un carré similaire à celui que Pauline venait d'acheter.

— Que diriez-vous d'un bon chocolat chaud au Coffee Shop ? dit-il, quand ils sortirent un peu plus tard dans le froid.

Le Mapes était au coin de la rue. Il la regardait attentivement, avec le même petit sourire, et elle sentit qu'elle ne pouvait pas refuser. Cela ne prendrait pas bien longtemps, après tout, l'affaire d'une demi-heure, et c'était agréable d'envisager un moment dans le confort luxueux du Mapes, en compagnie d'un homme à qui elle plaisait. Personne ne l'avait jusqu'alors observée ainsi ; elle ne savait pas si elle y prenait du plaisir ou non : elle avait l'impression de se trouver nue devant lui. Mais elle se disait aussi que sa mère serait fière que sa fille puisse intéresser un homme tel que lui. Kendall Spencer était le gendre idéal aux yeux de Marcelle. Il semblait poli, attentionné et raffiné, pas comme ces éleveurs éméchés qui sifflaient sur leur passage, à Billie-Pearl et à elle. Il lui tint la porte, la laissa entrer dans le Mapes devant lui, et Pauline vit encore une fois les regards des équipes lancés vers lui. Le patron était de retour.

Elle faisait de son mieux pour ne pas laisser paraître sa nervosité, mais ses doigts tremblaient en tenant sa tasse de chocolat chaud. Kendall lui posait des questions et elle répondait timidement. Oui, elle était en vacances. Un moment familial qu'elle appréciait. Sa passion ? Les chevaux. Elle montait dans un ranch près de Wadsworth, avec sa meilleure amie. Oui, en effet, elle était française, née à Paris, mais elle possédait désormais la nationalité américaine et elle avait grandi ici. Paris lui semblait loin. Et avait-elle un travail ? Faisait-elle des études ? Elle se rappela, paniquée, qu'elle était censée avoir presque vingt ans, puisqu'elle avait menti sur son âge. Impossible de lui avouer qu'elle était encore au lycée, alors elle bégaya qu'elle suivait des études de français à l'université de Reno. Il parla à son tour de sa famille, implantée au Nevada depuis fort longtemps, et de son travail, qui le passionnait. Sa fonction était prenante, car le directeur se déplaçait fréquemment, et Kendall devait tout prendre en charge en son absence. Cet hôtel était immense, elle avait pu le constater, et il y avait mille détails à régler, d'incessants problèmes à résoudre. Ça n'arrêtait pas ! Elle l'écoutait avec plaisir ; sa voix était douce, mais légèrement inquiétante, comme si sa délicatesse dissimulait une face plus obscure.

Au moment de partir, il lui dit :

— Il me semble que je ne vous ai pas montré mon bureau lors de votre dernière visite en famille. C'est le plus grand du Mapes, encore plus grand que celui du directeur !

Pauline hésitait. Cela prendrait à peine quelques minutes, se dit-elle.

— C'est tout près, au deuxième étage. Je vous présenterai mon équipe, elle est formidable. Venez donc !

Elle le suivit dans l'ascenseur, curieuse de voir où il travaillait, mais lorsqu'ils arrivèrent, les lieux étaient déserts. Ah oui, la pause déjeuner, il l'avait oubliée. Les présentations seraient pour une autre fois, n'est-ce pas ?

— Et voilà mon antre, fit-il en ouvrant la double porte qui donnait sur une grande pièce aux tons café et rouille, et au sol revêtu d'une moquette criarde.

Pauline vit des étagères remplies de trophées et de coupes sportives, un bureau d'angle en teck et deux canapés en cuir.

Elle entra, son manteau sur le bras ; Kendall le saisit, l'accrocha à une patère avec le sien.

Il y eut un silence.

Elle regarda par la fenêtre, vers Virginia Street recouverte d'une fine couche de neige, où les passants se bousculaient, chargés de paquets-cadeaux.

Et Commander apparut subitement à ses côtés, comme s'il se plaçait en barrière protectrice entre elle et le jeune homme qui s'approchait lentement, un doux sourire aux lèvres.

Septembre 1960
Reno, Nevada

Pauline se changeait dans les vestiaires du sous-sol lorsque Mildred Jones entra de façon précipitée.

— Elle est de retour ! lança-t-elle laconiquement, avant de s'en aller tout aussi vite, mais Pauline comprit parfaitement de qui il s'agissait.

Mrs. Miller avait été absente dix jours, et chaque matin avait apporté son lot de commérages. Son échappée mystérieuse à Los Angeles avait alimenté les rumeurs les plus folles : on murmurait qu'elle avait été admise à la clinique de Westside pour dépression, d'autres sources prétendaient qu'elle avait tenté de voir Montand une dernière fois au Beverly Hills Hotel, après l'interview de ce dernier par la chroniqueuse mondaine Hedda Hopper, du *Los Angeles Times*, et qu'il avait cavalièrement comparé les sentiments de Marilyn Monroe à son égard à un simple béguin de lycéenne. Mais le lendemain, Pauline entendit dire que Mrs. Miller allait mieux, qu'elle avait consulté son psychiatre, le docteur Greenson, qu'elle s'était fait décolorer les cheveux par sa coiffeuse, la loyale Pearl Porterfield, et pour finir, on lui raconta que l'actrice était même partie quelques jours à San Francisco pour retrouver des amis. Un autre bruit courait : Marilyn aurait été désignée comme bouc émissaire et ses problèmes personnels auraient été exagérés afin de dissimuler que Huston était incapable de tenir son budget. C'était devenu impossible de démêler le vrai du faux. Pendant cette interruption, Clark Gable en avait profité pour rentrer chez lui à Encino, Montgomery Clift à New York, et John Huston défrayait la chronique avec son incontrôlable addiction au jeu : Pauline avait su qu'il passait ses nuits au casino et que ses pertes devenaient démesurées. Tous se faisaient la réflexion qu'à ce rythme, le film ne serait jamais achevé.

Ce matin-là, alors que Pauline se dirigeait vers le Mapes, elle vit des déménageurs porter un lit imposant vers le lobby de l'hôtel. Les gars de la réception étaient pliés en quatre et Pauline leur demanda ce qui se passait. Apparemment, le sommeil de Montgomery Clift était si exécrable qu'il n'avait pas hésité à faire venir son propre lit de Manhattan à Reno, presque six mille kilomètres, tout de même !

Lorsque Pauline arriva dans la suite 614, Mrs. Miller était debout dans le salon, en grande conversation avec Rafe. Pieds nus, elle portait un pantalon blanc et un chemisier crème, et Pauline remarqua que son teint semblait plus lumineux, que ses cheveux avaient retrouvé leur blond platine, sans racines plus foncées, et qu'elle paraissait plus mince. Mrs. Miller racontait à son masseur qu'elle avait reçu un accueil formidable à l'aéroport de Reno lors de son arrivée la veille et que cela lui avait fait chaud au cœur.

— Bonjour, fit Pauline, en s'adressant à l'un et l'autre, puis ajoutant : Bienvenue, Mrs. Miller, contente de vous revoir.

— Voilà notre jolie Pauline ! Bonjour ! dit Mrs. Miller en français, ce qui fit sourire la jeune femme.

Mrs. Miller poursuivit sa conversation avec Rafe tandis que Pauline se mettait au travail. Elle lui assura que les choses allaient être différentes désormais, car elle avait réglé certains problèmes et se sentait plus forte. Elle allait repartir du bon pied, car elle avait fait le plein d'énergie pendant son bref séjour en Californie. Elle ajouta qu'il y avait quand même encore des soucis et qu'il fallait surtout achever ce fichu long métrage. Rafe évoqua la courte apparition qu'il y faisait en tant qu'ambulancier après la scène du rodéo. Il était curieux de voir ce que cela donnerait à l'écran, et Mrs. Miller le taquina en lui disant que la véritable vedette du film, c'était lui.

La sonnette de la porte tinta et ce fut comme au bon vieux temps : Whitey et Agnes débarquèrent, ravis de revoir Mrs. Miller, et May arriva à son tour avec le courrier du jour. Tout le monde discutait gaiement pendant que Pauline faisait le ménage.

Tout à coup, une porte communicante s'ouvrit et Mrs. Strasberg apparut comme par magie, faisant sursauter et rire tout le monde. Elle dormait à présent dans une chambre adjacente à la suite 614.

— Je me suis débarrassée du roi des ronchons ! clama Mrs. Miller. J'ai gagné au change avec Paula.

— Certes, ma chérie, mais n'oublie pas que nous avons un film à terminer, dit Mrs. Strasberg. Souviens-toi que le roi des ronchons sera quand même sur le plateau.

Pauline écoutait les conversations tout en passant son plumeau sur les meubles. Elle se sentait à l'aise avec ce petit groupe qu'elle avait appris à connaître. On frappa au battant et elle alla ouvrir. Mildred Jones se tenait là avec Harper, l'une des femmes de ménage. Elle lui demanda de venir dans le couloir.

— Il faut que vous alliez chercher votre fille. Harper prendra le relais.

Pauline se sentit pâlir.

— Il est arrivé quelque chose à Lily ? demanda-t-elle d'une voix blanche.

— Non, ne vous en faites pas, elle va bien. La mère de Mrs. Abigail a eu une attaque. Elle doit se rendre à son chevet sur-le-champ. J'expliquerai la situation à la secrétaire de Mrs. Miller. Je ne rentrerai pas dans les détails. Allez-y.

Pauline savait qu'elle ne pouvait pas se retourner pour saluer la joyeuse clique, comme l'appelait Mrs. Miller. Elle ressentit une pointe de tristesse en partant, et un peu de jalousie aussi, en pensant qu'Harper allait se mêler à eux. Dans les vestiaires, elle remit ses vêtements et courut vers Pickard Street.

— Et voilà que je t'ai pour moi toute seule, ma Lily, chantonna-t-elle en prenant sa fille dans ses bras.

Elle passa le reste de la journée à la maison à jouer avec Lily, à lui fredonner ses berceuses préférées et à lui faire des gâteaux. Plus tard, Mrs. Abigail lui téléphona pour lui apprendre que sa mère était à l'hôpital, qu'elle s'en tirerait, et que Pauline pourrait déposer Lily chez elle le lendemain dans la matinée, comme d'habitude.

Le matin suivant, Pauline était de retour au travail dans la suite 614. Mrs. Strasberg était déjà réveillée, vêtue d'un kimono noir, à boire du café dans le salon. Elle relisait le scénario, et Pauline ne la dérangea pas, la saluant de loin.

Lorsque Mrs. Miller sortit de sa chambre, il était évident qu'elle avait mal dormi : son visage était à nouveau gonflé et blafard. Pauline crut qu'elle allait passer devant elle sans la voir, mais elle s'arrêta pour lui parler.

— Tout va bien, Pauline ? Mrs. Jones nous a dit que vous aviez eu un problème familial.

Pour une fois, elle n'était pas nue et portait une nuisette courte qui dévoilait ses jambes galbées.

— Merci, Mrs. Miller. Tout est réglé. C'était la nourrice de ma fille.

Les yeux de Mrs. Miller s'arrondirent.

— Votre *fille* ?

Pauline se mordit les lèvres. Trop tard. Elle hocha la tête, embarrassée.

— Vous avez une fille ?

— Oui, s'étrangla Pauline.

— Et pas de mari ?

— En effet. Une fille, et pas de mari.

Les yeux de Mrs. Miller, d'un bleu-gris singulier, changeaient au gré de la lumière et des vêtements qu'elle portait. Ce matin-là, ils étaient d'une couleur indéfinissable : deux petits lagons noyés de brume.

— Comment s'appelle votre fille ?

— Lily.

— Quel âge a-t-elle ?

— Trois ans.

— Donc vous aviez…

— Dix-huit ans.

— Vous êtes maman…

Mrs. Miller semblait émue. Elle effleura la joue de Pauline d'un geste tendre. Elle lui dit qu'elle voulait absolument rencontrer Lily, faire sa connaissance. Elle adorait les enfants ; cela lui ferait tellement plaisir. Lily aimait-elle les poupées, d'autres jouets en particulier ? Elle tenait à lui offrir un cadeau. Elle avait follement envie de la voir ! Rien que quelques instants. Ce serait si merveilleux.

Pauline restait sans voix. Elle ne savait pas comment réagir à une pareille demande. Présenter sa fille à Marilyn Monroe ? Mais lorsque Mrs. Miller partit faire sa toilette dans la salle de bains, Mrs. Strasberg, qui n'avait rien raté de l'échange, lui confirma que l'actrice adorait les enfants. Elle n'avait pas encore pu en avoir. Tout était compliqué, ajouta la professeure, pudiquement. Marilyn était d'une grande gentillesse envers sa propre fille, Susan, qui avait l'âge de Pauline.

— Venez avec votre fille, un matin. Ça illuminera sa journée, et elle en a bien besoin, croyez-moi.

Pauline se souvenait d'avoir lu des articles dans les revues de sa mère sur les fausses couches de l'actrice. Elle dit à Mrs. Strasberg qu'elle ne savait pas comment faire : débarquer avec Lily tout simplement ? Elle craignait la réaction de sa supérieure. Mrs. Jones n'était pas commode.

— Je m'occuperai de Mrs. Jones. Nous vous attendrons avec Lily demain. Vous donnerez tant de bonheur à Marilyn.

Le lendemain, Mrs. Sheldon, la voisine qui les emmenait chaque matin à Virginia Street, remarqua que Lily portait une jolie robe.

— C'est pour rencontrer une amie de maman, dit la petite. C'est ma plus belle tenue.

— Une amie ? demanda Mrs. Sheldon, sous le charme de l'enfant.

— Une dame du Mapes Hotel, répondit Lily avec sérieux.

Marcelle dormait encore lorsqu'elles étaient parties et elle n'avait pas pu voir que Lily portait sa robe blanche et rose avec des dentelles, sinon elle aussi aurait posé des questions.

— Tu es bien jolie, Lily, vraiment. Ta maman peut être fière de toi.

Fort heureusement, elle n'évoqua pas le père de Lily. Pauline priait pour qu'elles ne tombent pas sur lui au Mapes, mais il était tôt : Kendall n'arrivait pas avant neuf heures trente au moins. Elles avaient encore un peu de temps. Pauline décida d'éviter l'entrée du personnel, ne souhaitant pas rencontrer ses collègues. Elle ne portait pas son uniforme non plus : elle se changerait plus tard.

Mais lorsque Pauline et Lily pénétrèrent dans le lobby, les yeux de toute l'équipe étaient rivés sur elles. Les sourires étaient cependant empreints d'une gentillesse sincère, nota Pauline en dirigeant sa fille vers les ascenseurs. Elle se rendit compte qu'elle n'avait jamais emmené Lily ici. L'enfant semblait ébahie par les dimensions des lieux. Pauline se préparait à affronter l'expression désapprobatrice de Mildred Jones, mais cette dernière s'était volatilisée. Dans la cabine, Casper fit rire Lily en faisant tournoyer sa toque rouge et carrée.

— C'est ta petite ? demanda-t-il, alors que tout le monde ici était au courant de la situation.

— Oui, c'est ma fille, répondit Pauline fièrement.

Cela lui parut bizarre de devoir sonner à la suite 614 au lieu d'utiliser sa clé. Mrs. Strasberg lui ouvrit avec le sourire.

— Eh bien, je vois qu'une jeune princesse est venue nous rendre visite. Nous avons bien de la chance.

Et, d'un coup, la joyeuse clique au complet les accueillit de la façon la plus chaleureuse. Pauline craignit que sa fille soit intimidée par autant d'attention, mais elle semblait y prendre plaisir. Ils se dirigèrent vers le salon, et Agnes offrit à Pauline une tasse de café.

— Où est la dame ? ton amie ? demanda Lily à sa mère.

— Je pense qu'il s'agit de moi, dit Mrs. Miller. Bonjour, Lily. Je suis bien contente de faire ta connaissance.

Elle s'agenouilla sur la moquette pour être à la hauteur de l'enfant, lui disant que c'était très gentil de sa part d'être venue. Quelle robe magnifique ! Le rose et le blanc étaient aussi ses couleurs préférées.

Mrs. Miller et Lily faisaient connaissance en conversant toutes les deux. Le cadeau était une délicate maison de poupée et May glissa à Pauline que Mrs. Miller avait appelé le magasin de jouets en personne pour la choisir elle-même. Pauline observait sa fille qui, émerveillée, touchait la petite structure en bois, les meubles miniatures, les étoffes et les minuscules tapis. Se rappellerait-elle ces instants ? se demanda-t-elle en voyant les jolis doigts fins de Mrs. Miller effleurer ceux de Lily. L'enfant n'avait que trois ans. Mais la maison de poupée, elle, allait durer ; elle resterait dans la chambre de Lily comme la preuve de cette rencontre.

La lumière du matin, moins violente en septembre, illuminait un bouquet de roses blanches posé sur la table. À les contempler toutes les deux, on aurait dit une mère et sa fille, pensa Pauline. Elle lisait la même chose dans le regard des autres. Pourquoi était-ce si difficile pour Mrs. Miller de mener une grossesse à terme ? Pauline espérait qu'elle parviendrait un jour à mettre un enfant au monde, puis elle se rappela les tensions qui régnaient dans le couple.

— Ça te plaît ? dit Mrs. Miller.

Lily hocha la tête.

— Dis merci, ma Lily, chuchota Pauline.

— Merci, madame, fit la petite.

— Oh, ma chérie, tu peux m'appeler Marilyn.

— Merci, Marilyn.

— Tu accepterais que je te fasse un câlin ?

De nouveau, Lily hocha la tête.

Mrs. Miller l'entoura doucement de ses bras et ferma les yeux. Le silence se fit. La tristesse sur son visage était si flagrante que Pauline dut regarder ailleurs.

— Ma chère, nous devons nous activer, dit Mrs. Strasberg avec une certaine fermeté. Whitey et Agnes doivent commencer.

Mrs. Miller, les larmes aux yeux, se détacha de l'enfant.

— Pourquoi tu pleures ? demanda Lily.

Mrs. Miller se força à sourire. Pleurer ? Elle ? Mais pas du tout ! Elle devait tout simplement se mettre au travail, et sa maman aussi, d'ailleurs. Tout le monde devait s'y mettre.

Lily tenait la petite maison sur sa poitrine.

— C'est à moi. Seulement à moi.

— Oui, dit Mrs. Miller. Seulement à toi. Et personne ne te la prendra.

Mrs. Miller entraîna Pauline à part pendant que les autres disaient au revoir à la fillette. Elle tenait à la remercier d'avoir amené Lily, et Pauline lui répondit qu'elle avait été heureuse de le faire.

Puis Mrs. Miller demanda :

— Mon chou, vous n'êtes pas obligée de me répondre, mais quelle est la situation avec son papa ?

Pauline se sentit rougir, mais sut maintenir son bégaiement à distance. Elle lui dit que le papa de Lily était marié et père de famille. Voilà la situation.

— Je vois, dit Mrs. Miller. Et il vous aide ? Il vous donne de l'argent ?

— Oui, de temps en temps.

— Il voit sa fille ?

— Pas souvent. Sa femme est jalouse. Apparemment.

Mrs. Miller leva ses sourcils.

— Il est de Reno ?

— Oui. Et vous l'avez déjà rencontré.

— Ah bon ?

Pauline jeta un coup d'œil vers sa fille, qui se faisait cajoler par Agnes. Pourquoi racontait-elle tout cela à Mrs. Miller ? Parce qu'elle lui faisait confiance.

— Il s'appelle Kendall Spencer. C'est le directeur adjoint du Mapes. Vous l'avez vu la nuit de la panne géante, dans la Sky Room.

Mrs. Miller dit qu'elle se souvenait clairement de lui.

— Il a reconnu l'enfant ?

— Non. Lily porte mon nom.

— Il vous cause du tracas, Pauline ?

La jeune femme se tut.

Mrs. Miller lui dit qu'il y avait des hommes qui restaient des sales types, même s'ils se pavanaient dans de beaux costumes. Ils se comportaient mal avec les jeunes femmes. Pauline n'avait pas besoin d'expliquer, mais elle devait savoir une chose : il fallait apprendre à leur tenir tête, elle devait s'affirmer, même si ce n'était pas facile, c'était la seule façon de faire. Elle en savait quelque chose. Elle en avait supporté, des situations sordides, de la part des hommes.

Pauline sentit la main de Mrs. Miller lui agripper le bras.

— Ne vous laissez plus faire, mon chou. Promettez-le-moi.

— Je vous le promets, Mrs. Miller.

— Oh ! Ça suffit avec « Mrs. Miller ». S'il vous plaît, appelez-moi Marilyn.

Le tournage avait repris, avec plus ou moins de fluidité. Il y avait des jours où Pauline ne croisait aucun membre de la joyeuse clique : tout le monde était sur le plateau, mais les caprices de la météo, les aléas des transports faisaient qu'elle tombait souvent sur Marilyn, Mrs. Strasberg et le reste de la bande. Maintenant qu'elle nettoyait aussi la chambre attenante de la professeure, qui laissait sa porte entrebâillée, Pauline

entendait involontairement les conversations téléphoniques matinales de cette dernière avec son mari
Lee et sa fille Susan, et ce fut ainsi qu'elle apprit que
Kay Gable attendait un enfant, le premier du couple.
Mrs. Strasberg semblait inquiète pour Clark, qui
allait sur ses soixante ans et dont plusieurs scènes à
venir comportaient des cascades éprouvantes. Elle
ne trouvait pas l'acteur au mieux de sa forme, mais
personne, selon elle, ne paraissait au mieux de sa
forme pendant ce tournage si particulier. Parfois, des
petits miracles avaient lieu, confia-t-elle à son époux,
comme ce long dialogue entre Roslyn et Perce filmé
à l'arrière d'un bar, dans un décor de bric-à-brac et
de canettes vides, avec des vaporisations d'insecticide
pour éloigner les mouches : Marilyn et Montgomery
Clift avaient été tout simplement prodigieux. Huston
redoutait pourtant cette scène, à cause de Marilyn,
qui savonnait sans cesse son texte, et de la vulnérabilité de Monty, mais ils n'avaient eu besoin que de
trois prises, et toutes les personnes présentes avaient
été renversées par la sincérité des échanges entre les
deux acteurs.

Les conversations de Mrs. Strasberg se révélaient
aussi intéressantes que les potins de la cantine, mais
Pauline gardait pour elle tout ce qu'elle entendait.
Elle avait fini par confier à Billie-Pearl le secret de
son amitié avec Marilyn, le bonheur qu'elle en tirait,
lui disant qu'elle lui avait parlé du père de Lily et que
l'actrice lui avait donné des conseils, que Billie-Pearl
approuvait totalement. Ces mots ne l'avaient pas

quittée, et lorsqu'elle avait croisé Kendall quelques jours plus tard, elle ne s'était pas soumise à sa convocation l'invitant à se rendre dans son bureau, lui rétorquant poliment qu'elle n'avait pas le temps pour une partie de jambes en l'air. Incrédule, il avait essayé de lui empoigner le bras tandis qu'elle s'éloignait.

— Lâche-moi, avait-elle ordonné en haussant la voix.

Kendall avait tenté une autre tactique :

— Tu sais combien je t'adore ! Combien je vous adore, toi et Lily !

— Va répéter ça à ta femme, avait répliqué Pauline d'un ton sec, en tirant une certaine délectation du râle qu'il avait émis.

— Tu lui as vraiment balancé ça ? dit Billie-Pearl, admirative.

— Vraiment.

— Elle en a fait du chemin, la miss.

Billie-Pearl voulait en savoir plus sur Marilyn : son caractère, ses petites manies, mais Pauline tenait à ne pas trahir cette amitié si précieuse. Tous les matins, elle se trouvait immergée dans la vie quotidienne de la star, à faire son lit, à ranger ses affaires, et les journalistes continuaient à essayer de la soudoyer. Elle tenait bon, alors que la plupart auraient cédé sous la pression.

— J'ai remarqué que depuis que tu travailles dans la suite 614, ton bégaiement a quasiment disparu. Et tu es devenue beaucoup plus déterminée.

Oui, Pauline avait conscience d'un changement, d'avoir enfin réussi à s'affirmer : c'était venu petit à petit, sans qu'elle s'en rende compte. Dernièrement, lorsque sa mère avait fini par repérer la maison de poupée dans la chambre des filles, elle avait demandé d'où elle venait. Lily avait répondu que c'était un cadeau de Marilyn, et Marcelle, en haussant les épaules, n'avait pas voulu le croire. D'un ton calme, Pauline avait dit à sa mère qu'il s'agissait bien d'un cadeau de l'actrice.

— Elle te connaît, alors ?

— Oui, maman, elle me connaît. Je nettoie sa suite depuis bientôt deux mois, tu le sais bien.

— Mais tu ne me racontes rien du tout ! avait dit Marcelle en se lamentant.

— Je ne raconte rien à personne parce que je la respecte.

Marcelle avait semblé au bord des larmes. Elle aurait tant aimé savoir que sa petite-fille avait passé un moment avec Marilyn, et Pauline la privait de tout cela : ce n'était pas juste. Pauline avait expliqué à sa mère qu'elle comprenait sa déception, mais que c'était ainsi : elle ne parlait pas de sa relation avec Marilyn Monroe.

— Tu en discutes avec Billie-Pearl, tout de même ? Avec tes collègues ?

— Billie-Pearl est au courant, mais elle s'intéresse davantage aux mustangs qu'aux stars de cinéma. Un peu comme moi ! Mes collègues ? Je garde le silence. Et je continuerai à le faire.

À travers la déception de Marcelle, il y avait autre chose qui pointait, une expression que Pauline avait rarement aperçue dans les yeux de sa mère lorsque celle-ci la regardait : une certaine admiration. Elle y pensait encore alors qu'elle poussait son chariot dans la suite 614. Mrs. Strasberg était au téléphone dans sa chambre en train d'annoncer à son interlocuteur qu'elle était sur le point de descendre. May, en partant, dit à Pauline que Marilyn se faisait masser. John Huston souffrait d'une bronchite, il pouvait à peine respirer, et le tournage avait été retardé. L'équipe reprendrait plus tard dans la journée. May quitta les lieux, talonnée par Mrs. Strasberg, puis Rafe s'en alla à son tour, et Pauline resta seule avec Marilyn, ce qui n'arrivait pas aussi souvent que cela, car la joyeuse clique tenait d'habitude compagnie à l'actrice, à l'écouter, la coiffer ou la maquiller.

Marilyn émergea de sa chambre, nue, se précipitant dans la salle de bains, et y resta pendant que Pauline passait l'aspirateur. Lorsqu'elle apparut à nouveau, elle portait le peignoir avec le logo du Mapes. Elle fit un signe à Pauline et retourna dans sa chambre en entamant une de ses longues conversations au téléphone.

Plus tard, Pauline dépoussiérait le salon, lorsque la voix de Marilyn la fit sursauter :

— Je me demandais…

L'actrice l'observait d'un air interrogateur, comme si elle tentait de comprendre quelque chose.

— Ne faites pas attention à moi, reprit-elle, alors que la jeune femme se figeait, incertaine de la suite de la conversation.

Puis elle s'approcha et se pencha vers le visage de Pauline.

— Vos yeux sont incroyables.

— Merci, dit Pauline en s'empourprant.

— Je me demandais donc…

— Oui ?

— Pouvez-vous venir avec moi un instant ?

Marilyn l'emmena dans sa chambre, ouvrit les rideaux et détacha les stores occultants.

— Mettez-vous là, je vous prie.

Elle installa Pauline devant la coiffeuse, la tournant vers le miroir.

— Il faut les mettre davantage en valeur, ces yeux.

— Je ne suis pas douée pour le maquillage, admit Pauline.

— Moi, je m'y connais.

Marilyn laissa échapper un petit rire, et Pauline ne put se retenir de l'accompagner. Elle semblait insouciante, heureuse, bien loin des tourments des dernières semaines. Pauline se tenait immobile, tandis que, par petites touches habiles et sûres, Marilyn lui appliquait du fond de teint, de l'ombre à paupières, du mascara, puis elle brossa les sourcils de Pauline en les redessinant. Pendant ce temps, elle fredonnait un air tout en s'extasiant sur la finesse de ses traits, ses pommettes hautes, son nez délicat. Pauline avait simplement besoin de croire en elle-même, de prendre confiance. Elle avait tant de potentiel.

— Maintenant, admirez-vous dans la glace.

Pauline y découvrit une inconnue aux grands yeux verts en amande, aux cils épais, aux fins sourcils arqués et aux lèvres pulpeuses et rouges.

— Oh ! fit-elle, prise de court.

Les doigts de Marilyn touchaient à présent sa chevelure, enlevant la barrette qui retenait sa queue-de-cheval.

— Il faut s'occuper de ça, aussi. Vous me disiez que votre maman est coiffeuse ?

— Oui, mais moi, je suis nulle en coiffure. Au désespoir de ma mère.

— Quelle belle crinière épaisse et brillante ! Je vais enrouler cette partie en hauteur, comme ça… Fixer le tout avec quelques épingles… Voilà… Un léger crêpage ici… et je vais laisser une ou deux petites mèches s'échapper sur le devant… Regardez donc !

Marilyn lui attacha aussi des créoles dorées.

— Je ne me reconnais pas, souffla Pauline.

— N'est-ce pas follement amusant ? Attendez… Je viens d'avoir une idée.

Elle ouvrit en grand sa penderie. Le vert, c'était sans hésitation la couleur de Pauline, mais elle-même n'en portait pas souvent (même si elle possédait un ravissant haut de chez Pucci, d'un ton vert clair), cependant, le noir, cela marchait toujours, le noir, c'était élégant, et Pauline allait devoir s'en souvenir :

on ne pouvait pas se tromper avec du noir, poursuivit Marilyn en choisissant une robe de cocktail près du corps avec un dos plongeant.

— Mon chou, enfilez celle-ci. Ne prenez pas cet air effrayé, il n'y a que vous et moi dans cette chambre.

Pauline, qui avait l'impression d'être embarquée dans une sorte de rêve éveillé, se retourna, ôta son uniforme et se glissa dans la robe. Celle-ci était ajustée, mais pas excessivement, et elle n'était pas trop courte non plus.

Le sourire de Marilyn irradiait tandis qu'elle la regardait.

— Spectaculaire ! Je le savais ! Oh, un instant. Minute, papillon !

Elle se précipita à nouveau vers la penderie, s'agenouilla à la recherche de chaussures.

— Je parie que vous ne portez pas souvent des talons car vous pensez que cela vous grandit trop, n'est-ce pas ?

Pauline opina.

— Vous chaussez du combien, mon chou ?

— Du 39.

— Moi, du 38, mais celles-ci pourraient vous aller, elles sont un peu larges pour moi.

Elle lui lança une paire d'escarpins blanc et noir à bride arrière, l'aida à les attacher, puis guida Pauline vers le miroir en pied.

Une étrangère se tenait là : une créature élancée, tout en sophistication, qu'elle n'avait jamais vue auparavant. Pauline était incapable d'articuler un mot. Se plantant derrière elle, Marilyn posa ses paumes sur les épaules de la jeune femme.

— Soyez fière de vous, Pauline. Rejetez vos épaules en arrière, oui, comme ça. La ligne de ce cou, quelle splendeur ! Levez le menton. Souriez : une déesse !

Dans ses yeux, brillait une étincelle mutine : elle venait d'avoir une autre idée. Une idée sensationnelle. Pauline pouvait-elle l'attendre dans le salon ? Elle en avait pour quelques minutes. Elle ajouta en lançant un bras en l'air d'un geste théâtral :

— Nous allons faire le tour du lobby avec panache. Et personne ne nous reconnaîtra. Vous verrez !

Pauline aperçut son reflet dans le miroir de l'entrée et se figea. Alors qu'elle virevoltait sur elle-même, elle se dit qu'en effet elle ressemblait vraiment à quelqu'un d'autre. À quelqu'un d'autre d'une grande élégance. C'était irréel. Mais elle était curieuse, et un peu nerveuse également : comment Marilyn espérait-elle passer inaperçue dans le hall ?

— Tout est une question d'attitude.

La voix de Marilyn venait de la chambre.

— Et de la manière dont vous allez vous mouvoir.

La femme qui jaillit de la pièce d'un pas malhabile ressemblait tellement peu à Marilyn que Pauline dut cligner des yeux. Elle se tenait avachie, vêtue d'un vieux jean, d'un chemisier informe et de sandales plates. Elle avait des cheveux courts et foncés coiffés au carré et des lunettes noires démodées.

— Bonjour ! Je suis Zelda Zonk, dit-elle d'une voix traînante en lui tendant une main molle. Ravie de vous rencontrer.

Pauline secouait la tête avec incrédulité.

— C'est vous ?… hésita-t-elle.

Marilyn montra la perruque en riant. Elle expliqua que Zelda Zonk était le surnom qu'elle s'était inventé lorsqu'elle avait déménagé à New York il y avait un peu plus de cinq ans. Elle avait découvert qu'une perruque noire et des vêtements amples la faisaient passer inaperçue, alors elle réservait souvent des billets d'avion en utilisant ce déguisement, mais elle devait marcher et parler comme Zelda Zonk, et non comme Marilyn Monroe, et le fait d'être une actrice rendait cette partie facile.

— C'est ce que nous allons faire avec vous, mon chou. Vous devez apprendre à bouger comme la nouvelle personne que vous voyez dans cette glace.

— Je ne sais pas comment faire, murmura Pauline. J'en suis bien incapable.

— Bien sûr que vous en êtes capable. Regardez.

Marilyn glissa à travers la pièce en balançant le bassin. Cela demanderait un peu d'entraînement, prévint-elle, surtout avec des talons. Pauline devait s'imaginer qu'elle était aussi gracieuse qu'Audrey Hepburn dans un de ses films, comme *Sabrina* ou *Vacances romaines* : oui, il fallait qu'elle se voie comme un cygne, à la manière d'Audrey, avec la même classe, la même prestance. Elle prit la main de Pauline et la fit marcher encore et encore jusqu'à ce qu'elle maîtrise l'oscillation de ses hanches en gardant la tête bien droite. Ce n'était pas facile, mais elle fit de son mieux et, au bout d'un moment, elle sut se tenir comme Marilyn le lui demandait.

— Zelda et Audrey vont maintenant descendre dans le hall.

Pauline tremblait d'appréhension en regardant Marilyn nouer un foulard sur sa perruque brune et lui tendre une paire de fines lunettes noires et des gants de velours.

— La touche finale ! N'oubliez pas, tout ça, c'est dans la tête.

Dans l'ascenseur, Marilyn s'affala contre la cloison et mâcha bruyamment son chewing-gum en inspectant ses ongles. Casper n'était pas de service et Pauline se sentit soulagée. Le type qui travaillait aujourd'hui était plus âgé et paraissait à moitié endormi.

Quand elles arrivèrent au rez-de-chaussée, le hall était bondé, comme d'habitude, et Pauline entendit les bruits et les éclats de voix avant même que les portes ne s'ouvrent. Marilyn lui prit le bras et la guida en passant devant la boutique de fleurs et le salon de beauté.

— Vous êtes belle. Regardez-les, ils sont tous sous votre charme.

Partout où elles passaient, les gens se retournaient pour admirer Pauline, et elle ne parvenait pas à s'habituer à ce nouveau pouvoir, qu'elle n'avait jamais possédé. La fleuriste inclina la tête comme si elle avait affaire à une princesse, et les clientes du salon de beauté semblaient hypnotisées. Fern, qui aspirait le tapis, recula pour leur laisser place, le regard rivé sur la robe noire, et les valets, les chasseurs et le personnel de la réception, tout en restant courtois, ne pouvaient la quitter des yeux. Lincoln marmonna quelque chose à l'oreille d'Ernesto, que Pauline entendit : « Vise un peu le canon ! »

Pendant ce temps, personne n'accorda un regard à Zelda Zonk, et Pauline n'en revenait pas.

— Allons dehors ! Juste une minute ou deux.

— Mais…, commença Pauline.

— C'est loin d'ici, le salon de votre maman ?

— Pourquoi ?

— Mon chou, elle ne me reconnaîtra pas, mais vous, peut-être, alors vous resterez devant à m'attendre.

Pauline s'arrêta net, titubant sur ses hauts talons. Ici aussi, dans la rue, tout le monde la regardait. Marilyn baissa ses lunettes noires pour que Pauline puisse voir ses yeux.

— Vous me faites confiance, n'est-ce pas ?

— Oui.

— Alors, dites-moi combien de temps il nous faudra pour nous y rendre à pied.

— Douze minutes. Peut-être plus avec ces chaussures…

— Vous êtes prête ?

— Oui ! Mais ma mère vous admire follement. Elle verra au-delà de Zelda Zonk.

— On parie ? objecta Marilyn en enfouissant son menton dans sa poitrine.

La boutique de Marcelle, au coin de Winter Street et de West Second Street, était pleine à craquer, avec des dames sous le casque et d'autres au bac à shampoing. Pauline connaissait bien les deux assistantes de sa mère, Bunny et Donna, qui avaient fort à faire ce matin. Marcelle avait su recréer exactement la même ambiance que dans son salon de la rue Bréa à Montparnasse, et elle était ici dans son royaume rose et français, qui la transportait ailleurs, loin de Reno.

Elles s'arrêtèrent sur le trottoir d'en face, et Pauline constata que sa mère était en train de faire la couleur de Casey Smith, la riche épouse d'un propriétaire de casino et sa cliente la plus importante, précisa-t-elle à Marilyn.

— Parfait. Elle ne fera pas attention à moi. Restez là. Faites comme si vous attendiez un chevalier servant.

Le regard dissimulé derrière ses lunettes noires, Pauline vit Zelda Zonk pousser la porte vitrée du salon de sa mère et y pénétrer avec sa démarche pataude. Marcelle leva la tête, abandonnant un instant la pâte rougeâtre qui recouvrait le crâne de sa cliente, scruta la dégaine de Zelda Zonk, puis retourna à sa tâche, absolument pas intéressée par la nouvelle venue. Bunny vint à la rencontre de Zelda avec un sourire accueillant. Que lui disait Zelda

Zonk ? Pauline n'entendait rien, mais lorsque Bunny lui apporta des échantillons de vernis à ongles, elle vit que, tout en examinant les différents coloris, Zelda s'approchait avec aplomb de Marcelle, sous l'œil à la fois anxieux et ravi de Pauline. Mais sa mère était aux petits soins pour Casey Smith, laissant de côté cette brune mal fagotée qui quitta le salon sans rien acheter.

— Voilà, dit Marilyn en s'esclaffant devant Pauline, ébahie. Maintenant, rentrons vite avant que ce dragon de Mildred Jones nous fonde dessus.

— Vous êtes... tellement...

Pauline cherchait ses mots, et murmura enfin :

— ... extraordinaire.

— Non, Pauline. Je suis une actrice habituée à endosser des rôles. La personne extraordinaire, c'est vous. Sauf que vous ne le savez pas.

1957
Reno, Nevada

Pauline lisait et relisait le courrier en provenance de Mont-Shasta que lui avait transmis le Doc avec un large sourire : le docteur Hicks lui confirmait qu'il l'attendait bien en stage cet été, dans sa clinique équine en Californie. Il avait été impressionné par sa lettre de motivation, mais aussi par ce que le Doc lui avait dit d'elle, et Pauline correspondait tout à fait au profil qu'il recherchait lors du recrutement de ses stagiaires. Elle avait expliqué, dans cette lettre soigneusement rédigée, que ses ambitions étaient dictées par l'amour des chevaux, depuis qu'elle avait découvert les mustangs en arrivant dans le Nevada à l'âge de sept ans (elle avait même écrit un passage presque romanesque sur sa rencontre avec Commander), mais aussi par les fortes attentes d'un tel métier : son exigence, la possibilité de rencontrer des gens de tous bords, d'être sur le terrain, d'apprendre et de se perfectionner. Depuis plus de quatre ans, elle assistait Doc O'Brian sur le ranch de Velma Johnston et elle savait à présent qu'elle voulait consacrer sa vie aux chevaux, pas seulement les mustangs : tous les chevaux. Elle avait terminé sa missive en lui précisant

261

qu'elle était née à Paris et que c'était sa venue dans le Nevada qui avait tout changé pour elle, lui ouvrant les yeux sur un autre univers, un nouveau mode de vie. La petite Parisienne était devenue une Américaine : elle souhaitait rester dans son pays d'adoption, s'y ancrer, y bâtir son avenir, et travailler sans relâche ne lui faisait pas peur.

— Ça prend bonne tournure, dit le Doc en la félicitant. J'imagine que tu en as discuté avec tes parents ? Ils doivent être fiers de toi.

Pauline n'osait pas lui avouer que ses parents n'étaient pas au courant. Elle redoutait d'aborder le sujet avec Marcelle, qui n'avait qu'une obsession en tête ces temps-ci : lui dénicher un fiancé digne de ce nom, et, à vrai dire, elle était persuadée que le tour était joué ; elle jubilait, brodait, en rajoutait, faisant déjà allusion aux futures noces auprès de ses clientes. En effet, depuis décembre dernier, Kendall Spencer faisait bien plus que tourner autour de sa fille : il lui téléphonait, lui faisait livrer des fleurs, des petits cadeaux, toujours de bon goût, envoyait des invitations à dîner au Mapes. Agacé, Doug avait rectifié le tir auprès de sa femme : leur fille devait encore passer ses examens de fin d'année, se concentrer sur son diplôme et la cérémonie de remise, et certainement pas sur les bouquets et les colifichets de Mr. Spencer !

Mais personne ne savait ce qui se passait dans le secret du bureau de Kendall, au deuxième étage du Mapes, lorsque Pauline, tiraillée entre crainte et désir, se rendait aux rendez-vous clandestins qu'il lui fixait à l'heure du déjeuner. Il avait entamé son approche lentement, tout en douceur, sans la brusquer ni l'effrayer : il lui répétait qu'elle était belle, séduisante, et elle voyait bien l'effet qu'elle produisait sur lui. Au début, ils avaient échangé quelques baisers délicats, mais lentement, elle s'était laissé faire, s'abandonnant petit à petit à sa bouche, à ses doigts experts ; personne ne l'avait touchée ainsi, et en comparaison, les caresses de Gus lui paraissaient maladroites.

Kendall ne cessait de lui dire à quel point il la respectait, qu'elle comptait pour lui, et souvent, alors qu'ils étaient allongés, nus, il échafaudait de grisantes existences parallèles, lui décrivait des retrouvailles brûlantes, des repas romantiques aux chandelles, des voyages inoubliables, lui disant qu'elle pourrait lui faire découvrir Paris, où il rêvait de l'embrasser au sommet de la tour Eiffel. Il lui offrirait des bijoux, des belles robes, des séjours dans les plus beaux hôtels du monde.

Pauline l'écoutait, et avec toute la naïveté de ses dix-huit ans, elle était persuadée qu'il disait vrai, se résignant à ce destin pour rassurer sa mère, et se rassurer elle-même. Devenir la fiancée d'un jeune homme aussi prometteur, ce n'était pas si désagréable, et sa mère serait enfin fière d'elle. Une crainte cependant : Kendall accepterait-il qu'elle parte en stage en Californie cet été, s'ils se fiançaient entre-temps ? Lorsqu'elle tentait d'évoquer les chevaux, son futur métier, elle constatait que Kendall ne s'y intéressait guère. Il n'y avait que son corps à elle qui l'intéressait, ce corps qu'il glorifiait lors d'ébats amoureux qui finissaient par l'emporter elle aussi, même quand, sur la pulpe de ses doigts, elle percevait la trace graisseuse laissée par sa chevelure gominée, et qu'elle ne parvenait pas à comprendre si, entre ses bras, elle ressentait du plaisir ou du dégoût. Elle avait l'impression qu'il jouait d'elle comme il l'eût fait d'un instrument : il lui suffisait de plaquer certains accords pour que les sensations de Pauline s'émoustillent machinalement comme par réflexe, et elle avait la certitude d'une emprise malsaine et indéfinissable, d'une drogue à laquelle elle se soumettait malgré elle.

Au ranch, Billie-Pearl ne mâcha pas ses mots : que fichait donc Pauline dans les bras de ce bellâtre mielleux ? Elle était tombée dans le panneau ? Elle attendait quoi au juste : qu'il lui passe la bague au doigt ? Et lorsque Pauline rétorqua que oui, en effet, elle y pensait, Billie-Pearl sortit de ses gonds. Se marier ? Pauline avait-elle les yeux en face des trous ? Il était déjà plus ou moins fiancé à une fille de la haute, l'héritière d'une riche famille du Nevada : Evaline Steward. Tout le monde le savait. Pauline l'écoutait, effrayée.

Billie-Pearl la saisit par les épaules.

— Ne me dis pas que tu es amoureuse de ce type.

— Je ne le suis pas.

— Alors, qu'est-ce que tu lui trouves ?

— Je n'arrive pas à l'expliquer. Avec lui, je me sens…

— Nom de nom… Et ce pauvre Gus ? Il est au courant ?

Pauline regarda ailleurs. Gus ne savait rien. Personne ne savait rien.

— Kendall a demandé ta main ?

— Non. Mais il me dit tout le temps qu'il m'adore, que nous sommes faits l'un pour l'autre. Il est sincère.

Billie-Pearl émit une espèce de rugissement.

— Comment peux-tu être aussi idiote, miss ? C'est un faux-cul de première, ton Kendall Spencer.

Elle avait envie de se cacher sous terre, tandis que Billie-Pearl poursuivait, implacable : Pauline était-elle aveugle à ce point ? Et ces tête-à-tête dans son bureau, que s'y passait-il, précisément ? Pauline rougit, mais elle savait qu'elle pouvait se confier à son amie la plus proche : elle lui révéla que Kendall, en tant qu'homme plus âgé et expérimenté, avait promis qu'il savait comment « faire attention ». Billie-Pearl explosa à nouveau. Ces dernières années, elles avaient toutes deux assisté à des accouplements de mustangs, et Pauline devait bien s'être fait une petite idée de la façon dont ça se passait pour les humains. En dépit de ce qu'il lui racontait, un homme « expérimenté » pouvait tout à fait la mettre en cloque.

— Si tu n'es pas amoureuse de lui et qu'il n'est pas pressé de te passer la bague au doigt, alors ce cirque doit cesser.

Pauline savait que son amie avait raison. Elle devait agir rapidement ; elle ne pouvait plus attendre. Rassemblant son courage, elle fit de son mieux pour tout dire à Kendall, lui avouant même qu'elle avait menti sur son âge : elle n'avait que dix-huit ans et elle était encore lycéenne. Elle ajouta qu'elle prévoyait de devenir vétérinaire et qu'elle avait décroché un stage pour l'été. Après, elle irait à l'université étudier au moins six ans. Elle termina en lui avouant qu'elle avait un petit ami : Gus avait son âge, elle l'appréciait, et se sentait mal de le tromper.

Kendall l'écouta patiemment en caressant ses bras et ses épaules nus, tandis qu'ils étaient allongés sur l'un des canapés.

— Bien sûr que je comprends tout ça. Mais pourquoi veux-tu mettre fin à notre relation si délicieuse ?

Elle le dévisagea, se sentant gauche et stupide.

— P-parce que vous allez épouser quelqu'un d'autre, bégaya-t-elle.

— Tu parles d'Evaline ?

Elle hocha la tête.

Il se leva, alluma une cigarette, vêtu seulement de son caleçon. Son corps était ferme et bronzé, et il en tirait une certaine fierté.

— Tu sais, nous sommes fiancés depuis notre adolescence. C'est une histoire de famille, comme une sorte de tradition, un pacte. Sans doute en France avez-vous la même chose. Je ne suis pas amoureux d'elle. C'est toi qui me rends fou, mon ange.

— Je ne comprends pas, bredouilla-t-elle.

C'était simple, expliqua-t-il, Evaline était en effet sa promise, car une alliance entre les Spencer et les Steward était prévue de longue date, pour toutes sortes de raisons compliquées dont il lui faisait grâce, des histoires de propriétés, de domaines, de gérance et d'élevage. Mais c'était une union pour la galerie, sans sentiments, et Pauline devait y voir une transaction commerciale, rien de plus. Quant à son petit ami, en toute franchise, moins Gus en savait, mieux c'était. Si personne n'était au courant, personne n'en souffrirait. À présent, pouvait-elle reprendre ce qu'elle lui faisait quelques instants plus tôt ? Sa petite Frenchie devenait une experte digne de la réputation des Françaises. Il alla s'asseoir, éteignit sa cigarette et tapota le coussin à côté de lui. Elle se dit, en se soumettant une fois de plus, que cela ne pouvait pas durer. Il n'y aurait plus de rendez-vous dans son bureau. Ce devait être la dernière fois.

Le soir même, à table, après avoir tergiversé, Pauline apprit à sa mère que Kendall Spencer était fiancé à une héritière et qu'elle allait cesser de le fréquenter. Marcelle tempêta : Pauline avait bien dû faire ou dire quelque chose d'idiot pour que Kendall fasse marche arrière ? Certes, elle avait entendu les bruits de couloir concernant Evaline Steward, mais s'il était véritablement épris de Pauline, il finirait par l'épouser, elle. Pauline n'eut pas le courage de lui avouer que Kendall ne faisait pas marche arrière : il n'avait jamais été question de mariage, il la menait en bateau, elle avait été d'une crédulité confondante et il avait profité d'elle, mais elle vit dans le regard de Doug qu'il avait tout compris, lui, qu'il approuvait sa décision et qu'il était heureux d'apprendre qu'elle avait accepté un stage en Californie chez un vétérinaire réputé. Pauline subit de plein fouet l'opprobre de sa mère, qu'elle trouvait injuste, tout comme Doug.

Mais dès le lendemain, le 5 février, un autre sujet s'invita à la table des Hammond à l'heure du dîner. Il y avait eu un énorme incendie dans le centre-ville de Reno, sans doute dû à une fuite de gaz, à l'intersection entre Sierra Street et West First Street, et une demi-douzaine de bâtiments avaient pris feu et explosé. Deux personnes avaient été tuées, des dizaines d'autres blessées, et plusieurs magasins avaient été détruits lors de la déflagration. Marcelle ne put accéder à son salon de coiffure pendant quelques jours. Décidément, soupira-t-elle, après la crue dévastatrice de l'année précédente, le sort s'acharnait sur Reno.

Les semaines passèrent. Pauline se focalisa sur sa scolarité et se rendit les samedis et dimanches à Wadsworth, où elle voyait Gus. Elle se demandait parfois si ce dernier se doutait de sa liaison passée. Elle s'efforçait, dans leurs moments d'intimité, de ne pas reproduire les gestes sensuels qu'elle avait appris auprès de Kendall. Et elle lui fit comprendre qu'elle n'était pas prête encore à passer à l'acte. En vérité, elle redoutait qu'il constate qu'elle n'était plus vierge. Ayant beaucoup d'affection pour Gus, elle se sentait honteuse, mais elle n'était pas amoureuse, et ce qu'elle avait ressenti dans les bras de Kendall n'était pas de l'amour non plus. C'était fini, et derrière elle pour toujours. Personne ne saurait qu'elle avait été la maîtresse de Kendall Spencer pendant quelques mois. D'ici peu, elle n'y penserait même plus.

Il y avait d'autres diversions, plus heureuses. Au mois de mai, Commander était venu leur rendre visite sur le ranch, flanqué de quelques poulains et, de toute évidence, la plupart de ses juments allaient mettre bas.

— Quel coquin ! s'amusa Velma. Sa descendance est assurée.

Commander faisait le tour du ranch comme s'il en était propriétaire. Pauline vit de nouvelles blessures sur son flanc, dont certaines saignaient encore, mais elle se doutait qu'il ne se laisserait pas amadouer au point de les faire soigner.

— Il a dû croiser le chemin d'un autre étalon aussi têtu que lui, dit Billie-Pearl.

Plus tard, après le déjeuner, Pauline se sentit mal.

— Ça va, Pauline ? lui demanda Velma alors qu'elles débarrassaient la table. Tu es pâlotte.

— Un coup de fatigue. Rien de grave. Merci.

Elle se rendit dans la salle de bains. En effet, son visage dans la glace était blafard. Elle se désaltéra au robinet en attendant que sa nausée passe.

Mais plus tard, pendant la journée, cette belle journée ensoleillée de mai, alors qu'elle revenait du ranch vers Washington Street, elle commença à se poser des questions. Les premières questions difficiles. Que n'avait-elle pas voulu voir ? Comment avait-elle fait pour tout mettre de côté, se persuader que ce serait impossible, que cela ne lui arriverait pas à elle,

269

Pauline ? Mais c'était en train d'arriver. Et jamais elle n'avait eu aussi peur de sa vie.

Elle était grande et mince, et n'avait rien ressenti de particulier, sauf qu'un camarade de classe l'avait récemment taquinée en lui faisant remarquer que la grande perche avait pris des rondeurs. Elle n'avait pas relevé. Quant à son cycle, il était souvent irrégulier. Lorsqu'elle avait eu mal au cœur certains matins, elle avait passé outre et s'était rendue à ses cours. Il lui avait pourtant dit qu'il « faisait attention », qu'il avait de l'expérience. Elle lui avait fait confiance. Désormais, il était grand temps d'affronter la réalité. La liaison avait duré de décembre à février, juste avant l'explosion de gaz qui avait ravagé tout un pâté de maisons dans le centre-ville. Elle ne l'avait pas revu depuis ; elle avait ignoré ses appels et, après un moment, il avait cessé de téléphoner. En comptant sur ses doigts, vacillante, elle arriva à cinq mois.

Sous le choc, Pauline se recroquevilla dans la Buick, les mains agrippées au volant. Elle s'était garée à quelques mètres de la maison de Washington Street et, de là, elle pouvait voir Doug tondre la pelouse avec sa diligence habituelle. Marcelle était au salon de coiffure, car on était samedi, et Jimmy regardait sans doute la télévision.

C'était une journée de printemps ordinaire à Reno, mais pour Pauline, ce fut le jour où tout changea. Le jour où sa vie bascula.

Elle portait l'enfant de Kendall Spencer.

14 décembre 1957
Washington Street
Reno, Nevada

Chère Billie,

Tu n'as pas idée combien tu me manques. Je sais que tu es prise par ton voyage avec Velma, et à quel point c'est important pour votre mission, pour les mustangs, mais ça fait des semaines maintenant que tu es partie, et c'est dur de ne pas pouvoir te parler au téléphone, car tu es tout le temps sur la route. Je n'ai aucune idée d'où tu es, ni de quand tu reviens, donc j'envoie cette lettre au ranch de ton père.

(Tu sais, je me rends compte que c'est peut-être la première lettre que je t'écris, alors que nous sommes amies depuis plus de cinq ans. Ne la perds pas !)

Je dois parfois reprendre mon souffle quand je regarde en arrière, quand je repense à tout ce qui s'est passé cet été. Qu'est-ce que j'aurais fait sans toi ?

Lily va bien, elle aura bientôt cinq mois. Elle a beaucoup poussé depuis la dernière fois que tu l'as vue. C'est un bébé adorable. Elle ne ressemble pas à son père. Dieu merci. Il n'a toujours pas fait sa connaissance. Il dit qu'il y compte bien. (Je sais ce que tu penses. Je peux presque entendre ta voix.)

Je reçois un chèque tous les mois, d'un montant acceptable. Il a trouvé une nourrice, également. Une couturière du côté de Pickard Street. Je redoutais, au début, de laisser Lily aux mains d'une étrangère. Mais il s'agit d'une femme douce et gentille, elle a élevé quatre gamins, elle ne fait aucun commentaire sur ma situation.

Il m'a obtenu un boulot au Mapes Hotel en tant que femme de ménage. Je m'occupe des chambres simples, pas des suites. C'est davantage de travail qu'on ne pourrait le croire. Ce qui est bien avec le nettoyage, c'est qu'on voit tout de suite le résultat. Ma mère, comme la tienne, n'a pas eu d'aide. On a tout fait nous-mêmes. Donc, ce n'est pas nouveau pour moi. Ce qui l'est, c'est leur protocole. On te demande d'effectuer les tâches ménagères dans un ordre précis. Et tu dois t'y tenir.

Pendant combien de temps vais-je devoir me farcir ça ? (Je t'entends me poser la question.) Il dit que c'est temporaire et qu'il me trouvera bientôt un poste plus intéressant, peut-être au service des réservations. Puis-je lui faire confiance ? (Je sais que tu te méfies de lui.) On verra.

Il dit que sa fiancée est du genre jaloux. Qu'elle ne doit jamais savoir pour Lily, ou alors ça ficherait en l'air leurs noces. Tu sais, parfois ça me démange de lui écrire, à Miss Evaline Steward dans sa riche demeure, de lui envoyer une photo de Lily et de tout balancer sur son futur époux irréprochable.

Impossible d'imaginer que je bosserai au Mapes encore longtemps. Dans deux ans, j'aurai vingt ans et c'est insupportable de penser que je pourrais encore être coincée ici. C'est si dur pour moi de me projeter en ce moment. J'étais censée devenir vétérinaire. Maintenant, je suppose que je ne le serai pas.

Ma patronne s'appelle Mildred Jones et elle ressemble comme deux gouttes d'eau à une vilaine sorcière. Elle n'est pas appréciée, ça, je peux te le dire. Elle règne d'une main de fer. Les autres filles, ça va. Elles ont pitié de moi, je le devine et je déteste ça. Tout le monde sait que j'ai eu un bébé de lui. Elles ont fini par arrêter les questions parce que je n'y répondais plus. Il y a une fille sympa, cependant. Elle se prénomme Kitty. Je pense que nous pourrions devenir amies, mais pas meilleures amies, comme nous deux !

Travailler au Mapes, c'est comme se trouver dans une véritable petite ville. Chaque jour, j'y découvre un élément nouveau. Aucune accalmie n'y règne. Ça donne le tournis. J'apprends à connaître le personnel, des portiers du rez-de-chaussée jusqu'à l'équipe de la Sky Room, du service de chambre aux dames du téléphone. N'est-ce pas d'une ironie totale de penser que nous avions dîné au Mapes l'année dernière pour le 4-Juillet, vêtues de nos plus jolies robes, et qu'il s'était pointé à notre table pour faire son numéro ?

Je t'écris pendant que Lily dort paisiblement dans son berceau à côté de mon lit. J'entends ma mère dans la cuisine qui prépare le dîner. Elle continue à picoler. Et bien plus encore, me semble-t-il, depuis tout ça. Je n'oublierai jamais la façon dont elle a hurlé quand elle l'a su. Elle a piqué une crise. Elle a dit que j'avais gâché sa vie. Tout ce pour quoi elle avait travaillé si dur.

Cette fois-là, Doug ne m'a pas soutenue. Il était en état de choc. Sa petite Pauly l'avait vraiment laissé tomber. J'avais foiré mes examens, je n'avais pas obtenu mon diplôme, il n'y avait plus de stage chez le docteur Hicks, plus d'école vétérinaire, et par-dessus le marché, j'allais avoir un môme. Une décrocheuse, et enceinte de surcroît. Ce n'était pas tout à fait ce qu'il avait espéré.

Maintenant qu'il a digéré, il est redevenu lui-même. Il aime beaucoup le bébé et ne se soucie pas de la façon dont les voisins nous regardent quand nous le sortons dans le landau. Ma mère, elle, c'est une autre histoire.

Tu sais ce que j'ai découvert ? Une des assistantes de direction m'a dit que ma mère s'était précipitée au Mapes juste après la naissance de Lily, cet été. Elle s'était assise devant sa porte jusqu'à ce qu'il accepte de la voir. Elle lui a fait une scène. Apparemment, elle s'était effondrée en le suppliant de m'épouser. Elle gueulait si fort que tout le monde pouvait l'entendre. Il a répondu à ma mère qu'il était déjà fiancé, qu'il était désolé (et je l'imagine lui dire cela en lui tendant un Kleenex), mais qu'il trouverait une solution. Il ne m'épouserait pas, mais il aiderait à sa manière, quoi que cela veuille dire.

(Oh, j'ai oublié de te raconter qu'il m'avait appelée après la visite de ma mère. Il voulait savoir s'il était bien le père du bébé. J'ai dit oui. J'ai dit que je n'avais jamais couché avec mon petit ami. Il sait que je ne suis pas une menteuse.)

Jimmy adore Lily et veut s'occuper d'elle tout le temps. Du coup, ma mère s'est rapprochée du bébé en les regardant. Elle câline Lily à présent et lui fredonne les berceuses françaises qu'elle me chantait autrefois. Je sais au fond de moi que ma mère n'est pas si méchante. Elle est tout simplement malheureuse à Reno. Et j'ai aggravé les choses.

Quand je t'ai dit pour ma grossesse, tu n'as pas poussé les hauts cris, tu n'as pas pété un câble. Tu n'as pas soupiré que j'aurais dû t'écouter. Tu as lâché Bordel de merde ou un truc dans ce style, tu m'as prise dans tes bras, et j'ai senti cette force merveilleuse qui émane de toi m'envelopper comme une armure.

Je n'oublierai pas ce que tu m'as dit pendant que j'étais plantée là à chialer toutes les larmes de mon corps. Tu m'as dit que j'allais devoir apprendre à être forte, afin de pouvoir chérir et protéger cet enfant à venir. Tu m'as dit que lorsque je sentirais l'angoisse m'envahir, je devrais fermer les yeux et penser à Commander. Penser à sa force. Prendre cette force. Il me faudrait même imaginer que je le monte.

J'apprends la vie à la dure. L'avenir m'angoisse, quand j'y pense. Je souhaite élever cette petite fille du mieux possible. Je veux qu'elle sache que sa mère est une personne honnête, pas une Marie-couche-toi-là. Cette expression sur le visage de Gus, quand il l'a su. Il semblait tellement dépité, blessé. Il a quitté le ranch à l'automne, et je n'ai pas eu de nouvelles de lui depuis.

Billie, pourrai-je un jour rencontrer un gentil garçon, après tout ça ? J'en traîne, des casseroles. Qui voudra de moi ? J'ai dix-huit ans et j'ai l'impression que ma vie est fichue. (Oh, je t'entends m'enguirlander et me dire d'arrêter de me morfondre.)

J'ai dû mettre le Doc au courant. Il a été formidable. Il a expliqué la situation au docteur Hicks, de la meilleure façon possible. Velma et son mari n'en ont pas fait des tonnes non plus. Pas comme la plupart des élèves de ma classe et certains de mes professeurs. Eux, ils ont été épouvantables.

Il y a une ou deux autres choses que je n'oublierai pas, comme quand tu m'as emmenée à l'hôpital St. Mary en catastrophe ce jour de fin juillet lorsqu'elle est née avec plus d'un mois d'avance, et que tu es restée toute la nuit dans la salle d'attente.

(Ma mère avait refusé de m'accompagner, elle s'était saoulée et Doug avait dû s'occuper d'elle.) Mais toi, tu étais là, tout près, veillant sur moi, comme tu l'as toujours fait. Et tu envoyais balader les infirmières et les médecins qui osaient poser un regard critique sur moi.

Tu te souviens ? Dès sa naissance, on t'a laissée entrer. Tu as observé son minuscule visage et tu as dit qu'elle était parfaite. Et quand elle a dû rester dans une couveuse pendant quelques semaines parce qu'elle était si petite, tu venais chaque jour la voir avec moi.

Et puis ceci : quand tu as déclaré qu'il fallait que je me remette en selle, vite fait. Alors, pendant que Lily était encore à St. Mary, toi et moi sommes parties avec Dustin et Hook. Et nous avons galopé dur, comme avant. Et c'était si bon.

Chaque fois que je sens mes forces diminuer et mon bégaiement reprendre le dessus, je ferme les yeux et je pense à Commander. Ça m'aide. De temps en temps.

Tu me dis souvent que j'ai besoin de gagner en confiance, de sortir de ma coquille, de me défaire de mes doutes, mais je ne sais pas comment m'y prendre, Billie. Je pense que je n'y arriverai pas. J'aimerais pouvoir être comme toi. Tu es si solide et confiante, tout ce que j'aspire à être. (Ne soupire pas en lisant cela, s'il te plaît !)

Je dois y aller maintenant. Lily a besoin d'être nourrie. Reviens vite ! Tu manques aux chevaux.

À moi aussi. Commander a eu plusieurs poulains qui sont à tomber par terre de beauté. J'espère vraiment que tu seras là avant Noël.

Tu es la meilleure amie qu'une fille puisse avoir.

Miss Pauline

Octobre 1960
Reno, Nevada

Au début, Pauline pensait avoir mal entendu, alors elle pria May Reis de répéter. La mince silhouette noire déambulait à travers le salon de la suite 614, des documents dans une main, un stylo dans l'autre. May reprit : la veille, Marilyn avait quitté le Mapes pour de bon, afin de s'installer en face, au Holiday Hotel, un immeuble moderne avec moins de cachet que le Mapes. Pauline le connaissait : sa silhouette carrée à la façade vert et rose se dressait sur Mill Street au-dessus de la Truckee River, à quelques encâblures du Mapes, sur l'autre rive.

La jeune femme se trouva à court de mots. Elle ne s'attendait pas à une nouvelle aussi brutale. Elle eut envie de s'asseoir.

— Mrs. Strasberg va rester au Mapes, continua May sans remarquer son état. Son mari, Lee, va bientôt arriver à Reno, leur fille également. Ils occuperont cette suite.

— Je vois, dit enfin Pauline en tentant de se ressaisir.

Elle ne reverrait plus Marilyn. C'était ce qu'elle se disait en démarrant la liste des tâches à accomplir

comme une automate. C'était fini. Terminé. Elle
n'entendrait plus sa voix, ni son rire ; elle ne senti-
rait plus son parfum ; elle ne poserait plus les yeux
sur elle. Une autre femme de ménage allait s'occuper
de ses affaires, faire son lit, ranger sa chambre. Elle
devait considérer cette belle aventure comme une
sorte de rêve, ne pas se laisser affecter, mais il fallait
bien se l'avouer : elle avait la boule au ventre, et elle
ressentait une forte envie de pleurer.

May réglait les derniers détails du transfert de
l'actrice. Le directeur devait être déçu par ce départ
soudain, pensa Pauline ; Kendall aussi, sans doute. Ils
auraient sûrement voulu garder Marilyn Monroe plus
longtemps, jusqu'à la fin du tournage. C'était une
belle publicité pour le Mapes.

May passa un autre appel. Oui, Marilyn logeait
maintenant en face, au Holiday Hotel. Moins chic,
certes, mais plus tranquille, et loin des tensions et
des chamailleries ! Non, pas de communication là-
dessus, ça devait rester confidentiel. C'était une idée
de Paula et de Frank, le producteur. Ils auraient
dû y penser dès le départ, soupira May. Gable et sa
femme louaient une maison du côté du terrain de
golf de Washoe County, et ils avaient eu bien raison.
Quelle bêtise, d'avoir voulu entasser tout le monde
au Mapes ! Marilyn était à présent dans la suite 846,
au Holiday, si on avait besoin de la joindre ou de lui
livrer quoi que ce soit. Arthur, lui, était dans une
suite voisine, la 850. Oui, il avait tenu à rester auprès
de sa femme. Pas de commentaires non plus ! Tout

le monde s'efforçait de s'entendre un peu mieux. Le film avait pris assez de retard comme ça. Ça devenait absurde. Il fallait en finir. Oui, Rafe était aussi au Holiday, Marilyn l'avait réclamé. Personne d'autre ne bougeait pour le moment.

May raccrocha et s'assit à la table du salon pour compulser le courrier et le trier. Pauline travaillait en silence, les yeux humides. Elle se disait que c'était la dernière fois qu'elle se trouvait dans cette suite où tout avait commencé. Comme il paraissait loin, ce matin de fin juillet, où elle avait remplacé Pilar au pied levé pour venir ici et tomber sur « Mrs. Miller ». Marilyn l'avait déjà oubliée, évidemment. Ce n'était pas parce qu'elle avait offert un cadeau à Lily, ou parce qu'elle avait transformé Pauline avec coiffure et maquillage, qu'elle pensait à elle. Marilyn avait d'autres chats à fouetter. Il fallait que Pauline se reprenne. Elle serra les dents, frotta énergiquement les traces de calcaire sur l'évier de la cuisine. Il n'y avait rien d'autre à faire que de se jeter dans le travail. Et brutalement, elle sentit tout le poids de sa vie monotone peser sur elle ; elle courba le dos et gémit intérieurement, de peine et de douleur.

— Pauline ? Pouvez-vous venir un instant, je vous prie ?

Pauline se redressa, comme Marilyn le lui avait appris, sécha ses larmes et se rendit dans le salon.

May lui dit qu'elle se chargeait de distribuer les pourboires pour l'équipe du Mapes. Elle avait dressé une liste. Et le nom de Pauline arrivait en premier. Pauline avait fait du bon travail. Elle avait été discrète, efficace, et elle avait illuminé le séjour de Marilyn à un moment particulièrement douloureux.

— Ceci est pour vous, Pauline. Avec nos remerciements les plus sincères.

Le pourboire était généreux. Mais il n'y avait pas de mot personnel à l'intérieur de l'enveloppe. Pauline n'osa pas demander à May si elle pouvait faire un saut au Holiday Hotel pour revoir Marilyn : elle ressemblerait ainsi aux plus importuns des admirateurs. Elle murmura « Merci beaucoup » et glissa l'enveloppe dans la poche de son tablier.

D'une façon mécanique, elle se remit à la tâche dans la salle de bains, en proie à un étrange engourdissement, alors qu'elle rêvait de fuir le Mapes dans la minute, d'emprunter le pont qui franchissait la rivière, de se ruer au Holiday et de grimper jusqu'à la suite 846. Marilyn ne pouvait pas quitter le cours de sa vie ainsi. C'était injuste. Mais dans un coin de sa tête, elle entendait presque le concert dissonant des voix de Kendall et de Linda qui se moquaient d'elle : à quoi s'attendait-elle, enfin ? Comme si Marilyn Monroe en avait quelque chose à cirer d'une femme de chambre ! Elle imaginait les hurlements de rire ; elle les voyait pliés en deux. Oh, pauvre petite Frenchie ! Pensait-elle vraiment que la star allait devenir sa meilleure copine ? Quelle folie des grandeurs ! C'était d'un pathétique !

Pauline astiquait la baignoire avec vigueur, et les larmes coulèrent à nouveau. Elle les essuya en un geste de colère.

Soudain, elle vit que May, souriante, se tenait devant elle et lui tendait un bloc-notes et un stylo.

— J'ai failli oublier ! J'ai tant de choses à faire ce matin. Pourriez-vous écrire votre numéro de téléphone personnel ici, s'il vous plaît ?

Pauline se sécha les mains et se redressa. Elle se demanda pourquoi on lui réclamait son numéro. Ce devait être une procédure administrative.

— Certainement.

Elle s'exécuta.

May la remercia. Puis elle dit, toujours en souriant, que Pauline était invitée sur le tournage d'une des dernières scènes des *Désaxés*, près de Dayton, en plein désert, à une heure de Reno. Il faudrait qu'elle puisse se libérer une journée entière, et elle partirait tôt le matin avec Whitey, Agnes, Rafe, elle-même et leur chauffeur. May lui téléphonerait bientôt pour lui donner plus de précisions.

Submergée par la joie, Pauline pouvait à peine respirer. May posa une main amicale sur son épaule et ajouta :

— C'est une idée de Marilyn. Elle pensait que cela vous ferait plaisir.

May lui donna rendez-vous devant le Holiday à huit heures, le mardi suivant. Le jour venu, Pauline avait déposé sa fille chez Mrs. Abigail un peu plus tôt que d'habitude. Doug avait tenu à les accompagner, car la vieille Buick avait rendu l'âme.

Le lundi soir, Pauline avait téléphoné à Billie-Pearl pour lui raconter.

— Comment vas-tu t'y prendre avec ta patronne ?

— Je lui ai dit tout simplement la vérité, que Marilyn Monroe m'avait invitée à assister au tournage. Elle était impressionnée.

— Bien joué, miss. Tu n'aurais pas osé il y a quelques mois. Ils filment près de Dayton, je crois ? J'ai entendu parler d'une scène avec des mustangs. Tu es au courant ?

— Non !

— Figure-toi que Velma a été alertée par l'ASPCA. Il paraît que des chevaux ont été raflés pour les faire tourner dans le film et que ça ne s'est pas fait en douceur. Un étalon, plusieurs juments, des yearlings et un poulain.

— Qu'allez-vous faire ?

— Eh bien, miss, tu risques de me voir débarquer pour fouiner un peu. Alors à demain !

Pauline faisait les cent pas devant l'hôtel. May lui avait dit de bien se couvrir. En cette mi-octobre, soufflait un vent puissant et frais, et la neige au sommet des montagnes était plus épaisse. Le ciel était plombé, d'un gris hostile. Tandis qu'elle patientait, elle trépignait d'excitation. Elle ne s'était jamais rendue sur un tournage. La joie de revoir Marilyn lui réchauffait le cœur, mais May l'avait mise en garde :

aujourd'hui, l'actrice allait devoir affronter la scène la plus importante, la plus cruciale, elle ne pouvait absolument pas se permettre de la rater. La curiosité de Pauline était piquée au vif. May ajouta que Paula Strasberg dresserait, comme d'habitude, un périmètre de sécurité autour de Marilyn, Pauline devait donc s'attendre à ne pas pouvoir s'approcher de l'actrice, et encore moins lui parler.

— Je peux t'accompagner ? avait supplié Marcelle le matin au petit déjeuner, et Pauline s'était sentie transpercée par une pointe de pitié.

Elle aurait pu, sans doute, demander à May si sa mère pouvait s'incruster à la dernière minute. Il n'était pas trop tard, après tout ; elle avait le temps de l'appeler. Mais elle comprit avec un léger pincement qu'elle ne souhaitait pas du tout la présence de sa mère.

— C'est une invitation spéciale réservée à Pauly, avait dit Doug à son épouse, gentiment. Je suis certain que tu le comprends, ma chérie.

Marcelle, contre toute attente, avait dit qu'elle comprenait, et cette petite flamme d'admiration que Pauline avait déjà repérée dans ses yeux était de retour. Elle imaginait sa mère en train de raconter à ses clientes en pâmoison que Marilyn Monroe en personne avait invité sa fille, *sa* Pauline, sur le tournage des *Désaxés*.

Rafe apparut le premier en la saluant d'un signe de la main. Alors, c'était une grande première pour Pauline ? Elle allait découvrir un autre monde, lui dit-il, un monde imaginaire, fascinant, même s'il fallait beaucoup attendre. Pauline demanda la raison de cette attente. La bonne lumière, le bon son, la prise parfaite. Tant de choses pouvaient mal se passer. Un film, c'était une succession d'infimes miracles, poursuivit-il, surtout celui-ci. Ils avaient déjà un mois de retard.

Escortée par son mari et par May, Marilyn sortit de l'hôtel à son tour, vêtue d'un jean, d'une chemise blanche et d'un blouson. Une limousine se gara, et Mrs. Strasberg en émergea, ainsi qu'un homme chauve d'âge mûr affublé de bottes cirées et d'un costume de cow-boy.

— C'est Lee, le mari de Paula, dit Rafe. Il s'est offert un attirail flambant neuf pour faire couleur locale.

Son ton était espiègle, mais sans malveillance. Il expliqua que Lee et Paula Strasberg étaient les professeurs d'art dramatique de Marilyn depuis cinq ans déjà, à New York. Ils travaillaient selon une « méthode » qui consistait à demander aux acteurs de puiser en eux-mêmes, d'utiliser leurs propres émotions afin d'étoffer leurs personnages. Certains ne juraient que par cette méthode, mais d'autres, comme Arthur Miller ou John Huston, étaient moins convaincus. D'où les polémiques, ajouta Rafe à voix basse.

Whitey et Agnes vinrent à leur rencontre tandis que le ballet des limousines débutait. Leur chauffeur leur fit signe. Finalement, May ferait le voyage avec Arthur Miller, en passant par le Mapes pour prendre

John Huston. Une grande partie de l'équipe était déjà sur place, dit Whitey à Pauline, et ce depuis potron-minet !

Le tournage se déroulait depuis une semaine dans un lieu-dit nommé Stagecoach, situé à une vingtaine de kilomètres à l'est de Dayton sur la Highway 50. On mettait une heure à l'atteindre. Confortablement installée dans la spacieuse limousine entre Whitey et Agnes et faisant face à Rafe, Pauline avait l'impression de retrouver des amis de longue date.

— Vous m'avez tant manqué ! leur dit-elle.

Cela faisait déjà plusieurs semaines qu'elle ne les avait plus vus. Agnes voulait des nouvelles de la petite Lily : quelle enfant gracieuse ! Pauline lui répondit que sa fille ne lâchait plus la maison de poupée. Personne n'avait le droit d'y toucher. Alors qu'ils fonçaient à travers les grandes prairies ouvertes, Whitey demanda à Pauline si elle avait prévu de poursuivre son travail au Mapes Hotel, et ajouta qu'une fille intelligente comme elle devait avoir en tête des projets plus prometteurs. Il était sincère, animé de bonnes intentions, mais comme Pauline parut gênée, il s'excusa en posant une main paternelle sur son bras : il la trouvait formidable et voulait tout simplement dire qu'à ses yeux elle méritait mieux. Pauline regarda son jean en frottant ses paumes sur ses cuisses, puis elle admit qu'en effet elle avait échafaudé d'autres plans, avait poursuivi d'autres rêves plus grands et plus glorieux, mais qu'elle était tombée enceinte et que tout s'était arrêté.

— Et quels étaient ces rêves, ma puce ? demanda Agnes.

Pendant quelques instants, elle hésita, puis elle leur parla de son amour des chevaux, de ses velléités de devenir vétérinaire, du stage californien de l'été 1957 censé être le coup d'envoi de ses études. Mais Lily était née cet été-là, et elle avait dû y renoncer. Elle avait laissé passer sa chance. Whitey dit qu'elle pouvait sûrement postuler à nouveau. C'était trop tard, selon Pauline. Et de toute manière, même si elle faisait ce stage en Californie, comment pourrait-elle payer une garde d'enfant ? Elle ne pouvait pas se le permettre, ses parents non plus. Voilà pourquoi elle était coincée au Mapes. Elle évita de leur parler de Kendall Spencer, ne sachant pas ce que Marilyn avait pu leur raconter à son sujet. Whitey dit avec compassion qu'il était sûr qu'elle trouverait une solution, qu'il était à peu près certain qu'elle deviendrait vétérinaire. Elle devait croire en elle, insista Rafe, elle en était capable, il le savait, elle devait prendre confiance, et elle avait déjà commencé à le faire, ça se voyait. Agnes intervint : c'était tout à fait ça, et elle ajouta que la jeune femme avait besoin de croire en sa bonne étoile. C'était si important, une bonne étoile. Pauline, touchée par leur sollicitude, fut frappée par le fait qu'elle n'avait jamais envisagé avoir une bonne étoile, même quand elle était gamine.

Ils s'approchaient du lieu-dit Stagecoach, et Pauline aperçut un panneau sur lequel était écrit « Chemin du Cœur brisé ».

— Pourvu que Marilyn ne voie pas ça, marmonna Rafe en fronçant les sourcils.

Le chauffeur ralentit sur plusieurs kilomètres : le sentier était pierreux et truffé de nids-de-poule. Après avoir roulé au pas, ils aboutirent enfin dans une immense cuvette qui ressemblait à un cratère de lune desséché. Les nuages argentés laissaient filtrer une étrange luminescence qui ajoutait à la clarté irréelle des lieux.

Lorsque Pauline descendit de voiture, une poussière grise lui vola dans les yeux et Agnes lui conseilla de chausser ses lunettes, sinon elle allait souffrir. Cette fichue poussière rendait le tournage encore plus difficile, lâcha-t-elle, pour la coiffure et le maquillage en particulier. Pauline avait-elle pensé à prendre un foulard ? Avec ses longs cheveux, c'était nécessaire, tant le vent du désert soufflait fort. Pauline n'en avait pas. Agnes fouilla dans son sac et lui tendit un foulard rouge que Pauline noua en la remerciant.

Tout autour, elle découvrit une animation intense : d'un côté, elle vit plusieurs enclos renfermant des chevaux qui paraissaient agités ; de l'autre, un bataillon de semi-remorques, caravanes et limousines, et des dizaines de personnes s'affairant à porter des projecteurs, du matériel, des chaises, des planches, des caisses. Un petit avion était posé sur le sable, près des camionnettes.

La jeune femme ne savait pas où se mettre ; elle ne voulait pas gêner. Rafe avait disparu en direction des limousines et Whitey se dirigeait vers une des caravanes. Agnes la prit sous son aile : oui, c'était plutôt déstabilisant, au début, un tournage, lui dit-elle. Tous ces gens qui couraient partout, ces fils, ces câbles, ces projecteurs, ces caméras. Elle l'emmena vers une roulotte où une femme souriante proposait du café.

Agnes désigna un groupe debout près des camé-ras : c'était l'équipe de réalisation. Il y avait là John Huston, un cigare coincé entre les dents, comme d'habitude, accompagné de son assistant, Carl. Il y avait aussi Frank, le producteur, son assistant, Edward, et la scripte, Angela. Pauline remarqua Arthur Miller qui les avait rejoints. Mais il y avait encore tout un tas de gens, précisa Agnes. Un peu plus loin, se trouvaient ces personnes indispen-sables pour la lumière et le son : John, l'éclairagiste, Charles, le chef machiniste, Eddie et Harry, les came-ramen, et Russell, le directeur de la photographie. Et puis, comme si ça ne suffisait pas, ces trois caravanes là-bas étaient pleines à craquer : Jean-Louis et Shir-lee, les costumiers, Sydney, un autre coiffeur, et deux maquilleurs qui s'appelaient tous les deux Frank, ce qui faisait que tout le monde s'emmêlait les pin-ceaux, fit-elle en rigolant. Avait-elle omis quelqu'un ? Certainement ! Billy, le dresseur des chevaux, Jim, le cow-boy qui maniait le lasso, et Loren, le casca-deur. Oh, flûte, elle allait oublier les photographes de l'agence Magnum. Chaque semaine, il y en avait deux nouveaux sur le plateau. Un Français était même venu, un certain Henri Cartier-Bresson, un monsieur fort aimable qui portait le tweed tel un Anglais. Mais la petite femme au chignon poivre et sel un peu plus loin, avec un pull rayé, était une des photographes préférées de Marilyn : Eve Arnold. Marilyn adorait son travail. Elles étaient devenues proches au fil des années. À côté d'elle se tenait une grande brune frisée que Pauline avait déjà vue dans la suite 614 et qui parlait maintenant à Arthur Miller.

— C'est Inge Morath, une autre photographe. Elle est autrichienne. Ça fait beaucoup de monde sur le tournage, si tu ajoutes les assistants, la restauration, les chauffeurs, les garçons d'écurie. Une centaine de personnes, à la louche.

— Et les acteurs ? demanda Pauline. Où sont-ils ?

— Bonne question ! Ils sont là-bas, juste derrière l'équipe du réalisateur. Tu peux distinguer Monty, avec Clark assis à côté de lui. Tu les vois ? Eli est un peu plus haut. Il porte une casquette de baseball.

Pauline voulut savoir pourquoi Marilyn était introuvable ; Agnes répondit qu'elle était dans la limousine de Paula, à relire son texte et à se faire masser le cou par Rafe. Elle venait sur le plateau à la dernière minute. Au bout d'un moment, Agnes la quitta pour rejoindre l'équipe et Pauline se retrouva seule, son café à la main. Elle n'osait pas s'asseoir et se sentait mal à l'aise à être debout, les bras ballants, au milieu de cette ruche.

Un jeune homme de son âge s'approcha pour se servir une tasse de café. Il portait un pull bleu et un jean trop large.

— Salut ! lui dit-il. Tu es nouvelle, non ?

Elle répondit qu'elle avait été invitée pour assister au tournage.

— Moi, c'est Cooper. Je suis un peu le mec à tout faire.

— Pauline. Enchantée. Et tu fais quoi alors, exactement ?

— Je cours partout comme un malade et j'en ai des sueurs froides. En gros, je suis l'assistant de l'assistant du producteur, celui qui se fait engueuler en permanence. Tu vois le topo ?

Elle ne put s'empêcher de rire. Il était comique avec son nez retroussé et ses fossettes. Ce jour-là, on allait tourner une des scènes les plus décisives du film. Les quatre acteurs mettraient leurs tripes sur la table, mais c'était surtout « Miss Monroe » qui allait devoir tout donner. Pauline lui avoua qu'elle ne connaissait pas les détails du scénario, seulement son thème principal.

— Disons que Roslyn, son personnage, fait une terrible découverte concernant Gay, son amoureux, joué par Gable, et ses amis Perce et Guido.

— Quel genre de découverte ?

— Ça a un rapport avec les mustangs. Hier, nous avons tourné avec le dresseur, les cascadeurs et les chevaux. L'étalon leur a donné un mal de chien. Le dresseur a même été blessé, assez sérieusement. Ce cheval est complètement siphonné.

Ils regardèrent vers l'enclos.

— C'est lui, là-bas, tu vois ? Le grand, avec un marquage blanc sur le nez.

— Il s'appelle comment ?

— Il n'a pas de nom. Il a été raflé il y a deux jours dans les montagnes avec ses juments et ses petits. Il n'a qu'une envie, ficher le camp. Et tout casser par la même occasion.

Pauline regardait l'étalon tourner sur lui-même dans l'enclos trop petit, en poussant des hennissements furieux et en se dressant sur ses jambes arrière. Avec ses mouvements enragés, sa masse impressionnante, sa splendeur, c'était le sosie de Commander.

— C'était coton de le sortir de là, hier, reprit Cooper. Le dresseur en a bavé, tu peux me croire. Mais pour la grande scène de Miss Monroe, on ne va pas avoir besoin de lui, Dieu merci. C'est la vieille jument qu'ils vont utiliser, et elle leur donnera moins de fil à retordre.

— Mais les mustangs sont des chevaux sauvages, se permit d'objecter Pauline. Pas des bêtes de cirque.

Il la toisa.

— Tu t'y connais ?

— Oui, dit-elle en souriant et en rougissant en même temps. Je m'y connais.

Cooper fit la grimace.

— L'ASPCA est sur notre dos. Ils ont jugé que les chevaux avaient été capturés avec brutalité et qu'ils ne sont pas nourris et soignés correctement.

Elle se garda bien de lui dire qu'ils allaient également avoir affaire à Billie-Pearl, de la ligue de « Wild Horse Annie ». Pour changer de sujet, elle lui demanda pourquoi Roslyn devait se mettre dans un tel état pour jouer la scène. Cooper répondit que c'était parce qu'elle découvrait que les mustangs capturés par ses amis allaient être abattus pour devenir de la pâtée pour animaux de compagnie.

— C'est encore d'actualité au Nevada. Les mustangs finissent en boîtes de conserve.

— Je l'ignorais, déclara Cooper, penaud. C'est terrible.

Puis il dit, prudemment :

— Tu es une militante ou quelque chose dans ce genre ?

— Non. Mais ma meilleure amie l'est. J'aime les chevaux, profondément. Je me soucie d'eux.

— Pareil pour Miss Monroe, apparemment. Elle déteste toute forme de violence faite aux animaux. C'est la première fois que tu la vois dans la vraie vie ?

— Non. Ce n'est pas la première fois.

— Alors, tu l'as rencontrée ? Tu lui as adressé la parole et tout ça ? Mince ! Moi, je ne l'ai pas encore vue de près.

Pauline hésita, puis dit :

— C'est elle qui m'a invitée ici aujourd'hui.

L'expression de Cooper changea.

— Tu aurais dû me dire que tu étais son amie. Je me sens idiot, maintenant.

— Je ne suis pas tout à fait son amie. Mais c'est elle qui m'a invitée.

— Pas tout à fait son amie ? Je ne pige rien à ce que tu racontes.

— Je suis femme de chambre au Mapes Hotel. Je nettoyais sa suite. C'est comme ça que j'ai fait sa connaissance.

Cooper semblait impressionné. Mais au moment où il était sur le point de poser d'autres questions, on l'appela.

— Zut, je dois filer. C'est Carl, l'assistant réalisateur. Il déteste qu'on le fasse attendre.

L'heure tournait et Rafe avait eu raison de la mettre en garde : en effet, on « poireautait » beaucoup, mais elle ne s'ennuyait pas une seconde. Cooper était revenu la chercher, lui trouva un tabouret, et l'installa avec l'équipe des ingénieurs du son, Roger et Philip.

— Voici Pauline, une amie personnelle de Miss Monroe, leur dit-il d'un ton sérieux.

La doublure de Marilyn, Evelyn, était en piste pour les essais son et lumière et Pauline s'émerveillait de sa patience. Pendant d'interminables moments, elle restait plantée là, vêtue comme Marilyn : même jean, même chemise blanche et mêmes bottes. Quelqu'un lui apportait de l'eau de temps en temps. Deux énormes projecteurs avaient été érigés autour de l'endroit où elle se tenait, faisant paraître encore plus blanc le vaste cratère cerné par les crêtes dentelées des massifs au loin. Pauline se souvint que le film n'était pas tourné en couleurs, au grand dam de Paula Strasberg, et se demanda ce que ce décor spectaculaire donnerait à l'écran en noir et blanc.

Elle comprit à l'agitation qui s'amplifiait que le tournage allait enfin débuter. La vieille jument, docile et lasse, fut amenée devant les caméras ; le dresseur ficela ses jambes arrière et avant, lui glissa autour du cou une longue corde avec un pneu au bout et la força à se coucher de tout son long devant son poulain perdu et effarouché.

Le pouls de Pauline s'accéléra lorsqu'elle vit que les quatre acteurs étaient tous présents : Clark Gable et Eli Wallach se trouvaient près de la jument prostrée, avec Montgomery Clift un peu plus loin. Marilyn se tenait debout contre le camion. Pauline nota sa concentration, sans l'ombre d'un sourire.

Rafe se faufila à ses côtés.

— Tu as trouvé le bon emplacement, chuchota-t-il. C'est le grand moment de Marilyn.

— Elle doit avoir le trac.

— Ça, c'est sûr. Ils vont reprendre à partir de ce qu'ils ont tourné hier : les trois hommes qui discutent entre eux du prix de vente des chevaux. Et ce sera à elle. C'est parti !

Une voix ferme s'éleva :

— On va tourner !

Puis, après une courte pause :

— Silence, s'il vous plaît. Tout le monde en place.

Pauline entendit le claquement sec d'une ardoise et une autre voix s'élever :

— Moteur !

Puis Philip à côté d'eux lança :

— Ça tourne au son !

Et les tonalités retentissantes de John Huston tranchèrent le silence :

— Action !

Tandis que Clark Gable et Eli Wallach parlaient argent, accroupis devant la jument, Pauline vit les traits de Marilyn se défaire, se tordre, et, en jetant la tête en arrière, elle fit volte-face, se précipitant vers les dunes blanchâtres pour détaler à toutes jambes, ses bras battant l'air à une allure folle. Puis elle s'immobilisa et demeura debout, à une bonne quarantaine de mètres d'eux.

— Coupez ! beugla Huston.

Trois fois de suite, le réalisateur tourna la fuite de l'actrice. Pauline ne comprenait pas. Pourquoi Marilyn était-elle filmée d'aussi loin ? Quel était l'intérêt ?

— Attends de voir, dit Rafe, comme s'il devinait ce qu'elle pensait.

Il se pencha vers Philip et lui demanda un casque, qu'il tendit à Pauline.

— Mets ça. Tu entendras tout.

Mrs. Strasberg avait rejoint à présent Marilyn, et Pauline, qui écoutait attentivement, capta leur conversation à travers ses écouteurs. Les ingénieurs du son devaient eux aussi intercepter ces échanges, ce qui ne semblait pas affecter la professeure. Mrs. Strasberg exhortait Marilyn à tout lâcher, à accepter que ses émotions jaillissent du plus profond d'elle-même, Marilyn savait comment faire. La voix de Mrs. Strasberg était douce et persuasive, presque hypnotique : Marilyn était la plus grande de toutes les actrices.

Oui, la plus grande. Ces pauvres mustangs. Marilyn en était malade. Ces types qui les raflaient, qui les massacraient, Marilyn allait les frapper de sa propre haine, de son propre mépris, mais là, maintenant, elle devait regarder vers le ciel et respirer profondément. Là, maintenant, elle devait bouger les mains de bas en haut, à la manière d'un oiseau. Sous les yeux de Pauline, Marilyn, à l'autre bout des dunes, remua les bras comme si elle avait des ailes.

— Ça fait partie de la « méthode », murmura Rafe. On fait semblant d'être un oiseau et on agite les mains dans tous les sens. Et ça marche. Tu verras.

Marilyn fut de nouveau seule, à se préparer, les deux poings sous le menton, et elle ressemblait à une lutteuse attendant de monter sur le ring. Pauline interceptait le souffle saccadé de l'actrice, comme si elle se tenait à côté d'elle. C'était une sensation des plus insolites. Elle ne pouvait pas distinguer l'expression de Marilyn, mais elle voyait qu'elle était debout, les jambes fléchies, le buste penché en avant, les mains serrées.

— Action ! tonna Huston.

Les hurlements qui suivirent donnèrent la chair de poule à Pauline. Voilà une tessiture que les admirateurs de la star ne connaissaient pas, un registre que Marilyn Monroe n'avait pas utilisé dans les films de blonde écervelée qu'elle avait tournés jusqu'à présent, Pauline en était certaine, mais c'était précisément cette voix qu'elle avait découverte dans le secret de la suite 614, le jour où Marilyn s'était effondrée, le jour où elle avait jeté toute sa fureur à la face d'Arthur Miller. Et elle était là de nouveau, cette haine fulgurante, cette colère puissante que tous pouvaient voir ; elle leur balançait à tue-tête qu'ils étaient des bouchers, des meurtriers, des assassins, qu'ils étaient des menteurs, tous, qu'ils n'étaient heureux que lorsqu'ils voyaient quelque chose en train de mourir. La créature hystérique et échevelée qui s'époumonait était bien celle que Pauline avait entendue dans la suite 614, et non la sirène tout de rose vêtue des *Hommes préfèrent les blondes*. Pauline comprit pourquoi Huston avait choisi de la filmer à distance, où elle apparaissait comme une minuscule souris rugissant dans le sable, avalée tout entière par l'immensité cendrée des terres désolées du Nevada.

Elle n'avait jamais assisté à une scène aussi forte et bouleversante : quelques larmes coulèrent le long de ses joues, et elle fut soulagée de pouvoir les dissimuler derrière ses lunettes noires. Rafe était tout sourire : Marilyn avait réussi. Elle était la meilleure. Huston s'était levé pour aller parler à l'actrice, que tous entouraient à présent. On lui apporta de l'eau chaude avec du miel et du citron, tandis que Whitey retouchait son maquillage, et Agnes, sa perruque. D'après ce qu'elle captait à travers le casque, Pauline comprit qu'il fallait enchaîner, refaire la scène, même si tout le monde semblait satisfait de la prestation de la comédienne. Elle demanda à Rafe pourquoi, et il lui répondit que les réalisateurs voulaient avoir le choix au montage, c'était pour cette raison qu'ils exigeaient plusieurs prises. Pauline s'interrogeait : comment Marilyn allait-elle pouvoir reproduire une telle intensité ? Mais sous ses yeux ébahis, elle le fit, quatre fois de suite, sans renâcler, avec ce même ton déchirant, cette même émotion à fleur de peau qu'elle semblait puiser au plus profond d'elle-même et qui sonnait si juste. Elle quitta le plateau dans un état d'épuisement évident, portée par les Strasberg, tandis que Rafe se levait hâtivement.

— Elle va avoir besoin de moi, dit-il.

Pauline rendit le casque à Philip en le remerciant. Elle aussi se sentait vidée.

— Hé, Pauline ! lui dit Cooper. Il y a une fille là-bas qui te connaît.

En se dirigeant vers les enclos, Pauline discerna Billie-Pearl en grande discussion avec les dresseurs. En apercevant son amie, le visage de Billie-Pearl s'éclaira. La voilà, sa petite miss ! Alors, ce tournage ? Pauline lui décrivit l'incroyable performance de Marilyn.

— Oui, je sais, j'ai loupé ça, soupira-t-elle. Je suis arrivée juste après.

Son regard se porta sur l'étalon haletant au marquage blanc, qui continuait à ruer contre les barrières de l'enclos.

— Ça ne te rappelle pas quelqu'un ? dit-elle.

— Commander se serait fait la malle. Ça n'aurait pas traîné.

— Tu as raison.

Billie-Pearl dit à Pauline qu'elle avait discuté avec le représentant sur place de l'ASPCA. Les conditions dans lesquelles l'équipe du film avait capturé les mustangs et les avait parqués là n'étaient pas des meilleures. Marilyn Monroe elle-même s'était inquiétée du sort des chevaux. La bonne nouvelle, c'était que le tournage allait bientôt s'achever et que les animaux allaient être relâchés. Billie-Pearl avait proposé de prendre soin de la jument âgée et de son poulain au ranch de Velma. Tout le monde avait trouvé que c'était une excellente idée.

— Tu vas revoir Marilyn, miss ?

Pauline avoua qu'elle n'en était pas certaine. Elle comptait lui dire au revoir à un moment ou un autre, mais ignorait comment. Peut-être, d'ailleurs, que Marilyn avait déjà quitté le plateau. La journée avait dû être éprouvante pour elle. Quant à Billie-Pearl, elle devait se mettre en route et faire son rapport à Velma. Pauline la regarda s'éloigner de son pas déterminé. Elle ne savait pas quoi faire à présent. Filmeraient-ils après la pause déjeuner ? Elle allait se renseigner auprès de Cooper. En attendant, elle retourna à la caravane où elle avait pris son café.

La photographe au chignon et au pull rayé dont Agnes lui avait parlé était en train de boire un verre d'eau, appareil photo en bandoulière. D'une voix grave, presque masculine, surprenante pour sa petite taille, elle se présenta comme étant Eve. Ses cheveux étaient grisonnants, mais elle ne devait pas encore avoir dépassé la quarantaine ; elle avait un regard brillant et pénétrant, et un sourire chaleureux.

— Vous passez un bon moment ? lui demanda-t-elle.

— Oh, oui, dit Pauline. Je découvre toutes sortes de choses. C'est passionnant.

— Vous n'avez rien à voir avec le milieu du cinéma ?

— Rien. Je suis femme de chambre. Je travaille au Mapes Hotel.

— Un bel endroit, où je loge aussi.

— Je m'occupais de la suite de Mrs. Miller.

— Et elle vous a invitée aujourd'hui.

— C'est ça.

— Ça ne m'étonne pas. Peu de gens connaissent sa gentillesse et sa générosité.

La photographe la regarda attentivement.

— Ça vous dérange si je vous prends en photo ? Je suis ici pour Magnum. Je vous ai aperçue tout à l'heure avec les chevaux.

— Non, mais je crains de ne pas être très photogénique.

Eve lui demanda de retirer son foulard, de se tenir dos à la caravane et de regarder en direction du plateau. Elle n'avait pas à sourire ; elle devait tout simplement oublier qu'Eve était là, c'était tout ce qu'elle avait à faire. Pauline s'exécuta, et pendant qu'Eve la mitraillait, elle pensa à l'étalon furibond qui ressemblait singulièrement à Commander.

— Voilà ! Parfait. Quel est votre nom ? demanda Eve en sortant un crayon de sa poche. C'est pour mes dossiers. Je n'imprimerai rien si vous ne le souhaitez pas.

— Ça ne me dérange pas que vous le fassiez. Je m'appelle Pauline Bazelet.

Elle épela son nom de famille.

— Un patronyme français, peut-être ? demanda Eve.

— Très français, en effet. Notre petite Parisienne à nous, fit une voix chantante et familière, et Pauline en se retournant vit Marilyn avec Rafe, Whitey et Agnes.

Bien que les yeux de Marilyn soient cachés derrière des lunettes noires, Pauline pouvait voir à quel point elle semblait fatiguée ; sa peau paraissait encore plus blanche que d'habitude. Marilyn voulut savoir si Pauline s'amusait, ce que cette dernière confirma en faisant de son mieux pour décrire ce qu'elle avait ressenti en la regardant jouer, à quel point elle avait été impressionnée et émue. Mais ce n'était pas facile de trouver les mots justes pendant que montaient les éclats de rire et les voix, et que le vent ne cessait de souffler et de jouer avec ses cheveux.

Soudain, ce moment comme suspendu avec Marilyn s'arrêta net : l'actrice fut embarquée par Lee Strasberg, et Pauline n'eut pas le temps de lui dire tout ce qu'elle souhaitait, de lui confier sa joie et ses émotions.

Alors qu'elle la regardait s'éloigner, elle se douta, attristée, que c'était la dernière fois qu'elle posait les yeux sur Marilyn Monroe.

Son intuition était juste. Tandis qu'octobre s'évanouissait, Marilyn brilla par son absence. Se trouvait-elle encore à Reno ? Nul ne le savait, et il n'y avait personne à qui Pauline aurait pu le demander. Les Strasberg avaient quitté la suite 614 et la joyeuse clique s'était volatilisée.

À la pause déjeuner, elle entendit parler d'une fête d'anniversaire organisée pour Arthur Miller et Montgomery Clift, tous deux nés un 17 octobre. Elle s'était tenue au Christmas Tree Inn, sur la Mount Rose Highway, en dehors de Reno. Selon certaines sources, Marilyn était présente et avait refusé de chanter joyeux anniversaire à son époux. Pauline apprit également que l'équipe entière devait être de retour à Hollywood fin octobre, pour filmer des scènes qui ne nécessitaient pas les décors naturels du Nevada.

À la maison de Washington Street, Doug, comme la plupart de ses voisins, était absorbé par les débats présidentiels à la télévision entre le sénateur démocrate John Fitzgerald Kennedy et le vice-président républicain Richard Nixon. Ces débats politiques n'avaient jamais été diffusés en direct, et devant autant de téléspectateurs du pays tout entier. Pauline regarda la troisième confrontation avec son beau-père, mais parfois le visage de Marilyn surgissait dans son esprit, les voix animées des candidats se brouillaient, et elle était propulsée dans la suite 614.

Les seules activités qui lui apportaient du bonheur se limitaient à sa fille, qui se réjouissait de son prochain costume pour Halloween, et à son travail au ranch auprès de Doc O'Brian. Elle avait continué de lui prêter main-forte ces dernières années, les samedis, dimanches et pendant ses jours de repos. Souvent, le Doc l'embarquait avec lui quand il effectuait des visites dans les ranches et les fermes alentour, et dans des cliniques, où elle assistait à des opérations : castration de yearlings, traitement des jambes cassées et de la redoutable colique. Chaque mois, il la rétribuait, modestement, certes, mais cet argent s'ajoutait à son salaire du Mapes et lui donnait une sensation d'indépendance, même si elle savait qu'elle était encore loin du compte.

Comme sa vie lui paraissait morne ! Toute l'excitation des derniers mois s'était dissipée. Elle avait été enchantée quand Cooper, le gars sympathique du tournage, l'avait invitée à le retrouver pour un rendez-vous. Ils avaient passé une agréable soirée. Mais dès qu'il avait découvert l'existence de Lily, il ne lui avait plus donné de nouvelles. Pour couronner le tout, on l'avait de nouveau affectée au récurage des toilettes pour dames du rez-de-chaussée. Mildred Jones lui avait annoncé la nouvelle en se tordant les mains et en s'excusant presque, lui avouant qu'elle ne comprenait pas pourquoi Mr. Spencer avait exigé ce changement soudain, car Pauline avait travaillé dur dans la suite 614, et tout le monde était content d'elle. C'était incompréhensible. Mais Pauline savait précisément pourquoi. Depuis des semaines maintenant, elle évitait soigneusement Kendall, et pas seulement au sein du Mapes : elle ne répondait à aucun de ses messages ou de ses appels. Son attitude avait dû l'énerver et il s'était vengé. Quand elle avait voulu l'affronter, allant au deuxième étage pour lui parler en personne, il lui avait rendu la monnaie de sa pièce : il avait fait comme si elle n'existait pas et lui avait barré l'accès à son bureau, avec l'aide de sa secrétaire et de ses assistants.

Un matin, alors que Pauline passait son ancien uniforme bordeaux, Linda persifla :

— Un très court instant de gloire, cette histoire avec Mrs. Miller.

Les autres filles présentes dans le vestiaire ricanèrent. Pauline aurait pu faire mine de ne rien entendre et encaisser, comme d'habitude. Mais à présent les choses étaient différentes. Elle se retourna et affronta le rictus moqueur de Linda.

— Tu peux répéter ce que tu viens de dire ?

Elle restait calme, se tenant bien droite, épaules en arrière, en avançant vers Linda, et dans l'expression de cette dernière, elle décela de la crainte. Linda bredouilla qu'elle avait voulu plaisanter, que ce n'était pas la peine de prendre la mouche à ce point, mais Pauline continuait à se rapprocher tandis que Linda reculait, pour finir les omoplates collées aux casiers.

306

Qui était cette grande jeune femme aux yeux verts étincelants qui prenait tout à coup tant de place ?

— Laisse tomber. Je blaguais.

— Une blague ?

Linda se tassait davantage, ne trouvant rien de chaleureux dans le sourire de Pauline. Une blague, donc ? En effet, on l'avait rétrogradée aux toilettes et c'était proprement scandaleux, car elle ne le méritait d'aucune façon, ça se savait, mais elle n'allait pas se laisser faire. Elle ne se laisserait plus faire, ni par ses supérieurs, ni par des mijaurées dans le genre de Linda. Elle n'allait certainement pas passer le reste de sa vie à moisir dans les W-C du Mapes Hotel. Elle valait mieux que ça. Elle allait se tirer d'ici.

— Quant à cette « histoire » avec Mrs. Miller, comme tu dis, c'est « mon » histoire avec Marilyn.

Oui, elle l'appelait Marilyn, et non Mrs. Miller, à la demande de l'actrice. Ça lui en bouchait un coin, à Linda, pas vrai ? Et d'ailleurs, qu'est-ce qu'elle savait, Linda, de Marilyn ? Des bagatelles ! Rien de plus que les racontars de la cantine et les balivernes de la presse à scandale. Pauline avait eu une chance folle, car Marilyn l'avait laissée entrer dans sa vie, même si c'était seulement pour trois mois. Elle n'en parlerait pas ; elle ne donnerait pas de détails. Mais ces trois mois avaient bouleversé son existence. Oui, Marilyn l'appelait par son prénom. Oui, Marilyn savait qui elle était. Oui, la suite 614 était un souvenir privé qu'elle chérirait pour toujours, enfermé dans un coffre-fort imaginaire et personnel qu'elle pouvait ouvrir quand elle voulait. Quoi qu'il advienne, la suite 614 resterait un lieu où Marilyn avait braqué une lumière particulière sur elle. Sur elle, Pauline. Et personne, personne sur terre ne pourrait lui enlever cela. Pas même Linda et sa jalousie.

Linda se taisait, le visage cramoisi. Aucune des autres filles ne s'esclaffait à présent. Elles observaient Pauline avec un certain respect. Celle-ci quitta le vestiaire et gagna le rez-de-chaussée. En elle, déferlait un pouvoir : cette force inédite qu'elle avait érigée brique par brique au cours des dernières semaines telle une forteresse qui se dressait, épaisse et solide.

Elle allait quitter cet endroit. Elle ignorait encore comment elle s'y prendrait, mais elle s'en irait.

Lincoln l'apostropha alors qu'elle traversait la réception. Il avait quelque chose à lui transmettre.

— Elle a laissé ça pour toi.

Il lui tendit une lettre.

Son cœur bondit en voyant l'inimitable gribouillis aux boucles inégales.

Elle connaissait déjà la réponse, mais elle se sentit obligée de lui demander :

— Qui a laissé ça à mon intention ?

— La secrétaire de Mrs. Miller. Elle est passée hier soir et elle voulait s'assurer qu'on te la remettrait en main propre.

Une réelle admiration se lisait sur le visage de Lincoln.

— Qu'attends-tu pour l'ouvrir, Frenchie ?

Elle plaqua l'enveloppe contre sa poitrine.

— Je le ferai. Ne t'inquiète pas.

Il fallait qu'elle soit seule, loin de la curiosité du jeune homme. Elle sortit, se rendit en face, sur le pont qui enjambait la Truckee River. Elle n'avait pas pris son manteau et un froid vif la saisit. De ses doigts fébriles, elle décacheta l'enveloppe, découvrant une première lettre tapée à la machine, puis une autre enveloppe, plus petite, qu'elle n'ouvrit pas tout de suite.

Miss Pauline Bazelet
Mapes Hotel
10 North Virginia Street
Reno, Nevada 89506

Jeudi 20 octobre 1960

Chère Pauline,

Nous sommes parties dans la précipitation et Marilyn, tout comme moi, est désolée de ne pas avoir pu vous dire au revoir. Je vous écris ceci à la hâte, car nous devons prendre l'avion incessamment pour Los Angeles. Nous ne reviendrons pas à Reno. Le film est presque terminé.

Lors de votre venue sur le tournage, nous avons appris que votre rêve, c'est de devenir vétérinaire et de suivre un stage en Californie, mais que vous n'avez pas pu le faire. Marilyn a été touchée par votre histoire et tient à vous aider. Elle vous envoie ceci, dans la petite enveloppe ci-jointe.

Je vous souhaite du fond du cœur de réussir dans vos projets, et Marilyn se joint à moi.

Nous avons été heureuses de faire votre connaissance.

Très sincèrement,

May Reis

Pauline lut une deuxième fois la lettre en la serrant fort entre ses doigts à cause des bourrasques. Elle retourna en courant au Mapes pour ouvrir la petite enveloppe à l'abri du vent, ne voulant pas prendre le risque qu'elle finisse dans la rivière.

Sur l'enveloppe, elle vit son prénom, suivi de la mention « Personnel », le tout écrit de la main de l'actrice. Elle découvrit un chèque d'un montant qui lui donna le tournis, et un mot :

Chère Pauline,

Le temps est venu pour vous de déployer vos ailes. J'espère que ceci vous aidera à le faire.
Affectueusement,

Marilyn

— Ça va, Frenchie ? On dirait que tu vas tomber dans les pommes.

C'était un des serveurs, Pedro, un plateau à la main.

Pauline était incapable de lui répondre. Il lui demanda si elle voulait un verre d'eau, s'asseoir. Elle se reprit, lui répondit que tout allait bien. Puis elle fixa les cabines téléphoniques à droite de l'entrée.

— Tu dois passer un coup de fil ?

— Oui.

— Tu es sûre que ça va ?

— Dis, je peux t'emprunter un *dime* ? Je n'ai pas mon porte-monnaie sur moi.

Il fouilla dans ses poches et lui tendit quelques pièces. Intrigué, il l'observa, tandis qu'elle se dirigeait vers les cabines, puis s'en alla vers les cuisines.

Elle connaissait sur le bout des doigts le numéro du Double Lazy Heart Ranch, mais sa main tremblait si fort qu'elle dut s'y reprendre à deux fois pour le composer. Son cœur battait comme une grosse caisse et elle n'entendait que lui.

Au moment où elle allait raccrocher, Charlie répondit. Il avait le souffle court et rauque ; cela faisait un an qu'il était mal en point. Billie-Pearl était de sortie avec les chevaux et ne serait pas de retour de sitôt. Pouvait-il lui demander de la rappeler au Mapes ? Et pouvait-il noter le numéro ? Il s'exécuta en toussotant dans le combiné.

En attendant, la seule chose à faire était de se remettre au travail. Pauline sursautait chaque fois que des pas se faisaient entendre sur le carrelage, priant qu'on vienne la prévenir d'un appel téléphonique pour elle, mais c'était invariablement l'approche d'un client. Les heures s'écoulèrent, interminables. Enfin, ce fut le moment de rentrer, d'aller chercher Lily et de prendre le car qui les conduirait à Washington Street.

Pendant la soirée entière, elle espéra que le téléphone allait sonner, mais lorsqu'il le fit, les appels étaient destinés à Marcelle ou à Jimmy. Elle aida sa mère à préparer le repas, donna son bain à Lily, la fit manger, et lui raconta une histoire avant de la coucher. L'appel arriva enfin, alors que Doug était rentré et qu'ils avaient presque fini de dîner.

Ce fut difficile de s'exprimer devant sa famille, car elle n'avait encore rien dit, et la somme des émotions accumulées faillit la faire bégayer à nouveau. Les mots justes ne venaient pas, sortant dans le désordre, pêle-mêle, de sa bouche.

— Doucement ! s'écria Billie-Pearl. On se calme, miss. Recommence de zéro.

Pauline prit une grande inspiration et reprit son récit aussi posément que possible, tandis que Marcelle, Doug et Jimmy s'arrêtaient de manger pour l'écouter, comme interdits.

À l'autre bout du fil, Billie-Pearl émit un long sifflement admiratif.

— Miss, il n'est plus question de te morfondre au Mapes en attendant des jours meilleurs. C'est à toi d'avancer. Tu ne peux pas louper ça. Le Doc est encore sur place. Je vais le choper avant son départ. Je te rappelle.

Pauline raccrocha et se retourna pour faire face aux trois paires d'yeux qui la dévisageaient. Doug fut le premier à prendre la parole.

— Elle t'a laissé un chèque ? dit-il en se levant, les yeux ronds.

— Oui.

— Je peux voir la lettre ?

Pauline partit la chercher. Elle remarqua que Marcelle restait assise, figée, la main accrochée à son verre, tandis que Jimmy sautillait autour de la pièce. Doug lut la lettre à voix haute, ainsi que le petit mot, son timbre devenant de plus en plus enroué.

Puis il prit Pauline dans ses bras, la serra fort. Elle vit qu'il avait les larmes aux yeux. Jimmy était surexcité : qu'avait-elle décidé ? Partirait-elle ? Et pour aller où ? Et Lily ? C'était quand même fou, cette histoire. Il était si fier de sa grande sœur. Et elle méritait tout ça.

Marcelle rompit enfin son silence. Elle alluma une cigarette avec des mains qui tremblaient.

— Que vas-tu faire ? demanda-t-elle à sa fille d'une voix éteinte.

Le téléphone sonnait à nouveau et Pauline répondit : elle reconnut l'accent irlandais de Doc O'Brian. Il la félicita chaleureusement et l'assura que tout pouvait aller vite à partir de maintenant. Il avait déjà laissé un message à son confrère, le docteur Hicks. Pauline ne pouvait plus se permettre d'attendre. La générosité de Marilyn Monroe à son égard était un formidable pied à l'étrier : cette somme allait lui permettre de trouver un hébergement et de faire garder sa fille pendant son stage, car oui, il lui fallait absolument débuter par ce stage, qu'elle effectuerait pendant plusieurs mois, voire une année, et elle devrait ensuite demander une bourse qui financerait ses études. Celles-ci, Pauline était au courant, dureraient au moins six ans. Qu'importe qu'elle n'ait pas décroché son brevet de *high school*, elle pourrait passer les épreuves du GED, qui permettait aux personnes majeures de terminer leurs études secondaires. Elle allait devoir mettre les bouchées doubles, et elle en était capable, il en était persuadé. Il avait une dernière chose à ajouter, un élément important : Velma allait écrire une lettre de recommandation. C'était une excellente nouvelle, selon le Doc. Maintenant que Velma était devenue une célébrité, dont on parlait dans le *Reader's Digest* et même dans des magazines publiés à l'étranger, il y avait peu de vétérinaires aux États-Unis qui n'aient pas entendu parler de « Wild Horse Annie ». Et Velma avait beaucoup de choses à dire sur Pauline, depuis les huit années qu'elle la connaissait.

— Le docteur Hicks ne me répondra probablement pas avant la semaine prochaine. Mais en attendant, tu as du boulot, Pauline, comme tous les samedis. Alors, à demain matin.

Pauline avait en effet prévu de passer le samedi au ranch, et elle viendrait avec Lily, qui s'était fait des camarades avec qui elle avait hâte de jouer. Doug avait eu raison lorsqu'il lui avait dit, en emmenant

314

Pauline au ranch des Johnston la première fois, que les enfants du coin se divertissaient là toute l'année et qu'ils étaient les bienvenus. Ils étaient pris en charge par une communauté unie de locaux, à faire des promenades, à pêcher dans la Truckee River ou à jouer sur la pelouse. Lily adorait ces moments, et elle avait même commencé à monter à cheval avec Billie-Pearl.

Au moment où Pauline terminait sa conversation avec le Doc, elle constata que sa mère avait quitté la pièce. La porte de sa chambre était fermée.

— Elle est tout simplement fatiguée, dit Doug avec regret. Elle est si heureuse pour toi, Pauly.

Cette nuit-là, Pauline ne trouva pas le sommeil. Elle n'arrêtait pas de passer en revue les événements de la journée : la lettre, le petit mot, le chèque. Les choses allaient s'enchaîner rapidement, avait dit le Doc, et elle sentait qu'il avait raison. Elle était prête.

Mais elle revoyait encore et encore le visage tendu de sa mère, ses doigts aux ongles rouges agrippant son verre, la porte fermée. Et elle repensa à Marcelle dans son joli tailleur bleu, sur le quai à la gare de Reno, avec son béret et sa boîte à chapeaux. L'épouse de guerre pleine d'espoir pour qui le rêve américain avait si mal tourné.

Chère Pauline, le temps est venu pour vous de déployer vos ailes.

Novembre 1960
Reno, Nevada

Pauline marqua le pas devant la porte du bureau de Mildred Jones ; elle l'entendait rouspéter au téléphone, alors elle patienta un instant. Elle ne se sentait pas nerveuse, mais le cœur tambourinant était de retour.

Elle leva le poing et frappa.

— Entrez ! fit la voix aiguë de Mildred.

Assise derrière son bureau, lunettes sur le bout du nez, elle leva les yeux d'un air interrogateur. Pauline avait répété plusieurs fois ce qu'elle devait lui dire, devant Billie-Pearl, devant Doug, et à elle-même, en s'adressant aux carreaux orangés de la salle de bains en prenant sa douche. Elle lui dit qu'en premier lieu, elle tenait à la remercier pour tout ce qu'elle avait appris ici, principalement grâce à Mrs. Jones. Mais elle avait décidé qu'il était temps pour elle de passer à autre chose. Par conséquent, elle souhaitait quitter son emploi au Mapes.

— Voici ma lettre de démission, Mrs. Jones.

Elle la posa sur le bureau. Mildred observa la lettre, puis son regard revint vers elle.

— Vous démissionnez ?

— Oui, madame. Je pars en Californie faire un stage dans une clinique vétérinaire. Je viens d'apprendre que ma candidature a été retenue.

— C'est ce que vous souhaitez faire, devenir vétérinaire ?

— Oui, madame.

Mildred se tut un court moment. Était-elle désappointée ? En colère ?

— Avez-vous mis quelqu'un d'autre du Mapes au courant ?

— Vous êtes la première à le savoir, Mrs. Jones.

— Quand débute votre stage ?

— Dans dix jours.

— Je vois.

Un autre silence.

— Et votre fille ?

— Elle vient avec moi. J'ai trouvé un logement pour nous deux et une garderie pour elle.

Pauline voyait bien que Mildred se creusait la cervelle pour essayer de comprendre comment Pauline pouvait se permettre tout cela et comment elle-même pourrait s'y prendre pour le lui demander sans paraître discourtoise ou trop curieuse. Lincoln avait-il parlé de la lettre que May Reis avait déposée ? Pauline ne l'évoquait pas. Cela ne regardait personne. Elle avait déjà écrit à Marilyn, aux bons soins de May au Beverly Hills Hotel, car elle avait appris qu'elles s'y rendaient après avoir quitté Reno. Elle espérait que sa lettre de remerciement arriverait à bon port ; elle avait mis une éternité pour l'écrire. Et lorsqu'elle était allée à la banque pour déposer le chèque sur son compte, la dame derrière le comptoir avait failli s'évanouir lorsqu'elle avait remarqué qu'il était signé par Marilyn Monroe elle-même.

— Vous pouvez être fière de vous, Pauline. Félicitations.

Pauline s'attendait à tout, mais pas à l'approbation de Mildred Jones.

— Pour votre préavis, ça sera une semaine, selon votre contrat. Pilar est de retour, le poignet guéri, et je ne suis pas en sous-effectif. J'ai même embauché quelques nouvelles.

— Bien, Mrs. Jones.

Mildred vérifia le calendrier punaisé au mur derrière elle.

— Nous sommes le vendredi 4 novembre. Donc, votre dernier jour pourrait être le vendredi 11.

— Très bien, Mrs. Jones. C'est noté.

Elle se demandait comment elle allait pouvoir tenir encore une semaine, mais elle s'était préparée à l'éventualité d'un préavis. Au moment où elle s'en allait, Mildred la retint.

— Attendez une minute. Je vais arranger ça.

Pauline s'interrogea sur la signification de cette phrase. Arranger quoi ?

Mildred saisit le téléphone, composa un numéro.

— Allô, Lucinda ? C'est Mildred.

Lucinda était la gestionnaire des bulletins de paie et son bureau était situé également au deuxième étage. C'était elle qui gérait tous les salaires du Mapes.

Pendant qu'elle lui demandait si elle ne la dérangeait pas, Mildred remplit un formulaire. Elle allait lui envoyer de ce pas Pauline Bazelet, qui les quittait. Oui, c'était bien triste, car c'était une excellente recrue, mais Pauline allait devenir vétérinaire, en Californie, parfaitement. Il fallait lui donner son salaire de novembre sur-le-champ, en incluant son préavis d'une semaine, jusqu'au 11 novembre.

Mildred lui tendit le formulaire.

— Plus rien ne vous retient ici.

— Merci, Mrs. Jones. Merci du fond du cœur.

— Cessez de me regarder avec ces yeux humides, ma fille, sinon je vais me mettre à pleurnicher moi aussi. Allez chercher votre chèque et filez.

Mildred se moucha bruyamment.

— Oui, Mrs. Jones. Au revoir.

— Attendez. Vous avez dit vétérinaire, mais dans quelle spécialité ?

— Équine.

— Cela signifie que vous allez vous occuper de chevaux ?

— Tout à fait.

— Bien. Allez zou, Pauline. Lucinda vous attend. Vous êtes libre comme l'air.

Oui, elle était libre. Elle n'osait pas y croire alors qu'elle sautillait presque jusqu'au bureau de Lucinda. Elle transmit le document que Mildred lui avait donné et reçut une enveloppe en retour. Sa dernière paie.

— Vous allez en Californie pour devenir vétérinaire ?

— C'est exact.

— Bonne chance, Pauline.

Le bureau de Kendall était en face. Elle pourrait y aller de ce pas et lui faire ses adieux, car elle partait plus tôt que prévu, avec la bénédiction de Mildred Jones.

Lorsque la secrétaire de Kendall l'aperçut, elle lui annonça sans ambages :

— Mr. Spencer s'est absenté.

Pauline montra du doigt le manteau et le chapeau de Kendall accrochés à la patère.

— Je ne pense pas, dit-elle.

— Eh bien, il n'est pas disponible, marmonna la femme, dont le prénom échappait sans cesse à Pauline – quelque chose comme Ethel ou Bertha.

— Il est en réunion ?

— Il n'est pas disponible.

Pauline fixa le battant. Tant d'événements s'étaient déroulés derrière cette porte. Elle ne voulait plus y penser.

— Partez, s'il vous plaît, dit la secrétaire.

Ethel. Pauline était certaine qu'elle se prénommait Ethel.

— J'ai simplement besoin d'une minute ou deux avec lui, Ethel.

— Vous devriez vous en aller. Et, si vous permettez, je m'appelle Bertha.

— Est-il seul ?

— Je vous l'ai déjà dit, Mr. Spencer n'est pas disponible pour vous.

— Nous verrons bien.

Malgré les protestations de Bertha, Pauline se dirigea vers la porte et l'ouvrit d'un coup. Kendall Spencer était assis à son bureau, au téléphone.

— J'ai demandé à ne pas être dérangé, nom de Dieu !

— Je suis navrée, Mr. Spencer, geignit Bertha, mais cette personne s'est introduite ici malgré votre interdiction.

— Je vous rappelle, aboya Kendall à son interlocuteur et il raccrocha.

Puis il leva le menton vers Pauline en lui demandant d'entrer et de fermer la porte.

Elle détestait revenir ici, comme elle détestait l'odeur qui régnait en ces lieux : ce mélange de tabac froid, de cuir et d'after-shave à la menthe.

Il alluma une cigarette et la fuma rageusement en la toisant.

— Tu en as du culot de te pointer comme ça. Ça fait des semaines que tu m'évites. J'imagine que tu es là pour te plaindre de ta rétrogradation ?

— Je suis venue te dire au revoir.

Kendall se redressa.

— Pardon ?

— Je pars. Je quitte Reno.

Il éteignit sa cigarette hâtivement. Que racontait-elle, enfin ? Quitter Reno ? Et pour aller où ? Que se passait-il ?

— Lily vient avec moi.

Elle lui dit où elles allaient, et pour quelle raison. Kendall faisait de son mieux pour rester calme, mais y parvenait difficilement. Il tournait en rond autour de la pièce en se passant des doigts fébriles dans les cheveux. Il ne cessait de répéter qu'elle ne pouvait pas lui faire ça. Elle ne pouvait pas s'en aller. Elle devait rester à Reno. Comment allait-elle subvenir à ses besoins ? Payer un loyer ? N'ayant nullement l'intention de lui parler du chèque de Marilyn, Pauline répondit qu'elle avait tout prévu.

— J'ai démissionné. C'est fait.

Il était sous le choc. Il faillit se mettre à gémir. Comment pouvait-elle lui faire une chose pareille ? Il était sur le point de lui dégoter un poste en or au service des réservations, il avait tout planifié et c'était censé être une merveilleuse surprise. Elle espérait devenir vétérinaire ? Allons ! Elle n'avait même pas son diplôme de *high school*. Elle devait redescendre sur terre. Et Lily ? C'était sa fille, à lui aussi ; il avait son mot à dire, après tout !

— Lily ne porte même pas ton nom. Pas un seul document ne stipule que tu es son père.

Comme d'habitude, il tenta une autre manœuvre, la méthode tactile, celle qu'elle exécrait par-dessus tout : en mettant ses bras autour d'elle, en déposant des baisers moites sur son visage et en la caressant, mais la différence était qu'elle ne restait plus plantée là en attendant que cela se passe, en se projetant à des kilomètres ; désormais, elle le repoussait.

— Ça suffit, Kendall.

Il lui secoua le bras. Que signifiait ce *ça suffit* ? Elle se prenait pour qui ? Elle se donnait de grands airs uniquement parce qu'une vedette du cinéma l'avait appelée par son prénom. Eh bien, il avait une grande nouvelle pour elle : elle n'était qu'une femme de ménage. Une de ces femelles insignifiantes que personne ne voyait vraiment, en dépit de son joli minois. Voilà tout ce qu'elle était.

Il remarqua son attitude froide et tendue, et revint rapidement à sa tactique précédente. Il était désolé ; il n'avait pas voulu être cruel. Elle comptait tant pour lui, ainsi que Lily. Elle devait comprendre qu'il les adorait, qu'il s'en faisait tant pour elles.

— Tu dis souvent ce mot, « adorer ». Tu nous « adores ».

Il l'enlaça à nouveau. Mais oui, c'était bien le mot juste : il les adorait. À la folie. Et c'était pour ça qu'il fallait qu'elles restent toutes les deux à Reno. C'était compliqué avec son épouse, certes, mais il était persuadé qu'Evaline finirait par comprendre l'importance de Pauline et de Lily dans sa vie.

Il lui parlait d'une voix grave et douce, celle qu'il avait utilisée tant de fois, et qui l'avait bernée tant de fois.

— Tu ne m'as jamais dit que tu m'aimais. Que tu aimais Lily.

— Mais c'est le cas, mon ange !

— C'est trop tard, Kendall.

— Donne-moi encore une chance, je t'en supplie. Fais-moi confiance.

Elle lui dit qu'elle était encore jeune, qu'elle avait toute la vie devant elle et que son avenir semblait enfin plus rose. Elle quitterait le Nevada pour construire son destin et celui de sa fille, et rien ni personne n'allait l'en empêcher. Surtout pas lui.

Alors il l'attrapa avec une sorte de désespoir enragé et tenta de lui arracher un baiser ; elle se débattit, le repoussa.

— Tu n'as pas le droit de partir. Tu m'appartiens. Lily aussi. Vous êtes à moi.

Elle éclata de rire, et elle lui parut différente : une autre Pauline qu'il ne connaissait pas. Elle continua : qu'avait-il à lui offrir, si ce n'était d'être une femme de l'ombre, la maîtresse invisible qu'il voyait derrière le dos de son épouse ? La perspective de cette existence lui faisait horreur.

— Tu me brises le cœur, dit-il avec un sanglot qui paraissait si authentique qu'elle eut envie de le féliciter pour sa prestation d'acteur.

Elle ouvrit la porte et, devant sa secrétaire et ses assistantes ébaubies, elle lui lança :

— Au revoir, Mr. Spencer. Portez-vous bien. Quelque chose me dit que nous n'allons pas nous revoir de sitôt.

Tandis qu'elle quittait le deuxième étage, elle n'en revenait pas de ce qu'elle avait réussi à faire. La jeune femme hésitante s'était envolée pour céder la place à une guerrière. Elle se voyait en armure, une lance à la main, chevauchant Commander. Elle faillit en rire, mais cette image l'enchantait.

Elle alla au sous-sol pour remettre ses vêtements et glissa son uniforme dans un sac qu'elle laissa sur place. Plus jamais elle ne le porterait. Elle devait à présent faire ses adieux à tout ce petit monde du Mapes, son univers depuis trois ans. Elle prit son temps pour cela, ne voulant manquer personne, d'Ernesto, le portier, à Dan, de la Sky Room, à Addie, sa standardiste préférée, en passant par Pedro, du service en chambre. Casper, bouleversé, faillit pleurer, et Marty lâcha avec candeur : « Oh non, Frenchie, tu ne vas pas te barrer ! » Lincoln déclara qu'elle avait bien raison. Mais elle allait leur manquer, ajouta-t-il. Fern, Kitty, Harper et Maud étaient désolées de la voir partir, mais heureuses pour elle. Seule Linda n'eut rien à lui dire, mais Pauline s'y attendait.

Quelle sensation bizarre de quitter le Mapes pour la dernière fois et de se retourner pour voir sa masse se dresser derrière elle comme un géant silencieux, lui souhaitant bonne chance.

C'étaient aussi ses derniers moments au ranch. Quand serait-elle de retour ? Elle n'en savait rien. Elle avait vaqué à ses occupations avec bonheur, assistant Doc O'Brian, aidant Velma pour la paperasserie, donnant un coup de main à Billie-Pearl avec les nouveaux arrivants.

— Tu as vu Commander récemment ? demanda-t-elle à son amie.

— Il s'est blessé, à mon avis. Sans doute une nouvelle bataille.

Il avait l'air de claudiquer, se tenant éloigné du Double Lazy Heart Ranch, mais laissait ses poulains s'approcher des clôtures. Billie-Pearl était-elle inquiète ? Pas vraiment. Il était capable de se défendre. Elle regrettait juste qu'il reste à distance pour n'être visible que de loin.

— Il se fait désirer.

— Je sais. Mais j'aurais aimé lui dire au revoir, dit Pauline.

— Il construit sa légende.

Les poulains de Commander se montraient bien moins farouches, se mêlant aux autres mustangs. Sa progéniture se distinguait aisément : elle possédait l'élégance musclée de son géniteur. Billie-Pearl avait trouvé des prénoms parfaits : Captain, Major, Scout, Athena et Storm.

Le samedi après-midi, Velma se précipita vers elles alors qu'elles nettoyaient les étables.

— Clark Gable a eu un infarctus ! Il est hospitalisé. Je viens de l'entendre à la radio.

Mrs. Strasberg s'inquiétait pour la santé de l'acteur, se souvint Pauline : il avait suivi un régime draconien pour ce rôle de cow-boy, et perdu un nombre considérable de kilos. Velma ajouta qu'elle avait appris par le bouche-à-oreille qu'il fumait et buvait. Comme la plupart des gens sur ce tournage, fit Billie-Pearl d'un ton sardonique. Certains murmuraient que le film était déjà maudit, avant même de sortir sur grand écran, mais Pauline avait hâte de le voir.

— Je croyais que tu t'en fichais, du cinéma, s'amusa Billie-Pearl.

— Oui, mais ça c'était avant la suite 614, sourit Pauline.

Velma voulait en savoir plus sur le stage à Mont-Shasta, alors Pauline lui donna quelques détails : l'épouse du docteur Hicks, d'une formidable gentillesse, l'avait aidée à trouver un logement tout près de la clinique, ainsi que la bonne personne pour garder Lily.

— Quand pars-tu ? demanda Velma.

— Dans quelques jours.

— Comment comptes-tu t'y rendre ?

— C'est Doug qui nous conduit. Je me trouverai une voiture sur place plus tard.

— Et ta mère ? Comment réagit-elle ?

Pauline savait qu'elle pouvait dire la vérité à Velma et Billie-Pearl, mais elle se retint.

— Elle n'est pas emballée, dit-elle avec prudence.

Et elle se sentit coupable de se réjouir de la crise cardiaque de Clark Gable car ainsi Marcelle, ce soir, à la table du dîner, aurait un autre sujet en tête que le stage de Pauline à Mont-Shasta.

En effet, à son retour, Pauline trouva Marcelle rivée à la télévision et à la radio, cherchant les dernières informations sur son idole. Apparemment,

John Huston et Marilyn Monroe avaient été mis en cause par l'entourage de Gable, accusés l'un et l'autre de lui avoir fait courir des risques inutiles avec les cascades et de l'avoir obligé à attendre des heures dans la chaleur étouffante du désert.

— Il paraît qu'il s'est fort peu plaint, dit Marcelle. Un homme admirable.

Mais même l'état préoccupant de Clark Gable ne put mettre au second plan le départ de Pauline, prévu pour le 9 novembre. Tout était prêt, sa valise, celle de sa fille, la petite tour Eiffel qu'elle avait gardée pendant toutes ces années, ainsi que la maison de poupée offerte par Marilyn à Lily. On n'annonçait pas de neige et le temps serait beau jusqu'au mont Shasta. Ils en avaient pour quatre heures de route.

Le matin du départ, lorsque Marcelle apparut au petit déjeuner, Pauline remarqua les traits tirés de sa mère : ses cheveux étaient en désordre, des racines grises commençaient à poindre, ce qui était surprenant chez une personne qui accordait tant d'importance à son apparence. Son visage nu semblait fripé, plus âgé, et aux yeux de Pauline, subitement émouvant. Elle paraissait perdue, les gestes hésitants, sous l'œil inquiet de Doug qui lui servit un café.

Lily remplissait la pièce de son babil, surexcitée à l'idée de partir, de découvrir un autre logement, des camarades différents, tandis que Marcelle se recroquevillait devant sa tasse.

— Des nouvelles de Clark Gable, maman ? demanda Pauline par-dessus les gazouillis de Lily.

Le regard de Marcelle était noyé de tristesse. Elle dit qu'elle se souciait peu de Gable, dont la santé ne l'empêchait pas de dormir. Ce qui la chagrinait, c'était le départ de sa fille. Et de sa petite-fille. Elle s'exprima en français, ce qui exclut Doug et Jimmy de la conversation, et lorsque Pauline répondit en anglais, Marcelle s'en tint avec opiniâtreté à sa langue maternelle. Elle ajouta que l'idée de cette maison, de cette ville, de cet État sans Pauline, sans Lily, était insupportable. Elle devenait folle rien que d'y penser. Comment pourrait-elle survivre sans elles ? Elle n'y parviendrait pas. Elle brûlait de fermer sa boutique, la vendre et retourner à Paris chez sa sœur. Rien n'avait marché pour elle ici. Et sans sa fille, elle perdrait pied.

Pauline savait que sa mère avait tendance à exagérer en mieux ou, dans le cas présent, en pire. Marcelle se délectait de sa propre théâtralité.

— Nous devons y aller, Pauly, déclara Doug.

Il n'avait pas besoin de comprendre le français pour saisir le désarroi de sa femme. Il posa une main réconfortante sur l'épaule de Marcelle : tout se passerait bien pour Pauline et Lily. Voir ses enfants quitter le nid faisait partie de la vie. Le vide qu'elle ressentait en ce moment était naturel. C'était dans l'ordre des choses et elle devait apprendre à y faire face. Il ajouta qu'il allait vérifier les pneus de la voiture, et sortit.

Marcelle se mit à pleurer, tandis que Jimmy la contemplait, perplexe. Il avait été témoin d'un grand nombre de scènes liées à la langue acérée de sa mère, à sa consommation d'alcool, à ses propos maladroits, mais pas à autant de chagrin. Il emmena Lily hors de la pièce, suggérant un dernier jeu avant de partir.

D'habitude, Pauline réconfortait sa mère en l'écoutant, en lui tapotant la main et en hochant la tête pendant que sa détresse se déversait. Elle avait conscience que ce matin n'était pas pareil. Elle tenait fermement la main de Marcelle, la forçant à lever les yeux ; elle lui parlait en français, avec une intensité qu'elle n'avait pas encore utilisée avec Marcelle. Doug avait raison : elle et Lily iraient bien. Mais maintenant, Marcelle devait se ressaisir. Cela ne pouvait plus durer. Elle devait s'arrêter de boire. Il était temps pour elle de s'en occuper enfin, d'en parler. Lors de son séjour à l'hôpital pour la naissance de Lily, Pauline avait vu des affiches dans les salles d'attente. Il existait des endroits où Marcelle pouvait aller sans prendre rendez-vous, afin de se faire aider.

— Je ne suis pas alcoolique. Je bois un peu trop de temps en temps. C'est tout.

— Maman. Regarde les choses en face. S'il te plaît.

Marcelle baissa la tête en gémissant.

— J'ai honte. J'ai tellement honte.

— Maman, écoute-moi.

Sa mère devait prendre conscience de sa propre chance, d'effectuer un travail qu'elle aimait et qu'elle faisait bien, d'avoir réussi ; elle devait se réjouir de sa bonne clientèle, mais surtout d'avoir un époux aimant et dévoué, un fils solaire. Oui, la vie de Marcelle était belle. Il fallait qu'elle la regarde et qu'elle en tire de la joie.

Sa mère l'interrompit d'une voix brisée :

— Je ne peux pas vivre sans toi, ma fille chérie. Je ne vais pas y arriver.

Les larmes coulèrent à nouveau. Elle avait été trop dure avec Pauline, elle le savait. Elle ne lui avait pas encore dit à quel point elle était fière d'elle, et elle avait eu tort d'avoir attendu si longtemps pour le faire. Elle avait agi tout de travers avec sa fille. Si petite déjà, Pauline avait su s'adapter à ce nouveau pays, à sa langue, à ses coutumes. Pauline avait réussi là où elle avait échoué. Et les mustangs… Quelle idiote elle avait été de lui en vouloir pour cette passion, de ne pas avoir compris qui était sa fille, de ne pas avoir assez cru en elle. Elle l'avait poussée dans les bras de ce sale type, et elle ne se le pardonnerait jamais, même si Lily était née de ce désastre et qu'elle aimait Lily plus que tout. Elle avait tout loupé. Elle avait été une mère pitoyable. De ça aussi, elle avait honte.

— Ça suffit, maman, l'interrompit Pauline en caressant le visage humide de Marcelle. Cesse de te rabaisser.

— Je ne supporte pas l'idée de ta chambre vide.

— Toi aussi, tu as quitté ton foyer, un jour ?

Marcelle s'essuya les joues.

— À vrai dire, oui. Et je me rappelle que ta grand-mère pleurait. Tu connais le surnom du Nevada ? L'État des adieux. Les gens viennent ici pour divorcer, pour perdre leur argent dans les casinos, et s'en aller. Et maintenant, c'est à ton tour de faire tes adieux.

— Maman, n'oublie pas que nous ne partons pas bien loin, seulement à quatre heures de route d'ici.

— C'est le moment, mesdames, déclara Doug depuis le porche.

Marcelle appela Jimmy et Lily, et tous sortirent dans la froide matinée de novembre.

Une Ford Thunderbird d'un bleu étincelant était garée devant la maison. Doug tendit à Pauline un jeu de clés.

— Surprise ! annonça-t-il tranquillement. Pour t'aider à prendre ton envol.

Elle en eut le souffle coupé, perdant presque l'équilibre sur les marches du perron. Il avait dégoté une bonne affaire auprès d'un collègue dans un autre garage, et il avait travaillé sur la T-Bird en personne. Elle était d'occasion, certes, mais en excellent état. Les bagages étaient déjà dans le coffre. Pauline allait conduire sa fille elle-même jusqu'en Californie.

— Vous étiez au courant ? demanda-t-elle à sa mère et à son frère.

Oui, et ils avaient approuvé. Pauline savait ce que cette voiture avait dû lui coûter, les économies qui y passaient. Elle se jeta dans ses bras. Elle s'était promis de ne pas pleurer, mais c'était fichu.

— Va faire un petit tour, histoire de la prendre en main, dit Doug en faisant de son mieux pour ne pas laisser l'émotion le submerger, lui aussi. Ça te changera de la vieille Buick !

Pauline s'installa au volant, alors que le moteur de la Thunderbird émettait un joli rugissement.

— Tu en jettes, Pauly ! déclara Jimmy avec fierté.

Leur voisine, Mrs. Sheldon, tasse de café à la main, ouvrit sa porte pour les saluer.

— Bon voyage ! cria-t-elle.

— C'est la nouvelle voiture de maman, cria Lily, au comble de l'excitation. On va en Californie !

Il était l'heure de partir. Doug installa Lily dans un petit harnais sur la banquette arrière en lui disant de rester bien sagement dedans. Pauline enlaça son frère, puis Doug, et finalement Marcelle.

— Appelle-moi dès que vous serez arrivées !

— Promis, maman.

Au moment où Pauline et Lily s'apprêtaient à partir, la sonnerie du téléphone se fit entendre.

— J'y vais ! fit Jimmy en se dépêchant.

Il revint quelques secondes plus tard, une expression ironique sur le visage.

— C'est pour toi, Pauly. Kendall Spencer.

Elle n'hésita pas :

— Dis-lui que je suis déjà en route.

Alors qu'elle s'éloignait, elle les vit lui faire signe dans le rétroviseur : Doug serrant Marcelle contre lui, Jimmy envoyant des baisers. Elle agita la main jusqu'à ce qu'ils disparaissent de sa vue et que Washington Street s'efface.

Pauline se dirigea vers le nord en direction de la route 395. La circulation était fluide et un pâle soleil de novembre se levait, illuminant les sommets argentés d'une lueur rose.

— Que dirais-tu d'un peu de musique, Lily ?

Elle alluma la radio et la première chanson qu'elles entendirent fut *What'd I Say* de Ray Charles.

Elle monta le volume. Comment ne pas penser à Marilyn en train de danser sur cette chanson, dans la Sky Room, pendant la panne géante, lorsque les incendies de forêt faisaient rage autour de Reno ? C'était comme un signe qui lui était adressé.

Dans vingt minutes, elles passeraient la frontière, quittant le Nevada pour entrer en Californie. Elle pensa à tout ce qu'elle laissait derrière elle, comme elle l'avait fait à sept ans en embarquant sur un navire pour l'Amérique. Et elle se souvint d'un de ses premiers étés passés à Lake Tahoe, alors qu'elle escaladait un gros rocher et que le lac lui avait paru si lointain et qu'elle était angoissée à l'idée de sauter. Doug, déjà dans l'eau, lui criait de s'élancer en prenant bien soin de s'écarter du rocher, tandis que Marcelle, au sec sur sa serviette avec Jimmy dans les bras, redoutait que sa fille glisse et se blesse. Le ventre noué, elle avait hésité, puis elle s'était jetée dans le lac ; lorsqu'elle était remontée à la surface sous les applaudissements de Doug et de Marcelle, elle en avait éprouvé une fierté inoubliable.

Aujourd'hui, toutes ces années plus tard, elle se jetait de nouveau dans le vide. Et elle n'avait plus peur.

Pauline prit de la vitesse, la Thunderbird faisant vibrer le volant sous ses doigts.

— Regarde bien, ma Lily. On va déployer nos ailes.

La foule était devenue silencieuse, et le froid gagnait du terrain pendant ces longues minutes où personne ne parlait. La journaliste et son cameraman s'étaient détournés de Pauline pour braquer leur objectif sur l'hôtel condamné. Il était huit heures du matin, et toujours pas de signe d'implosion. Y avait-il une complication avec les détonateurs ? Devant elle, une femme coiffée d'un foulard noir et blanc se moucha.

Enfin, Pauline entendit une série de déflagrations rapides comme autant de pétards lancés par des enfants, et pendant un court instant, l'hôtel sembla tenir bon, stoïque, puis, lors d'une nouvelle salve d'explosions, plus puissantes cette fois, l'aile est de la structure de briques tangua, vulgaire rideau malmené par le vent, et finit par s'effondrer, entraînant à sa suite la lourde masse de l'hôtel, qui tomba en avant vers Center Street.

La scène ne dura que six ou sept secondes, mais Pauline eut le temps de regarder vers la suite d'angle du sixième étage orientée à l'ouest et vers les baies vitrées de la Sky Room, avant que la façade entière se gondole avec une grâce surprenante, comme sous le joug d'une poigne invisible, et qu'elle se pulvérise dans un bruit de tonnerre.

Comment un pan entier de son existence à Reno pouvait-il être si facilement anéanti ? Elle pensait aux milliers de clients qui avaient dormi là depuis 1947, à tout ce qui s'était tramé dans ces chambres : les joies, les surprises et les drames vécus entre des murs dont il ne restait que d'éphémères débris, contrairement aux vestiges des villes fantômes visitées dans sa jeunesse. À présent, des réminiscences plus intimes affluaient : l'épaisseur crémeuse de la moquette qui garnissait les couloirs, le goutte-à-goutte du robinet défectueux des lavabos des toilettes pour dames, l'odeur douceâtre du vestiaire au sous-sol, la texture granuleuse des canapés en cuir du bureau de Kendall, les cigarettes fumées à la sauvette avec Kitty et Harper dans l'entrée du personnel, près de la machine à café. Mais si le Mapes Hotel avait bel et bien disparu, des images de la suite 614 s'attardaient, tel un néon laissant des traces sur une rétine : le vase de roses blanches sur la table basse, les flacons éparpillés de Nembutal, les cheveux platine coincés dans la brosse à cheveux, les boucles d'oreilles sous le lit.

De vastes volutes de poussière dorée s'élevaient comme des boucles folles, se déployant vers la rivière, vers la foule amassée le long des rues, des gens se mirent à applaudir et à siffler, et même à crier, et Pauline ne comprenait pas leur jubilation, alors que l'odeur âcre de la fumée et de la poudre lui piquait les yeux. Elle se rappela la mise en garde de Nick l'invitant à se méfier du désarroi qui pourrait l'étreindre, et elle se dit qu'il avait eu raison, car une partie d'elle-même gisait désormais au cœur de cet amoncellement de décombres et de souvenirs.

Jim glissa un bras autour des épaules de sa sœur, comme s'il devinait son émotion, alors qu'elle n'avait encore rien dit. Il n'y avait pas que des mines enjouées parmi les badauds : la jeune femme au bonnet bleu, dont le père avait travaillé au casino du Mapes, essuyait des larmes, tandis que le monsieur âgé à la rose rouge avait les traits défaits en portant la fleur à ses lèvres.

— Ça va, miss ? dit Billie-Pearl.

La caméra était à nouveau braquée sur Pauline. Elle n'eut pas le temps de recouvrer ses esprits, ni même de répondre à son amie, mais c'était sans doute ce que la journaliste recherchait : des réactions sur le vif.

— Vous êtes prête ? lui demanda la jeune femme en palpant son oreillette. Ça va être à nous.

La lente complainte d'une cornemuse aux accords lancinants se fit entendre, frappant Pauline en plein cœur, alors que sur le vide béant laissé par le Mapes retombait une poussière blonde.

Le même jour
Dimanche 30 janvier 2000
18 heures (heure locale)
Mayfair, Londres

La vieille dame au bras en écharpe avait du mal à allumer son téléviseur. À bientôt quatre-vingt-dix ans, ce membre cassé l'exaspérait, mais ne l'empêchait nullement de continuer à gravir ses sept étages chaque jour afin de rejoindre son appartement mansardé sous les toits. Depuis bientôt quarante ans elle vivait là, dans un immeuble d'époque édouardienne aux briques jaunes donnant sur Grosvenor Square, et elle prenait encore un malin plaisir à taquiner ses invités qui arrivaient essoufflés sur le pas de sa porte.

Elle finit par demander de l'aide à Linni. Son assistante et amie savait que la vieille dame ne voulait pas rater les nouvelles en provenance des États-Unis, son pays d'origine, qu'elle regardait tous les soirs sur une chaîne câblée, en général avec à la main un verre de vin rouge. Linni était pleine d'admiration pour son amie de longue date, laquelle, bien qu'elle eût pris sa retraite depuis une vingtaine d'années, continuait à écrire, assise à son bureau encombré de papiers, à classer ses archives et à recevoir des visites. Elle restait élégante, se parfumait à la rose, nouait en chignon ses longs cheveux ivoire et portait des tailleurs-pantalons à la ligne épurée et des foulards en soie de couleur vive.

Linni alluma le téléviseur, trouva la bonne chaîne et alla chercher le verre de vin en tirant les rideaux sur la froide nuit londonienne.

— Ça vous va, un cabernet ? lança-t-elle de la cuisine.

— Impeccable, répondit la vieille dame d'une voix grave qui paraissait presque masculine.

Le téléphone sonna pendant le début du journal télévisé : c'était une voisine qui voulait prendre des nouvelles de son bras cassé. Pendant toute la conversation, ses yeux restèrent rivés sur l'écran.

À la surprise de Linni, elle l'entendit dire à sa voisine qu'elle la rappellerait, puis raccrocha.

— Linni, pouvez-vous monter le son ?

C'était un reportage en différé : la désintégration d'un immeuble qui s'effondrait dans des nuages de poussière. Le bandeau rouge sous les images affichait : « L'adieu au Mapes Hotel. Reno, Nevada ».

— Vous connaissiez ?

— J'y ai même dormi, figurez-vous, répondit la vieille dame en scrutant les images avec attention. Il y a bien longtemps.

La journaliste expliquait que le Mapes Hotel avait eu son heure de gloire et qu'avant d'être éclipsé par les hôtels-casinos rutilants de Las Vegas et d'être contraint de mettre la clé sous la porte au début des années quatre-vingt, il était considéré comme le lieu le plus élégant de Reno.

— Quel bel endroit, soupira Linni devant les anciennes photographies qui défilaient à l'écran où l'on voyait l'édifice de briques rouges s'élever au-dessus de la ville.

La journaliste apparut à nouveau à l'antenne, avec à ses côtés une femme d'une soixantaine d'années.

— Nous sommes à Reno, Nevada, devant le Mapes Hotel, ou plutôt ce qu'il en reste, en compagnie du docteur Pauline Bazelet, vétérinaire en Californie. Où ça en Californie ?

— À Mont-Shasta.

— Juste avant l'implosion, vous nous racontiez que durant l'été 1960 vous aviez été employée au Mapes Hotel comme femme de chambre et que vous y aviez rencontré quelqu'un qui a changé votre vie. Pouvez-vous nous en dire plus ?

— Oui, bien sûr. Un matin de juillet 1960, je pensais que la suite dans laquelle je travaillais était vide. Ce n'était pas le cas. J'ai réveillé une cliente avec le bruit de mon aspirateur.

La journaliste gloussa.

— Avez-vous eu des ennuis ?

— Non. Cette cliente était si gentille avec moi. À ce moment-là, je n'avais aucune idée de qui elle était.

— Et de qui s'agissait-il ?

— De Marilyn Monroe. Elle séjournait au Mapes pour le tournage des *Désaxés.*

— Vous voulez dire que vous ne l'avez pas reconnue ? demanda la journaliste.

— Absolument pas. Sans maquillage, on aurait dit madame Tout-le-monde.

La vieille dame s'amusait tout en sirotant son cabernet.

— Véridique ! glissa-t-elle à Linni. À l'époque, les Miller se dirigeaient droit vers le divorce. Marilyn abusait déjà des somnifères. Le matin, elle ne ressemblait à rien.

— Mais bien sûr, vous étiez au Mapes ! s'exclama Linni. Comment avais-je pu l'oublier ?

— Oh oui ! Et pour m'en souvenir, je m'en souviens ! Un tournage qui s'est déroulé dans une grande souffrance.

À l'écran, la journaliste poursuivait son interview :

— Combien de temps l'avez-vous côtoyée au Mapes ? Et qu'avait-elle de si particulier, d'après vous ?

— Marilyn était un être à part parce qu'elle s'intéressait aux invisibles, comme moi, la femme de chambre. Elle a même voulu rencontrer ma fille, qui avait alors trois ans. C'était elle qui avait demandé à ma direction que je m'occupe de sa suite. Et pendant deux mois, je l'ai vue presque tous les jours.

— Racontez-nous un de vos plus beaux souvenirs avec Marilyn.

— C'est dur de n'en choisir qu'un seul… Mais je dirais que c'est le jour où elle m'a invitée sur le tournage du film.

Elle sourit : oui, c'était un merveilleux souvenir, Marilyn avait joué sa scène la plus difficile, la plus émouvante. La plus inoubliable. Le visage de

342

la sexagénaire s'illumina tout à coup ; elle passa une main dans ses courts cheveux striés de gris et la caméra qui la filmait en gros plan se rapprocha de ses grands yeux verts.

La vieille dame tapa sur ses genoux avec sa main valide en faisant sursauter Linni.

— Sacredieu, j'ai déjà vu cette femme ! Je me souviens de ces yeux. De ce sourire. Pouvez-vous noter son nom ? Il est à l'écran à l'instant. Faites vite.

La journaliste poursuivit :

— Vous avez donc rencontré Marilyn Monroe au Mapes Hotel alors qu'elle traversait l'un des moments les plus éprouvants de sa carrière. Vous étiez devenues proches ?

— D'une certaine façon, oui. Mais je ne l'ai plus revue après son départ du Mapes.

— C'est le docteur Pauline Bazelet, dit Linni tout en écrivant sur un bloc. Vétérinaire à Mont-Shasta en Californie. C'est bon, j'ai noté.

— Et comment Marilyn a-t-elle tout changé pour vous ? En faisant quoi, précisément ?

— J'étais piégée dans une petite vie morne. J'étais encore jeune et j'ignorais comment m'en libérer. Elle m'a montré comment avoir confiance en moi, comment m'affirmer. Et elle m'a fait un cadeau.

— Quoi donc ?

— C'est très personnel. Je préfère garder ça pour moi. Disons que son geste a été une sorte de tremplin. Cette année-là, j'ai pris mon envol.

— Le Mapes devait être un endroit assez unique pour vous. Qu'avez-vous éprouvé lorsque vous l'avez vu tomber, il y a quelques instants ?

— L'impression que toute une partie de ma vie s'en allait.

— Merci, docteur Bazelet.

La vieille dame se mit debout avec énergie.

— Linni, écoutez-moi. Je ne puis rien faire avec ce satané bras. S'il vous plaît, allez chercher dans mes dossiers tout ce qui est marqué « Reno, Nevada, 1960 ».

Linni s'exécuta.

— Il y a sept ou huit classeurs, lança-t-elle du bureau voisin. Vous les voulez tous ?

— Oui, tous.

— Que cherchez-vous ?

— Vous verrez bien. Vous savez à quel point j'adore fouiller dans mes affaires, tomber sur des choses oubliées, feuilleter les archives de ma mémoire.

Linni la regarda affectueusement.

— Moi, ce que j'adore, c'est ce joyeux sourire sur vos lèvres.

— Un autre verre de cabernet me ferait bien plaisir, ma chère, car je ne vais pas me coucher de sitôt. Vous non plus. Ce soir, direction le Nevada. Et je vous embarque avec moi.

344

Le même jour
Dimanche 30 janvier 2000
8 h 30
Reno, Nevada

— Frenchie ! Je pensais bien que c'était toi !

Plus personne ne l'appelait ainsi. Une femme de son âge lui tirait la manche alors que l'affluence n'avait pas cessé et que Pauline avait perdu de vue Jim et Billie-Pearl. Elle la regardait sans comprendre en s'efforçant de se souvenir de qui il s'agissait.

— C'est Kitty ! Tu me remets ?

— Kitty ! s'exclama Pauline. Bien sûr que je me souviens de toi.

Kitty s'esclaffa en dévoilant des dents étonnamment blanches. Oui, bon, elle avait changé de coiffure, elle était souvent passée sous le bistouri au fil des ans, elle s'était fait refaire le nez, le menton et toutes sortes d'autres bricoles. Elle agita de longs ongles rouges : Pauline, elle, n'avait pas changé, elle l'avait tout de suite reconnue : grande, mince, la classe ! Kitty avait eu trois marmots de plus après le départ de Pauline. Et deux ex-maris en prime. Mais qu'en était-il de Pauline ? Que lui était-il arrivé depuis tout ce temps ? Elle n'avait pas oublié son amie Frenchie. Et ces filles ridicules et vertes de jalousie à cause de Mrs. Miller.

— Tu t'en es bien sortie pendant l'interview. Tu avais le trac ? Ça ne se voyait pas. Dis, tu ne l'as jamais revue ?

— Mrs. Miller ? Non. Elle est morte deux ans plus tard.

— Quand j'ai appris la nouvelle, j'ai pensé à toi, tu sais. La semaine de ton départ de Reno, Clark Gable est mort, lui aussi. Et Montgomery Clift a cassé sa pipe en 1966. Tu parles d'un film maudit !

Pauline retrouvait à présent la voix de Kitty, et surtout ses yeux, identiques à son souvenir dans ce visage peu naturel et figé. Cela lui semblait impossible de résumer quarante ans de vie en quelques instants, mais Kitty était restée aussi bavarde, ce qui la fit sourire, déroulant le récit cataclysmique de ses divorces, des pensions alimentaires défaillantes et de ses cinq gamins à élever seule. Ça, pour sûr, elle en avait bavé. Bon, elle était à présent une grand-mère comblée, ça allait mieux. Cette implosion l'attristait ; elle était persuadée que les « préservationnistes » allaient sauver l'hôtel à la dernière minute. Cette cornemuse était envoûtante, n'est-ce pas ? Kitty était restée au Mapes jusqu'à sa fermeture, pour ensuite aller travailler dans un hôtel de Carson City, où elle avait emménagé avec son mari numéro trois. Pauline savait-elle que Mildred Jones était décédée il n'y avait pas si longtemps ? Elle s'était radoucie avec l'âge et elle avait toujours un mot gentil pour Frenchie.

Il suffisait à Pauline de répondre aux questions de Kitty : oui, elle vivait toujours en Californie. Non, elle ne revenait pas souvent à Reno, maintenant que son beau-père et sa mère reposaient au cimetière de Mountain View. Non, elle ne s'était pas mariée et elle n'avait pas eu d'autres enfants, et pendant longtemps, elle n'avait connu que quelques aventures sans importance.

— Un peu tristounet, dis ! Il n'y a pas que le travail dans la vie.

— Oui... Mais... j'ai rencontré quelqu'un, récemment.

— Raconte !

Kitty lui offrit une cigarette, et avec ce geste, Pauline eut l'impression d'être replongée dans leur passé, d'avoir vingt ans et d'avoir revêtu son uniforme du Mapes. Elle lui décrivit Nick, leur rencontre à un dîner chez des amis, et leur attirance immédiate.

— On dirait que tu es amoureuse ?

— Oui, pour la première fois. Follement amoureuse. À soixante ans passés !

Elles éclatèrent de rire.

— Et ta fille ? Elle était si mignonne.

Lily avait à présent quarante-deux ans, elle était mariée à un chic type, avait deux enfants et travaillait avec Pauline dans sa clinique équine.

— Alors, tu as réussi, Frenchie ! Tu es devenue vétérinaire. Ton rêve !

Certes, elle avait réussi, mais à la force du poignet, dit-elle. Dès le départ, elle avait mis les bouchées doubles, et quand elle avait quitté Reno pour faire son stage, elle avait tout de suite compris qu'aucun relâchement n'était possible, qu'elle devait gagner sa vie. Elle avait donné des cours de français à ses heures perdues et travaillé comme serveuse. Au cours de cette première année de stage, elle avait passé le test du GED, obtenu son diplôme et demandé une bourse à l'université de Californie, à Davis.

— Et tu l'as obtenue ?

— Oui, et je suis partie m'installer à Davis avec Lily.

Comment Pauline avait-elle pu gérer cette situation ? Il y avait quarante ans, la plupart des gens ne devaient pas voir d'un très bon œil une mère célibataire à l'université. Pauline admit qu'elle avait eu de la chance. Le docteur Hicks, le formidable vétérinaire de Mont-Shasta, avait une fille tout aussi formidable qui enseignait à l'UC Davis. Elle s'appelait Cleo Hicks et possédait une maison près du campus. Elle louait des chambres à des étudiants et avait accueilli Pauline et Lily.

— Combien de temps es-tu restée à Davis ?

— Quatre ans, le temps de faire la première partie de mes études. Lily a commencé la maternelle là-bas.

Lors de sa spécialisation, elle était retournée à Mont-Shasta, où elle avait loué une maison et collaboré avec d'autres vétérinaires équins de la région. Et trois ans plus tard, quand elle était enfin devenue une vétérinaire diplômée, elle avait décidé de rester sur place.

— Et maintenant ?

Pauline pensait déjà à sa retraite. Elle avait repris la patientèle du docteur Hicks il y avait quinze ans, et la clinique marchait bien. Mais elle avait envie de profiter de son temps libre, de planifier un voyage à Paris avec son compagnon et d'y emmener aussi ses petits-enfants. Elle n'était pas retournée en France depuis des années. Elle souhaitait renouer avec ses origines françaises.

— Ta mère était la vraie Parisienne, pour moi. Je la revois avec ses robes, ses coiffures chics, en train de parader au Mapes.

— Elle n'a pas réussi à trouver le bonheur ici. La France lui manquait trop. Ce qui, je pense, a brisé le cœur de mon beau-père. Il n'en a rien dit, mais ça se voyait.

Kitty montra du doigt Billie-Pearl, en conversation avec Jim et d'autres personnes.

— C'est ton amie, celle avec qui tu montais à cheval ? Elle n'a pas changé non plus. C'est quoi votre secret à toutes les deux, sérieusement ? Ne me dis pas que c'est lié aux mustangs.

— C'est bien Billie-Pearl. Une militante dévouée à la protection des mustangs, comme l'était Velma Johnston. C'est elle qui m'a emmenée ici ce matin. Je n'étais pas certaine de venir, à vrai dire.

— À cause de… ?

Kitty se tut, quand une silhouette surgit à leurs côtés. Pauline leva les yeux et vit Kendall Spencer, seul, devant elles.

Une bulle de silence les entoura, tandis que Kitty reculait, les laissant ensemble, et Pauline eut conscience d'un flottement embarrassé. Il portait le même after-shave, qu'elle reconnut en dépit de l'air chargé de poussière, et de près, elle vit qu'il avait vieilli.

— Ça fait un bail, fit-il.

Elle resta silencieuse, curieuse d'entendre ce qu'il pourrait lui dire. Comment cet homme avait-il pu la maintenir autrefois sous son emprise ? Il paraissait insignifiant, et tandis qu'elle contemplait les mains qui l'avaient caressée, les lèvres qu'elle avait embrassées, elle ne ressentait plus rien ; seulement une espèce de pitié qui devait se deviner, car il baissa la tête, comme sous le coup de la honte.

— Le temps n'a pas laissé sa marque sur toi, Pauline.

Elle vit que ses yeux s'immobilisaient sur l'anneau d'argent qu'elle portait à la main gauche. La bague de Nick. Il semblait s'interroger. Un abîme de non-dits se creusait entre eux. Elle aurait pu s'en aller, comme elle l'avait déjà fait en 1960. Mais à présent, elle n'était plus la même.

— N'as-tu pas envie de la connaître ?

Il sembla déstabilisé par sa question.

— La connaître… ?

— Lily. Ta fille. Et tes petits-enfants. Tu en as déjà tout un tas, mais en voilà deux de plus.

Elle ouvrit son sac, en sortit un bout de papier, un stylo, griffonna un numéro. C'était le portable de Lily. Il n'était pas trop tard pour l'appeler, pour faire sa connaissance. Savait-il que leur fille était une personne merveilleuse ? Drôle, fine, courageuse. Élevant formidablement bien ses enfants. Mariée à un homme délicieux, Howard. Appréciée de ses amis. Elle avait aussi un sacré tempérament, qui lui rappelait celui de Marcelle. Il attendait quoi, au juste ? Que sa fille reste une étrangère ? N'allait-il pas s'en mordre les doigts ?

Elle lui parla de Ryder, qui avait dix ans et qui était fasciné par les trains. On pouvait lui poser n'importe quelle question sur les chemins de fer et il avait la réponse. Il était épatant. Et Brooke, âgée de huit ans, voulait devenir écrivaine. Elle passait son temps à noircir les pages de son journal et à dévorer des romans, même la nuit, avec une torche sous les draps.

Kendall l'écoutait attentivement et Pauline remarqua à quel point il semblait éreinté. Elle ignorait tout de sa vie. Avait-il été heureux, marié à Evaline ? Qu'avait-il ressenti en regardant le Mapes s'effondrer ?

Kendall Spencer était devenu un vieil homme au regard morne. Un moment, elle crut qu'il allait s'excuser, ce qu'elle espérait, mais il ne le fit pas, se contentant de la dévisager, le numéro de Lily à la main.

— Au revoir, dit-elle en se détournant.

Il lança :

— Dis à Lily que je l'appellerai.

Elle n'en crut pas un mot. Alors qu'elle s'éloignait, il la rappela, arborant une expression qu'elle ne lui connaissait pas : un mélange de remords et de tendresse.

Il lui dit qu'il avait une image d'elle gravée dans sa mémoire, et que celle-ci ne l'avait jamais quitté.

— Quand je pense à toi, je te vois en train de danser, là-haut dans la Sky Room. Avec Marilyn Monroe.

Starling se laissait faire, acceptant sans rechigner que Pauline l'ausculte. Le poulain supportait son attelle, et n'avait pas eu besoin de vis ni de plaque ; son état général était satisfaisant et il serait, selon Pauline, tiré d'affaire d'ici une quinzaine de jours. Elle s'en faisait bien davantage pour un autre de ses patients : une jument de dressage nommée Velvet, atteinte d'un lipome dans l'intestin grêle et qu'il avait fallu opérer en urgence dès son retour de Reno. L'intervention avait duré presque quatre heures et son collègue, le docteur Merrill, était venu lui prêter main-forte, ainsi qu'un anesthésiste et un infirmier. Velvet se trouvait encore au box, sous perfusion et sous étroite surveillance. Sa convalescence serait longue.

La robe dorée de Starling frémit sous ses doigts investigateurs.

— Tu seras bientôt sur pied, mon bonhomme. Je ne me fais aucun souci pour toi.

Elle lui donna une dernière caresse, puis quitta les box. Il était encore tôt et le soleil venait à peine de se lever, éclairant la neige tombée en abondance pendant la nuit. Elle s'attarda un instant, admirant la beauté du ciel d'hiver. Une paire de bras s'enroula amoureusement autour de sa taille.

— Il y a du café tout chaud, dit Nick en l'embrassant.

Elle le suivit jusqu'à la cuisine accueillante où un bon feu crépitait ; une odeur de pain grillé remplissait les lieux. Ils s'assirent pour prendre le petit déjeuner en regardant par la fenêtre les sapins recouverts de blanc.

— Je voulais te dire. Tu es bien silencieuse depuis ton retour de Reno lundi.

Pauline mordit dans un toast.

— Tu sais, cette chirurgie en urgence m'a achevée. Ça faisait des années que je ne m'en étais pas coltiné une aussi balèze. J'espère que Velvet va s'en tirer.

Nick attendait que Pauline lui parle de l'implosion. Elle lui avait juste dit qu'elle avait vu Kendall Spencer. Comment allait-elle ? Il se le demandait. Il était même un peu inquiet.

Elle pourrait répondre qu'il ne fallait pas qu'il s'en fasse, qu'elle était crevée, voilà tout, mais elle n'aimait pas l'idée de lui mentir. Leur relation était toute nouvelle ; elle ne voulait pas l'abîmer. Elle termina son toast, se servit une autre tasse de café.

— Ce n'est pas facile d'expliquer ce que j'ai éprouvé.

Nick hocha la tête. Elle se sentait triste, c'était ça ? Non, *triste* n'était pas le bon mot ; plutôt un mélange de plusieurs sentiments qu'elle avait du mal à trier et à nommer.

— Ça a dû te faire quelque chose de le revoir. Le père de ta fille.

Elle ne lui en voulait plus, ça, c'était certain. L'envie de lui balancer une gifle lui était passée. Kendall faisait pitié : il lui avait paru rabougri, pétri de remords, et presque attendrissant. Le jeune homme ambitieux avait disparu. Oui, depuis l'implosion, elle se sentait nostalgique ; lors du retour de Reno, pendant le trajet avec Billie-Pearl vers le refuge, son amie lui avait dit la même chose : pourquoi avait-elle l'air d'avoir le cafard ? Elle avait même insisté pour qu'elles fassent une balade à cheval en arrivant.

— Et ça t'a fait du bien ?

— Oui. J'ai fait un tour sur Dansa, et c'était parfait.

— Et si tu avais besoin d'un cheval à monter et à aimer, pas seulement à soigner ? Un cheval rien que pour toi, qui t'appartiendrait ?

Il avait raison. Un cheval rien que pour elle. Un mustang, bien sûr, un des descendants de Commander : Billie-Pearl se chargerait de le choisir, de le dresser, de le lui amener. L'idée l'emballait.

L'emploi du temps de la journée était chargé, ce n'était plus le moment de traîner. Le docteur Merrill allait débarquer d'une minute à l'autre et ils avaient prévu d'évaluer l'état de Velvet. Nick devait se mettre en route pour Dunsmuir, où il travaillait. Il serait de retour en fin de journée, et c'était son tour à lui de s'occuper du dîner. Il l'embrassa et sortit dans le froid. Elle suivit des yeux sa haute silhouette qui traversait le jardin vers sa voiture. Elle avait été seule pendant si longtemps, se dévouant corps et âme à son travail ; elle avait cru qu'elle finirait sa vie sans connaître l'amour. Et voilà qu'à son âge elle le découvrait. C'était un petit miracle que cet amour tardif. Avait-elle raison d'y croire, de s'y donner tout entière ? Elle voulait prendre ce risque.

La matinée passa vite ; d'autres chevaux étaient attendus, avec des pathologies plus ou moins graves, et il fallait les accueillir et rassurer les propriétaires. Velvet ne s'en sortait pas trop mal, mais Pauline savait qu'elle devait rester sur ses gardes et ne pas crier victoire trop tôt : elle lui avait quand même ôté plus de deux mètres d'intestin grêle. Le docteur Merrill était confiant : il trouvait que Pauline s'était bien débrouillée et qu'elle avait été à la hauteur dans une situation critique que tous les vétérinaires redoutaient. Mais elle pourrait faire une pause : elle travaillait dur depuis des années. Pauline lui répondit que c'était prévu, qu'elle commençait même à penser à sa retraite et à ses prochains voyages.

Vers midi, elle se rendit dans la cuisine, sa pièce préférée du ranch. Lorsqu'elle y avait emménagé il y avait quinze ans, en reprenant la clinique du docteur Hicks, elle avait réussi à y mettre une note personnelle – des livres, des tapis colorés, des tableaux animaliers d'une peintre locale, des meubles qui appartenaient à ses parents – tout en conservant l'aspect authentique et rustique qui faisait le charme de l'endroit. Le ranch semblait plus petit que le Double Lazy Heart ou celui de Billie-Pearl, mais il avait une particularité : il n'était pas de plain-pied comme la plupart des bâtisses de ce type. Il bénéficiait d'un premier étage, ce qui doublait sa surface. La vue depuis sa chambre lui plaisait tout particulièrement : de là, elle pouvait voir au-delà d'une cascade les herbages perdus dans l'ondoiement des collines, la forêt lointaine et féerique, et au-dessus de tout cela, se dressait l'énorme cône de glace du mont Shasta, sujet d'un bon nombre de mythes et de légendes. Elle savait désormais combien elle avait besoin de nature, d'air pur, d'arbres majestueux. Vivre dans une ville n'était pas pour elle. Nick l'avait compris depuis le début.

Elle commença à préparer le repas, s'attendant à ce que Lily vienne comme d'habitude la retrouver. Pourquoi n'arrivait-elle pas à se débarrasser de cette sensation de perte ? Comme si elle avait égaré quelque chose. Mais impossible de savoir quoi au juste. Sa fille déjeunait avec elle le vendredi, et elles étudiaient ensemble le programme de la semaine à venir. On lui demandait souvent si c'était compliqué pour une mère d'employer sa propre fille, et c'était parfois le cas, car Lily avait un sacré caractère et il leur arrivait de se disputer. Mais depuis qu'elle avait dépassé la quarantaine, Lily s'était radoucie et elle avait commencé à veiller sur sa mère.

La porte d'entrée claqua, et Lily entra avec un paquet qu'elle posa sur la table. Une fraction de seconde, Pauline aperçut Marcelle, sa silhouette fine et ses cheveux noirs retenus par un catogan. Lily ressemblait à sa grand-mère depuis sa naissance et, au fil des années, la similitude était devenue encore plus frappante.

Pauline avait raconté à sa fille sa conversation avec Kendall Spencer le jour de l'implosion, en ajoutant qu'elle serait étonnée qu'il se manifeste. Lily s'était demandé si finalement elle avait envie de connaître un père dont elle n'avait aucun souvenir : le plus grand absent de sa vie. Pendant tout ce temps, elle s'était passée de lui ; il était devenu un fantôme. Peut-être bien qu'il le resterait.

Elles déjeunèrent en vitesse, car il fallait se remettre au travail après la pause.

— Oh ! J'ai failli oublier !

Lily se leva pour aller prendre le paquet qu'elle avait apporté, l'ouvrant précautionneusement pour en sortir une maison de poupée. Le cadeau de Mrs. Miller. Elle l'avait cherchée partout, soucieuse à l'idée de ne pas remettre la main dessus. Elle se souvenait qu'elle n'avait pas voulu laisser sa fille jouer avec, de peur que Brooke ne l'abîme, et avait préféré la ranger à l'abri.

— Je me suis dit que tu aurais envie de la revoir.

La maison de poupée semblait avoir perdu ses couleurs, ses minuscules rideaux étaient en lambeaux, mais elle tenait encore debout, et Pauline s'émerveilla en regardant à l'intérieur. Lily avait-elle des souvenirs de Marilyn ? Lily fronça les sourcils : non, elle n'avait que trois ans, mais certaines choses lui revenaient, comme porter sa plus belle robe pour rencontrer « Mrs. Miller » et se rendre au Mapes.

— Comment c'était, de voir le Mapes sauter ? Tu n'as pas été très bavarde. Et quand tu es arrivée, tu as dû t'occuper de Velvet en urgence.

Pauline tenait la maison de poupée dans ses mains, essayant de trouver les mots justes pour décrire l'état vacillant dans lequel elle se sentait encore piégée. Elle eut envie d'allumer une cigarette mais, étant donné que sa fille essayait de la faire arrêter, elle se retint. Elle répondit qu'elle ressentait une sorte de vide intérieur qu'elle peinait à comprendre et à combler.

— Quel vide, maman ?

Comment expliquer à sa fille que le Mapes Hotel était le dernier lien qui l'attachait à Marilyn ? Elle tenta le coup. Elle dit qu'elle n'avait pas souvent parlé de l'actrice à Lily ni à son entourage proche. Pendant tout ce temps, elle avait gardé pour elle ce qui s'était déroulé dans la suite 614, et les images, les parfums et les sons, précieusement consignés dans sa mémoire, n'avaient cessé de l'accompagner. Et maintenant, le théâtre de cette rencontre entre Marilyn et elle, le fier Mapes qui régnait sur le Reno de sa jeunesse, n'était plus qu'un tas de gravats.

— Je comprends. C'est ce que tu as ressenti lorsque tu as appris sa mort ?

— Non, c'était différent.

Son décès avait été un choc total, pour elle comme pour presque tout le monde, le dimanche 5 août 1962 au matin, qu'on soit ou non un admirateur de Marilyn Monroe.

— Nous vivions alors à Davis, n'est-ce pas ?

— Oui, mais ce dimanche-là, nous étions à Reno.

Lily était âgée de cinq ans, à l'époque. Elles passaient quelques jours avec Doug, Marcelle et Jimmy. Pauline se souvenait de s'être levée tôt pour préparer le petit déjeuner dans la maison silencieuse. Elle avait allumé la radio, avait réglé le volume pas trop fort pour ne réveiller personne, et elle l'avait appris aux informations. Elle se rappelait s'être figée, avoir failli faire tomber la cafetière. On avait retrouvé Marilyn Monroe morte dans sa maison de Brentwood, à l'âge de trente-six ans. Pauline avait oublié le petit déjeuner, le café : elle s'était assise pour écouter, bouleversée. Doug avait été le premier à l'apercevoir en sortant de sa chambre et lui avait demandé ce qui n'allait pas. Elle lui avait désigné la radio, incapable de prononcer un mot. Le journaliste était en train de donner une liste de détails sordides : l'actrice avait été retrouvée sans vie dans son lit, nue, à plat ventre, le combiné du téléphone à la main. On attribuait sa mort à une surdose de barbituriques. Un probable suicide. Marcelle était venue se joindre à eux un peu plus tard et elle avait versé quelques larmes. Pauline se souvenait du déferlement des gros titres à la une des journaux : pendant longtemps, on ne parla que de suicide, puis des ouvrages parus dans les années

360

soixante-dix et quatre-vingt évoquèrent les frères Kennedy et la Mafia en insinuant que Marilyn Monroe aurait pu avoir été assassinée.

Pauline rejetait les théories qui défendaient l'hypothèse d'un meurtre, refusant de croire que Marilyn ait été tuée à cause de ses liaisons avec les frères Kennedy. Au fil des années, elle avait contemplé de nombreux clichés de la maison du 12305, Fifth Helena Drive, la dernière demeure de Marilyn. Celle-ci ne ressemblait en rien au palace d'une star de cinéma : située dans un calme quartier résidentiel, de style mexicain avec des poutres en bois, elle paraissait étonnamment modeste. Les précédents propriétaires avaient fait graver sur le carrelage une devise latine, « *Cursum perficio* », ce qui signifiait « Ici se termine mon voyage ».

— Quelle ironie ! souffla Lily.

Pauline poursuivit : elle avait aussi vu des photographies en noir et blanc de la nuit où Marilyn était morte, notamment celle, macabre et célèbre, de l'actrice vautrée dans les draps, ses cheveux ébouriffés et peroxydés sur l'oreiller, et l'index d'un policier pointé en direction de la table de chevet et de son fouillis si familier : boîtes de comprimés, cachets et pilules. Une image volée ignoble de Marilyn décédée à la morgue avait été publiée dans un livre. Pauline aurait aimé ne jamais avoir posé les yeux dessus.

Elle avait souvent songé à ces médicaments sur ordonnance que l'actrice prenait de façon quotidienne depuis une dizaine d'années, d'après ce que

Pauline avait lu. C'était la mode hollywoodienne, en ces temps-là, d'avaler un somnifère ou deux pour mieux s'endormir, et des stimulants pour se réveiller, le tout sur fond d'alcool, et Marilyn en était devenue dépendante. Personne n'avait pris soin de la star ; personne n'avait veillé sur elle. Jour après jour, on apaisait son mal-être en lui distribuant des cachets comme si c'étaient des confiseries, sans le moindre scrupule, ainsi qu'elle avait vu Paula Strasberg le faire de ses propres yeux.

Pauline raconta à Lily ce moment, dans la suite 614, où Arthur Miller avait demandé des comptes au jeune médecin terrifié : était-il au courant des calmants déjà ingurgités par sa femme ? Non, il n'en savait rien. Personne ne le savait. Et c'était, pour Pauline, ce qui avait conduit plus tard Marilyn à la mort. L'incompétence. L'actrice avait, par le passé, fait quelques tentatives de suicide et avait été sauvée in extremis grâce à des lavages d'estomac, mais cette nuit de 1962, Pauline en était persuadée, il y avait eu surdose involontaire. Elle avait appris que les deux médecins de Marilyn ne s'étaient pas concertés sur la posologie de Nembutal et les quantités astronomiques englouties par la star. Et ce jour fatidique d'août, l'un d'eux avait prescrit un lavement à l'hydrate de chloral, un sédatif puissant, sans vérifier le nombre de tranquillisants déjà avalés.

D'après Pauline, les coupables, c'étaient les médecins de Marilyn : ceux qui dissimulèrent un trépas accidentel qui était de leur faute, en maquillant la scène avec précipitation pour faire croire à un suicide, avec l'aide de cette étrange gouvernante, Eunice Murray, embauchée par l'un d'eux pour soi-disant la « surveiller ». Mais le mystère perdurait : il n'y avait jamais eu de preuves, et des hypothèses de toute sorte proliféraient encore, quarante ans après sa mort.

Pauline avait lu les mémoires d'Arthur Miller lors de leur parution en 1987, en particulier la partie concernant Reno, *Les Désaxés* et sa défunte ex-épouse. Elle y avait glané quelques phrases frappantes, où il écrivait que la vulnérabilité de Marilyn avait été trop lourde à supporter, qu'il avait connu des moments noirs où il ne pensait pas qu'elle parviendrait à survivre, où il se demandait si ses médecins avaient la moindre idée du danger mortel qu'elle encourait à cause de tous ces somnifères.

En février 1961, lors d'un court séjour à Reno, Pauline était allée voir *Les Désaxés* avec Marcelle. Sa mère lui avait lu les critiques défavorables du film, mais elles souhaitaient toutes deux se faire leur propre opinion. Clark Gable était mort depuis trois mois, et Marcelle avait appris à Pauline que Marilyn, fraîchement divorcée d'Arthur Miller, ne s'était pas rendue à l'avant-première. Marcelle avait été déroutée par le film : il n'était à ses yeux ni un western, ni une comédie, ni un drame, et elle n'avait pas apprécié non plus les images en noir et blanc qu'elle jugeait vieillottes. Pour elle, c'était raté, et d'ailleurs, elle n'était pas la seule à le penser, puisque les recettes étaient décevantes. Ce serait le dernier film achevé de Marilyn Monroe, mais elles l'ignoraient à ce moment-là. Lily l'avait vu en DVD avec Pauline il y avait dix ans. Elle l'aimait, parce que sa mère le vénérait et le connaissait par cœur. Adolescente, elle avait aimé entendre parler du jour où Pauline était allée sur le tournage.

Il était temps de se remettre au travail, et elles se dirigèrent vers le bureau central près des box.

Dans l'après-midi, Lily était au téléphone lorsque Pauline repéra une camionnette blanche de Federal Express franchissant le portail : sans doute un client qui envoyait des radiographies pour une opération à venir.

— Docteur Pauline Bazelet ? questionna le chauffeur-livreur en s'approchant de la porte du bureau.

Il lui tendit une grande enveloppe postale rigide. Elle le remercia en signant le formulaire. Lily attira son attention sur la demande d'un collègue vétérinaire et elle ne pensa pas à ouvrir l'enveloppe.

Ce ne fut que plus tard, alors que le crépuscule commençait à tomber, qu'elle s'en souvint. Lily était déjà partie chercher ses enfants à l'école. Pauline décacheta l'enveloppe et en sortit une lettre et des tirages protégés par du papier bulle. Ce n'étaient pas des radiographies. Intriguée, elle jeta un œil sur le dos de l'enveloppe : l'envoi provenait du Royaume-Uni, et le nom inscrit – Mrs. Linni Campbell – ne lui disait rien. Elle s'apprêtait à lire la lettre, mais la première photo la stupéfia, et elle laissa la feuille de côté.

C'était un cliché en noir et blanc d'elle, debout, le regard perdu au loin, ses longs cheveux bruns fouettés par un vent fou, avec, derrière elle, une caravane et, au-dessus, un ciel lourd de nuages. Et tout autour, le désert.

Le tournage. *Les Désaxés.* La photographe au pull rayé et à la voix grave qui lui avait demandé d'oublier sa présence, de penser à autre chose. Elle s'en souvint, elle avait pensé à Commander.

Elle lut la lettre.

Cher docteur Bazelet,

Je vous prie d'excuser cette missive tapée à la machine, mais je me suis cassé le bras et ne puis écrire à la main. J'ai vu un reportage récent à la télévision sur la destruction du Mapes Hotel à Reno et votre interview.

Je me suis souvenue de vous et j'ai cherché dans mes archives. Heureusement, j'avais noté votre nom.

J'espère que ces deux tirages vous feront plaisir.

Sincèrement,

Eve Arnold

La deuxième photo était en couleur, montrant un groupe de personnes debout devant la même caravane. Le cœur battant, Pauline reconnut Agnes, un foulard noir noué sur ses cheveux blancs, et elle repéra les épaules carrées de Rafe vues de profil, le haut du crâne dégarni de Whitey, et de dos, un jeune homme en pull bleu. Elle ne se souvenait pas de son nom.

Ce qu'elle vit ensuite lui coupa le souffle. Elle se trouvait à gauche de l'actrice. Marilyn ne portait pas les lunettes noires dont Pauline se souvenait : celles-ci pendaient à son doigt. Et Marilyn lui rendait son sourire, la regardant droit dans les yeux.

Elle était à tel point absorbée par la photographie qu'elle n'entendit pas Nick entrer. Elle ne comprit qu'il était là que lorsqu'il murmura :

— C'est dingue.

Il voulait savoir d'où elle sortait ce tirage inouï, et elle lui raconta le moment avec la photographe Eve Arnold sur le tournage. Pauline ignorait que celle-ci l'avait prise en photo avec Marilyn.

— Tu as retrouvé le sourire, on dirait ?

Il l'étreignit, voulut savoir qui étaient les autres personnes sur le cliché. Il voulait tout savoir. Là, c'était Ralph Roberts, le masseur de Marilyn, surnommé Rafe, un grand type sympathique, qu'elle avait au début pris pour son mari, puis son amant, avant de comprendre. Il la suivait partout, la massait plusieurs fois par jour. À côté se tenait Agnes Flanagan, la fidèle coiffeuse de l'actrice, une personne charmante, elle aussi, d'une grande gentillesse. De dos, un jeune homme dont elle avait oublié le nom, un des assistants du producteur. Ce monsieur dont on ne voyait que le haut de la tête était Allan Snyder, son maquilleur chéri, tout aussi fidèle, qu'elle appelait « Whitey ». Pauline avait lu que c'était lui qui l'avait maquillée sur son lit de mort.

— Et il y a toi. Ma si jolie toi.

Elle faisait si jeune, presque naïve ! Mais à ce moment précis, se souvint-elle, en octobre 1960, elle avait déjà commencé à s'affranchir de l'emprise de Kendall, à gagner son indépendance, et tout était là en elle, prêt à éclore. Elle n'était plus la jeune fille bégayante.

Nick et Pauline se tenaient l'un près de l'autre, enlacés, à contempler les tirages.

— Je viens de me rappeler, dit-elle.

Le jour où elle s'était rendue sur le tournage, Agnes lui avait dit quelque chose qui ne lui revenait que maintenant.

— Quoi donc ? demanda Nick.

Pauline regarda encore l'image.

Elle y était à nouveau, sentant la morsure fraîche du vent, humant le parfum sec du désert du Nevada, entendant les murmures des conversations s'élever autour d'elle.

Le voilà, son lien intime avec Marilyn : leur histoire figurait sur ce tirage. Toute leur histoire.

Elle sourit.

— Agnes m'avait dit que je devais croire en ma bonne étoile.

Playlist

Cathy's Clown, The Everly Brothers.
I'm Sorry, Brenda Lee.
Stuck on You, Elvis Presley.
T'aimer follement, Dalida.
Les Feuilles mortes, Yves Montand.
The Man I Love, Ella Fitzgerald.
Mélodie d'amour, The Ames Brothers.
What'd I Say, Ray Charles.
The Twist, Chubby Checker.
Only the Lonely, Roy Orbison.
Walking to New Orleans, Fats Domino.
He'll Have to Go, Jim Reeves.
Autumn Leaves, Frank Sinatra.
Everyday I Have the Blues, B.B. King.
Tonight You Belong to Me, Patience & Prudence.

BIBLIOGRAPHIE

Sébastien Cauchon, *Marilyn 1962*, Stock, 2016.

David Cruise, Alison Griffiths, *Wild Horse Annie and the Last of the Mustangs*, Scribner, 2010.

Hilary Kaiser, *Des amours de GI's*, Tallandier, 2004.

Robert Laxalt, *Mon père était berger. Un Basque dans l'Ouest américain*, Aubéron, 2009.

Norman Mailer, *Marilyn*, Coronet Books, 1974.

Aubrey Malone, *The Misfits, The Film that Ended a Marriage*, BearManor Media, 2022.

Arthur Miller, *Au fil du temps*, Robert Laffont, 1988.

Marilyn Monroe, *Fragments*, Seuil, 2010.

Lena Pepitone, *Marilyn secrète*, Pygmalion, 1998.

Anne Plantagenet, *Marilyn Monroe*, Folio Biographies, 2007.

Ralph L. Roberts, *Mimosa : Memories of Marilyn and the Making of the Misfits*, Roadhouse Books, 2021.

Norman Rosten, *Marilyn, ombre et lumière*, Seghers, 2022.

Donald Spoto, *Marilyn Monroe. La biographie*, Presses de la Cité, 1994.

Françoise-Marie Santucci, *Monroerama*, Stock, 2012.

Michel Schneider, *Marilyn dernières séances*, Grasset, 2006.

Serge Toubiana, Arthur Miller, *The Misfits*, Cahiers du Cinéma, 1999.

https://www.cursumperficio.net
https://www.facebook.com/mapeshotel

REMERCIEMENTS

Merci aux premières lectrices qui ont séjourné dans la suite 614 : Valérie Bertoni, Sarah Hirsch, Laurence Le Falher, Gaëlle Nohant, Laure du Pavillon et Chantal Remy.

Merci à la docteure Nathalie Veniard, qui, en me parlant avec passion de son métier de vétérinaire équin, m'a aidée à façonner le chemin professionnel de Pauline.

Merci à la formidable équipe du Livre de Poche, en particulier Audrey Petit, Sylvie Navellou et Anne Bouissy.

Merci à toute l'équipe d'Albin Michel pour son enthousiasme et son soutien : Francis Esménard, Gilles Haéri, Anna Pavlowitch, Nathalie Collard, Céline Chiflet, Florence Godfernaux, Sandrine Perrier-Replein, Raphaëlle Gourvat, Philippe Narcisse, Agnès Calvo, Marie-Pierre Coste, Agnès Fruman, Remy Verne, et, *last but not least*, merci à Gérard de Cortanze qui avait eu l'idée de me faire écrire sur « Mrs. Miller » il y a dix ans déjà…

Merci à Susanna Lea pour sa magie, son énergie et son humour *so British*.

Merci à Nicolas, qui a cru en ce roman dès le départ.

Un mustang noir hante désormais mes rêves. Évidemment, il s'appelle Commander…

T.R.

De la même auteure :

Aux Éditions Robert Laffont

NOUS IRONS MIEUX DEMAIN, 2022.
CÉLESTINE DU BAC, 2021.

Aux Éditions Robert Laffont et Héloïse d'Ormesson

LES FLEURS DE L'OMBRE, 2020.

Aux Éditions Héloïse d'Ormesson

SENTINELLE DE LA PLUIE, 2018.
MOKA, 2016.
SON CARNET ROUGE, 2014.
À L'ENCRE RUSSE, 2013.
ROSE, 2011.
LE VOISIN, 2010.
BOOMERANG, 2009.
LA MÉMOIRE DES MURS, 2008.
ELLE S'APPELAIT SARAH, 2007.

Aux Éditions Albin Michel et Héloïse d'Ormesson

MANDERLEY FOR EVER, 2015.

Aux Éditions Pocket

NOUS IRONS MIEUX DEMAIN, 2023.
CÉLESTINE DU BAC, 2022.
TAMARA PAR TATIANA, 2021.
LES FLEURS DE L'OMBRE, 2021.
L'ENVERS DU DÉCOR, 2020.

Aux Éditions Fayard

L'APPARTEMENT TÉMOIN, 1992.

www.tatianaderosnay.com

de Tatiana ROSNAY

est au Livre de Poche

PAPIER CERTIFIÉ

Composition réalisée par PCA

———————————

Achevé d'imprimer en France par
CPI BRODARD & TAUPIN (72200 La Flèche)
en novembre 2024
N° d'impression : 3058807
Dépôt légal 1ʳᵉ publication : février 2025
LIBRAIRIE GÉNÉRALE FRANÇAISE
21, rue du Montparnasse – 75298 Paris Cedex 06